公元787年，唐封疆大吏马总集诸子精华，编著成《意林》一书6卷，流传至今

意林： 始于公元787年，距今1200余年

意林®轻文库

青春最美，梦想出发

中国式好看轻小说优鲜品牌

意林轻文库 美少年系列 006

不存在的男朋友 ①

BU CUNZAI DE NANPENGYOU

默默 安然 著 / MOMO ANRAN

北方妇女儿童出版社

长春

图书在版编目（CIP）数据

不存在的男朋友. 1 / 默默安然著. -- 长春：北方
妇女儿童出版社, 2018.3
（意林·轻文库. 美少年系列）
ISBN 978-7-5585-2169-0

Ⅰ.①不… Ⅱ.①默… Ⅲ.①长篇小说－中国－当代
Ⅳ.①I247.5

中国版本图书馆CIP数据核字(2018)第028797号

不存在的男朋友 Ⅰ
BU CUNZAI DE NANPENGYOU　Ⅰ

出　版　人	刘　刚
总　策　划	阿　朱
特约策划	师晓晖
执行策划	张　星
责任编辑	吴　强　周　丹
图书统筹	空心菜
特约编辑	魏　娜
绘　　图	Tendy
书籍装帧	胡静梅
美术编辑	王　春
开　　本	700mm×1000mm　1/16
字　　数	300千字
印　　张	13
版　　次	2018年3月第1版
印　　次	2018年3月第1次印刷
印　　刷	北京中科印刷有限公司
出　　版	北方妇女儿童出版社
发　　行	北方妇女儿童出版社
地　　址	长春市人民大街4646号
	邮编：130021
电　　话	0431－85678573
定　　价	28.80元

如发现印装质量问题，请与印务部联系退换，电话：010－51908584

目录
Contents

目录
Contents

楔　子

一大早上门叨扰的人接连不断，害得甄妮想清清静静地吃顿早餐都不行，只得倚在料理台前一边喝着咖啡，一边派机器人助手去驱赶。好不容易没有人来了，却又开始派各种传输机器来。不同的飞行器相继悬停在落地窗外，在上面投射出不同的标语。

"××广告公司愿意免费为您做宣传。"

"××科技公司邀请您合作新款女仆型打扫机器人。"

"A大学邀请您到学校进行讲座。"

"B公司老总独子钦慕您的美丽与才华，希望能和您……"

……

甄妮终于忍无可忍，狠狠敲下了手环上的一个按钮，一层肉眼看不到的光网由上至下覆盖在落地窗外，所有的飞行机器顷刻间全部坠落二百八十二层楼，变成了一堆废铁。

这样兴许会得罪人，但那些破烂玩意儿，她一个月能做一大堆，大不了赔偿他们。至少现在，甄妮能清净一会儿。

她从厨房走出来，安心地在窗边坐下，看着外面过于璀璨的天地。楼宇一栋比一栋高，不是全透明就是散发着生冷的银色金属光泽。桥梁分好几层，绕着楼宇，交叉盘旋，将城市割裂成了迷宫，上面行走飞翔的机器形态千奇百怪。各个公司的广告都用镭射投在半空，行走在路上等于随时在看电影，从甄妮的角度望出去，正好看见一只巨大的泰迪熊趴在对面楼上喝着酸奶。

一旁递过来一杯牛奶，她转过头，看到了借时的脸。

"咖啡因只是在预支你的精力，并没有好处，不要当水喝。"

"我知道。"甄妮接过牛奶，勉强地挑了挑嘴角。

借时是她最喜欢的机器人，平时的工作就是陪在她身旁。借时拥有她个人最喜欢的五官轮廓，以及身材比例，知识十分全面，性格也温柔。虽然机器人总是不解风情，但借时可以在最大程度上与人融洽相处。她从不让借时抛头露面，所以极少人知道借时的存在。

"你又在看那个了？"借时坐在她身旁，看着她手里的东西。

"是啊。"

甄妮低下头，看着手里的日记本。在2480年，早已没有人用纸笔了，这本叫日记

的东西，来自几百年前。

她转头盯着借时的眼睛说："你大概要离开我一段时间了。"

这是一个智能时代，拥有人类绝大部分技能的人形智能机器人已经遍布世界每个角落，应用到了生活的方方面面。他们看上去和人类别无二致，也有各自不同的性格与专长，只是他们更完美。

而人类被迫加速进化，大脑中潜藏的能力被逐渐激活，如果在街上看到个会喷火的人也未必是骗子了。而即便是普通人，也能够自由删减和控制脑内记忆，忧愁与苦痛，焦虑与不安，这些通通可以一键删除，再也没有"心理阴影"这个词，每个人都能活在幻梦一样的简单快乐里。

然而甄妮却做不到。明明她的 IQ（智商）超过 200，精通计算机程序应用，尤其在机器人发明方面极为拿手。她设计的机器人，仿真性极高，技能配备强悍，自立门户后生意络绎不绝，每天求合作求指教的人踏破门槛。

可她就是不快乐。

除去工作，她再没有任何活动，她最大的乐趣就是不断设计和完善机器人，让他们更加接近人类。

但说到朋友，似乎仅有借时可以称得上。

他是她的秘密。因为她在借时身上做了极其大胆的实验，并且成功了。

"为什么你要送我离开？"借时不明白。从睁开眼睛起，他的世界就只有甄妮一个人，他不愿意离开。

借时不仅拥有帮助人类修正以及制造记忆的能力，还可以进行时间与空间的无障碍穿梭。即使是如今的年代，时空穿梭仍然是敏感的话题，甄妮知道，假如借时这样的机器人被广泛应用了，势必会造成时空混乱，所以她设定了三次穿越限制。

"我要你去找一个人，去帮帮她。"

"她是怎样的人？"

"她……"甄妮歪头沉吟了一会儿，"是个有些固执，甚至有些傻，但本性纯良的人。她只是需要一个引路人，她需要你。"

甄妮手中的日记，来自她的祖先，一个叫庭然的女孩。庭然患有当时非常罕见的疑难杂症——超忆症。她的大脑不具备记忆删除功能，会永久性记得生命中发生过的所有事情，每一顿饭，每一次受伤……而她的生命中似乎发生过颇为不幸的事情，被背叛，被伤害，导致她至死一直深陷于悲惨的回忆中，性格阴郁，这种性格也影响到她对后代的教育。错误的教育模式，一代一代影响着整个族群。

"所以说，你帮她，就等于帮我。"甄妮对似懂非懂的借时说，"你想让我快乐的，对吧？"

"对。"

借时回答得很肯定，他眼里坦诚的光，应该没有人能抗拒。

但日记里的记录并不完整，甄妮只好将它们全部录入借时的系统，顺便也加入了那个年代的年历以及行为习惯、常用语，和庭然的 DNA（脱氧核糖核酸）绝对搜索程序。甄妮期待借时去往庭然身边，能纠正庭然的个性，帮助她改变不幸的命运。

"放心吧，她一定会很喜欢你的。"

甄妮轻轻摸着借时的脸，努力朝他笑了一下。

然后，她在日记中找到了一个觉得可行的时间切入点，按下了按钮，借时瞬间从她的眼前消失了。

她对着空气伸出手去，仿佛还有人在那里，轻轻说了一句："好运！"

第一章

从天而降的神秘少年

1

"庭然，快一点儿，要迟到了！"

明明再过半个小时出发也不会迟到的，庭然在心中不耐烦地还嘴，手臂绕到身后伸到极限，费力地向上拽着连衣裙拉链。镜子里的人一脸烦闷，暗自腹诽，无论去了电视台多少次，爸妈对于上电视这件事总是那么兴奋。

"来了……来了……"

她抓起门后挂着的包跑出去，爸爸已经在外面车里等着了，而她的双胞胎姐姐庭依却穿着恐龙造型的连体睡衣，窝在沙发里美美地看着电视，瓜子皮丢得到处都是。

明明她刚刚高考完，也考上了满意的学校，而庭依带着很差的成绩迈入了最关键的高三，可她却根本无法享受这个传说中最愉快的假期。今天这个比赛，明天那个节目，爸妈真的拿她当明星，不停地给她安排活动。密不透风的行程，让庭然想想就郁闷。

"庭依，你也别总是玩了，去收拾一下东西，明天我们就要出发了。"或许是感受到了庭然的怨念，妈妈拍了庭依一下，"把你妹妹那份也收拾好，她今天晚上回来晚，太累了，顾不上。"

"我又不知道她要带什么，怎么替她收拾啊？"庭依这才瞥了庭然一眼，满脸的不乐意。

庭然也不愿意她去翻自己的东西，赶紧说："算了，我回来自己收拾吧。"

"好好好，我去，谁叫我妹妹是个天才呢！"

庭依一把掀掉巨大的恐龙帽子，利落的短发因为静电全都立了起来，看上去有点儿滑稽。但庭然可笑不出来，她听得出庭依话里的醋意，更何况经过她身边时庭依不用只有她能听见的声音哼了一句"假惺惺"，紧接着重重甩上了卧室门。

庭然几不可闻地叹了口气，出门坐上了副驾驶，车子往电视台出发了。

听到外面车子离去的声音，趴在床上的庭依用枕头盖住头，越想越委屈，咬着牙哭了。她都不记得这是最近一段时间里，自己第几次偷偷哭了。

对庭依来说，有这个双胞胎妹妹是自己最大的不幸。虽然每个人都在说有亲姐妹相伴令人羡慕，但她俩注定无法成为别人家那种相亲相爱的姐妹。因为她的妹妹太优秀了，从幼儿园起就被阿姨们夸奖聪明，受尽了疼爱。到了小学，庭然更加一发不可收，功课根本不是难事，还总在各种比赛上得奖。后来跳了一级之后，明明是妹妹，却变成了她高年级的学姐，气势上更是一下就压住了她。父母发现庭然的记忆力超乎寻常的好，带她去做了详细的检查，种种结果都证明她确实是难得一见的天才。

从那之后，庭然开始被请去做电视节目，参加记忆能力的比赛，有关她的新闻，大标题总是标着诸如"天才少女"之类的名号。

庭然身上的光环越亮，就衬得庭依越黯淡。于是她为了自己能有存在感，开始有意和庭然区分开。庭然爱穿裙子，那她就穿裤子；庭然爱穿彩色，那她就穿黑白灰；庭然不剪头发，那她就永远不让自己的头发长过耳朵。她早早打了耳洞，穿上破洞牛仔裤，不吝于做错事做蠢事，有一段时间常被老师请家长。但很快庭依就发现，自己这样做毫无意义，因为父母根本不在乎她，她家只要有庭然这个骄傲就够了，她再挣扎也不过是一个无须被顾及的普通人。

就如同现在庭然已经毕业了，毫无意外地考上了知名院校，而她却还要在高三苦苦挣扎，无论付出多少努力，排名还是止步不前。她很失落，对于未来也很恐惧，也努力表现了出来，但爸妈居然没有给她任何安慰，甚至丝毫不在意她的高三，只一味地想着要为庭然庆祝，还开开心心地计划了郊游。

不仅如此，庭依还悲哀地发觉，她丢失了真正的自己。明明她也喜欢连衣裙、毛绒玩具和偶像明星，但她却再也不能表现出来了。她为了博取关注，浪费了自己的人生。

不，是庭然抹杀掉了她的人生。蹲在庭然满是漂亮裙子的衣柜前面，庭依紧紧握着拳头，不在乎指甲陷进肉里的疼痛，强忍着再度涌上来的泪意。

她只是太不甘心了，如果庭然不存在就好了。

录制电视节目很无趣，比赛至少还要动点儿脑子，有时候还会失败，庭然还挺喜欢的，但电视节目需要的不过是背台本。可爸妈喜欢，他们亲手把她推上了神坛，根本不允许她下来。

这样的日子究竟什么时候才能到头呢……和爸妈无法说心里话，和姐姐关系紧张，在学校里也没有朋友。因为学习对她来说太容易了，难免让那些无比刻苦却永远无法取得好成绩的人心生怨怼。

然而，庭然也无法对别人说，她羡慕他们，她想做个普通人，能一步一步稳扎稳打获得自己想要的。她知道自己这样说，一定会被人认为是得了便宜还卖乖。

录完节目已经半夜了，庭然站在电视台后门给爸爸打电话，爸爸说再有几分钟就能到。放下电话，她打了好几个哈欠，靠着树放空。电视台后门正对着一条小路，是两条大马路之间的连通，树木浓密，风一吹只有"唰唰唰"的声音，静得有些吓人，但所幸路灯很亮。

就在这时，一辆卡车从交叉口的右侧拐了过来，风驰电掣地从她面前开了过去。

掀起的风里有沙子，庭然眯了眯眼睛，退后了两步，想从包里掏镜子整理头发。还不等她打开复古的陶瓷镜盒，突然听见了一阵刺耳的刹车声。

从庭然所站的角度，只能模糊地看到卡车的尾巴，她抱着手臂往前走了几步，就在卡车轮子下面看见了一辆扭曲变形的电动车。她有点儿不敢走过去了。让她没想到的是，本来已经停住的卡车居然再次开动，全速绝尘而去。

庭然迅速地报了警，同时打了"120"。

这时爸爸也到了，陪着她等来了警察。警察似乎很苦恼，因为这个路口没有摄像头，这个时间又没有什么目击者。

"我记住了车牌号。"这就是庭然等在这里的原因。

警察愣了愣，他不太相信。这明显是突发事件，谁会去记从面前一闪而过的车牌号啊。而且肇事司机很显然没注意到有人在，否则就不会逃逸了，这证明他们当时的距离应该不算近。

"我女儿的记忆力可是和一般人不一样……"

"当时它正好从我眼前开过，我只是晃了一眼。车牌号 E588，轻型卡车，蓝色。司机三四十岁，很瘦，头发有点儿长。"庭然打断了爸爸的惯常吹嘘，"我只记得这么多，应该不会有错，不知道能不能帮上忙，我先走了。"

说罢，她转身跳上了自家的车子，靠在车窗上，困倦地闭上了眼睛。留下两个警察目瞪口呆，明明觉得不可信，却还是按照庭然说的通报了各个路口。

回到家里，庭然果然发现卧室被翻得一团乱，但她的书包里却只放了几样没用的东西。她无奈地摇了摇头，庭依一直是这样，就会用这种小招数找她麻烦，就像幼儿园的时候把别人的剪刀偷偷塞进她书包一样。可惜的是，阿姨们总是愿意相信她。

换位思考，如果她是庭依，一定也会很生气吧。

她们虽然长着一模一样的脸，容貌相近到每每看到对方的脸都会心惊。但她们却赋予了自己和对方截然不同的打扮，远看就像是毫无瓜葛，甚至不会是朋友的两个人。就是这样，明明是亲姐妹，却各怀心思，无法沟通，更别提什么亲呢了。

想想还真是悲哀啊。

2

第二天很早爸妈就在外面折腾起来，庭然睡得轻，稍有响动就会醒过来，看了眼时间，统共才睡了四个小时。

她一点儿也不想去郊游，无非就是去近郊爬山，她一向讨厌运动，讨厌出汗。尤其是窗外还不是大晴天，阴沉沉的，闷热异常，空气中好像有缓慢翻腾的热浪。可是爸妈本来就是为了奖励她才计划去的，她又怎么能扫兴呢。

强打着精神爬起来，庭依都已经准备好了，背心短裤利落得很。只要涉及玩，她总是很有劲头，光这一点庭然就很羡慕了。

看到庭然起来了，爸爸立刻兴高采烈地跑过来跟她说："宝贝，你太厉害了，一大早警察就打来电话，他们按你说的布控，昨天夜里就把肇事逃逸的司机抓住了。"

"哦。"

庭然毫无意外，自然也无惊喜。

"警察说要给你学校写表扬信。"

"不用了吧……"

"我答应了，让他们写给你的大学。"

天哪——庭然掐了掐眉心——她还想着到了新的学校能从头开始，尽量低调做人，争取交几个朋友。这下好了，还没开学就又出名了。

等她抬起头，刚好撞见庭依还没完全收起的白眼。

全部准备妥当，一家人出发，开车前往郊外的风景区。看得出来，爸妈心情极佳，车里放起了他们那代人喜欢的歌曲。庭依觉得烦，麻利地戴上了耳机，庭然坐在旁边都能听见震动，可想而知她音量开到了多大。

庭然不能听歌，歌词她总是一遍就能记住，很快就会厌烦。她就只能听一些轻音乐，但在这种环境下很难不受干扰。她一直尽可能不去记那些无关紧要的东西，因为她怕自己的脑袋总有一天会爆炸。因此她真的没什么课余活动，都不知道自己究竟喜欢什么，无聊的时候只能放空。

"给——"

一旁突然递过一瓶可乐，庭然转回头，看见庭依朝自己挑了挑眉毛。她下意识地看了眼后视镜，发现妈妈正在看她们。于是她伸手接过可乐，对庭依笑了笑。

放在其他家庭再平常不过的情景，到了她俩身上就是百般不习惯。可妈妈多少比爸爸要敏感些，似乎已经察觉到她们姐妹俩感情有问题，所以她和庭依都要做做样子，在这一点上她俩倒是意见统一。

只是庭依明明知道，她是不喝碳酸饮料的。

正逢暑假，登山的人却不算多，大概是因为桑拿天的缘故。天上的云层很厚，灰

霾一片，也没有一丝风，庭然披散着的长发，全都贴在脖子后面，于是，她一边慢悠悠地往上走着，随手就把发带解下来，和头发编在了一起，搭配她身上的蓝底云朵图案的公主裙，倒是清爽的风景线，很多路人都不自觉地打量她。而在她拖拖拉拉只顾着收拾自己时，庭依已经大步流星跑了好远，好像一点儿都不觉得累。

中午的时候，他们爬到了半山腰最大的平台，那里有一座香火很旺的寺院，选了个风景好的角度，一家人铺好带来的野餐垫，摆好餐具，坐下吃中饭。饭都是妈妈在家做好的，她俩饭盒里的食物一模一样。

庭然只顾自己闷头吃，庭依却把自己饭盒里面的虾往她的饭盒里夹，说着："我吃不了那么多，给你吧。"

"那……"庭然颇不自在，她不像庭依那么愿意做这种面子功夫，小声嘟囔着，"你要吃菜吗？"

"给我点儿香菇吧。"

两个人像寻常姐妹一样互相分着菜，余光可以看出爸妈很欣慰。两个人的嘴角也只有在低头的时候，才敢往下坠一坠。

吃过中饭，父母累了，不想再往上爬了。庭然也不想了，她穿的是皮鞋，虽然也算舒服，但她对山顶并没有兴趣。可庭依却兴致勃勃："我想去山顶看看，你们都不去，那我一个人去了。"

"不行，要去你们两个一起去，一个人不安全。"妈妈立刻反对。

庭依歪着头看着庭然，嘴角带着强忍的笑意，这明显是把选择权强塞给了她。她是真想任性一把说不去，她知道那样的话爸妈不会勉强她，但不过是爬山而已，她又何苦跟庭依过不去。庭然背对着爸妈翻了个白眼，转过脸却笑着说："好吧，那我也去吧。"

"那你俩别走散了啊，原路上去，原路下来，别待太久。"

"知道啦，我们又不是小孩子了！"

庭依转身就跑，庭然没办法，只能喊着"慢点儿"追了上去。

越往山顶走人越少，爸妈不在身边，她俩也不用再伪装，几乎是各走各的，只要不隔太远就好了。走到山顶前最后一个休息平台时，太阳已转向另一边，闷热的气流中隐约夹杂了一些雨前的凉风，庭然暗暗地想，到了山顶就要下来，不然天就要黑了。

"你等我一下，我去趟洗手间。"正想着，庭依朝她喊了一句。

洗手间做成了小木屋的样子，在非常僻静的角落，不留神还真看不到。这周围风景很好，有一条不算深的溪涧，清澈的溪水潺潺淌过石头，还能看见小鱼。连接溪涧两边的是一座小小的吊桥，绳索和木板搭建而成，古朴幽然，庭然看着对岸，有那么一瞬间她好像看见一个男生从桥的一侧走了过来。

她慌张地揉了揉眼睛，再定睛望去，桥上却空空如也，哪里有什么人。

她在心里自嘲地笑笑，之前她偷看过一本少女漫画，里面的情节还总是让她浮想联翩，总以为在特别的场景里一定会有注定的邂逅。

庭然转身想回去，突如其来的一阵劲风险些把她的裙子掀起来，她一手按着裙摆，一手遮在眼睛上。远处的天阴沉下来，一股黑云正朝这边漫过来，看来真要变天了。

想着等下要赶紧下山，庭然也决定去趟洗手间。她走到小木屋前，正好庭依从里面打开门，看到她略微愣了愣："用我帮你拿包吗？"

门上没有挂钩，她的挎包确实不方便，庭然就从肩上取下包递给了庭依："谢谢。"之后她走进去从里面锁上了门。

"庭然，你还记不记得小学春游那次发生的事？"庭依站在外面，头发被风吹得乱糟糟的。她眯起眼睛，突然想起了一些陈年旧事。

虽然小学每一年都春游，但庭然还是一下子就意识到庭依说的是哪一次了。只是隔着一扇木门，她听不出来庭依究竟是怀着怎样的情绪。

"那么久的事了，你提它做什么？"

"是啊，是很久以前的事了，但你记性这么好，一定没忘吧。"庭依的手里抓着庭然的包，因为太用力，PU材质出现了好几个指甲印。这个包是贝壳形状的，还带有珍珠装饰。她常常挖苦庭然的装扮太小女生了，很幼稚，可每每看到庭然买回来新的，她又总是暗暗羡慕。对于庭然的一切，她都是这样纠结的，"明明是你自己离队的，老师和爸妈都怪我，说我没看好你。你走丢了十分钟，我被足足骂了十分钟。后来你自己找到路回来，他们居然夸你能干。"

庭依自己也诧异，明明是过去那么久的事，一想起来，当时的心情竟然还是那么真实。不是愤怒，愤怒是长大后才懂的，在当时她只是害怕，那种害怕太刻骨了，以至于到了今天，仍旧留在她的身体里。

她觉得父母不爱她，大家都不爱她，她甚至觉得假如庭然找不回来了，那她也没必要存在了。

只可惜庭然在里面，并没有第一时间体会到她的不安，而是一边开门一边说："那时候我还是个孩子啊，我能怎样！"

她想出去，结果庭依堵在门口，单手拽着门里的把手，她也只能停在那里。

"我也是个孩子啊！我只比你早出生一分钟！凭什么所有的都被你夺去了！尤其是在你跳级之后，你说走就走，知道原来班里的同学都怎么嘲笑我吗！我每天都听到一句话，'姐姐是笨蛋，妹妹是天才'！"

在吼叫出来的同时，庭依的眼泪也掉了下来。

她突如其来的爆发，终于让庭然意识到自己的存在给这个姐姐带来了多大的伤害。她从前一直以为庭依对她只是嫉妒，而她却觉得自己根本没什么值得嫉妒的。但其实根本不是嫉妒那么简单，是长久不被关注不被爱的空虚感，那么多年，足以蔓延成恨意了。

可她能怎样呢？如果可以，她也想关掉头脑里的开关。她不想把所有的细枝末节都记住，她不想在大家热火朝天玩某个游戏时靠上前去，大家却意兴阑珊，一哄而散。

"我还羡慕你呢……"很可惜，两个人都是那么不甘示弱，明明也有一瞬的心疼，想要递纸巾给庭依，但最终庭然只是着急地为自己分辩。她的眼中顷刻间凝满了泪水，比起庭依干脆利落抬高嗓门儿的质问，她显得太弱了，只会喃喃地哽咽着："你有那么多朋友，周末可以和他们出去玩，爸妈也不会管你。可我呢？我不行……我并不想一个人孤孤单单站在高处……"

越说越委屈，庭然双手捂住脸，哭出了声音。

"庭然，只要你还是你，你就一定会是孤孤单单一个人的。因为没有人会发自内心地喜欢你，他们只是喜欢你的聪明。"

没有人会喜欢她，是这样吗？

"假如你现在变回一个普通人，连爸妈都会对你失望的。无论如何，你都不可能被人喜欢了。"

是啊，没有人会真心喜欢她的。

除了记忆力爆表之外毫无优点，不懂得和人相处，没有个人爱好，脾气很坏，还总是自怨自艾的她，根本没有人会喜欢的。她早就知道这点，所以她必须一直聪明下去，她必须小心翼翼不让爸妈和老师失望。

可是，这样的日子何时才能到头呢，是不是一辈子她都要这样虚假地活下去呢？

"我来帮帮你吧。"

不等庭然反应过来，庭依突然将她扶在门框上的手推了下去，用力甩上了门。庭然下意识感到不妙，即刻想要冲出去，但还是慢了一步，庭依从外面插上了门闩。

"你干什么？放我出去！"庭然脸上还挂着眼泪，却被这突发的状况吓得连哭都忘了。

"这次，爸妈肯定还会骂我的，但我已经无所谓了。庭然啊，没有人想当一个天才小孩的兄弟姐妹的，太痛苦了。你别怪我。"

"庭依！你放我出去！庭依！"

顾不得脏，庭然拼命砸着门，却还是听到脚步声越来越远，她的眼泪再次滂沱而下："姐！求求你把门打开，求求你……姐！"

久违的"姐"字，让庭依不自觉停住了脚步，肩膀一耸。她低着头，略作踟蹰，最终还是死死捂着耳朵，咬着嘴唇，奋力地朝山下狂奔而去，豆大的雨点就在这时砸在了她的身上。很快，山上的石阶都被打湿了，天色竟一下子黑得有如夜晚一般。

她跑得太急，直到被石阶缝隙绊了一下摔倒在地才停下来，她翻身坐起来，看到膝盖都破皮了，脚腕似乎也扭了。庭依抱着膝盖，咬着嘴唇，不知所措地哭了起来。

狠话说了，但之后该怎样，她根本不知道。虽然她总是想，要是没有这个妹妹该多好，可是面对一个和自己长得那么像，从小到大生活在同一屋檐下的人，她这样做是不是太狠心了？仿佛有两个自己在互相拉扯，快把她的心撕成两半了。

风雨越来越大，山里面的广播开始提醒游客下山，如果这个时候她不回去，恐怕就……庭依双手抹了几把脸，还是站了起来转过了身。虽然膝盖的伤口沾了雨水和风沙一动就疼，但她还是想回去把庭然放出来。

"庭依！"

就在这时，一个熟悉的声音叫住了她。她回过头，看到爸爸正满脸焦急地跑上来，立刻就吓傻了。

嘴上说不怕，但她心底其实最怕的就是被父母责怪，一时间她立在那里，竟除了哭什么都忘了。

"怎么回事？"爸爸跑到她面前，气喘吁吁，着急地询问，"庭然呢？"

"她……她……她说要去厕所，我帮她看包，可等了好半天她都没出来，我去找的时候里面已经没人了，不知道是不是走岔了。我找了好久都没找到，还摔了一跤……"

她全身发着抖，一遍遍重复着："爸，我真的找了……找了好久……"

爸爸听后心急如焚，可见到大女儿身上都湿透了，还带着伤，也没办法责怪，当务之急是先找到人。他举着雨伞，先将庭依送了下去和妈妈会合。

一听到庭然丢了，妈妈立刻就崩溃了，脸色发白地瘫软在椅子上，站都站不起来。

"不是说了让你们互相照看吗？你当姐姐的怎么能不照顾妹妹呢？"

面对这样熟悉的质问，庭依无言以对，只能反复说着无济于事的"对不起"。

爸爸当即要回去找庭然，但被山中的管理人员拦住了，这场雨来得太急太大，还伴随雷击，这时候上山太不安全了。

"可我们的女儿也不安全啊！"爸爸急得直捶墙。

"你能记清你最后一次见到她是在哪里吗？"搜寻的人问庭依。

他们这样问，庭依才意识到，真让她形容，她也说不清楚那个厕所究竟在山里的哪个位置。毕竟整个山上不止那一间厕所。而且她刚刚已经跟爸爸说了，庭然没在厕所里面，这个时候她只能继续圆谎。

外面暴雨如注，暗得伸手不见五指，伴随凄凛的大风，就像有人在号哭一般。雨水打在石头上，蒸腾起一层白雾，什么都看不清楚。绝大多数游客都下山了，但不排除还有滞留的，这时候只能盼着雨快点停。

庭依也盼着雨快点儿停。

谁也不曾注意，此时有一个少年独自行走在山路上，他步履坚定，狂风都无法撼动他一丝一毫，暴雨扑在他的身上，就像水滴在海绵上，瞬间就干掉了。他在漆黑的雨幕中徐徐往山上走，没有打伞，却干净无比。

没什么能影响他，他只有一个目标，心无旁骛。

3

无论庭然怎么呼喊，庭依再也没有回来。她原本还抱着那么一丝希望，觉得庭依不过是一时生气，等下就会回来打开门。

纵使她知道庭依怨恨她，却还是没想到会有这么一天。她一边抽泣着叫着"姐姐"，一边回想着幼儿园时的片段，她的记忆来得比一般小孩早，所以很多庭依不记得的事，她却全都记得。她总是想起还没有人意识到她有什么特殊的时候，她们姐妹俩的关系特别好，每天午睡都要挤到一张床上。那时候多好啊，她们扎着一模一样的羊角辫，穿着一模一样的衣服，连铅笔盒都是一样的，她总是叫着"姐姐姐姐"……可后来，她们总是生硬地叫着对方的名字，再不以姐妹相称了。

一开始她还不是太惊慌，毕竟她有手机，只要给爸妈打个电话就好。但她往身上一摸才想起，她的手机在包里，而刚刚她把包交给庭依了。

庭然这才真正感到绝望。

在外面的时候，她看过这个地方有多僻静，她知道随着时间越来越晚，路过的人会越来越少。但根本没等到那个时候，外面竟然下起雨来，狂风将这栋小屋撞得呼呼作响。从唯一的一扇镶着毛玻璃的小窗户望出去，天色彻底暗了下来。

她拼命地砸门，喊叫，希望能有人听到，她害怕一个人被丢在这里。可除了偶尔乌鸦飞过发出惊悚的叫声，和轰鸣的雷声之外，再也没有其他动静，她叫得嗓子冒烟，又冷又饿，真的精疲力竭了，可还是没有人发现她。

闪电劈断了一根树杈，砸在了屋顶上，"轰"的一声，庭然吓得尖叫起来，这声巨响彻底摧垮了她的意志。她环抱着自己缩在了角落，小时候听过的那些恐怖故事一下子全跳了出来。

她的脑袋里不断地回荡着庭依的话——

"无论如何，你都不可能被人喜欢了。"

"救救我……救救我……"她蹲下去抱住膝盖，像猫咪一样呜咽着。

可她知道这样的声音不会被任何人听到，没有人会来救她的。

"谁来救救我啊……"

少年朝林间小屋靠过来，他的视线里这间小木屋是透视状态的，一个红色的定位标识，在一通乱转后，准确地停在了庭然身上。他找到了自己唯一的目标，顿时松了一口气。他加快了脚步，不过仍是很轻，轻到意识模糊的庭然并没有听到。

他在门口停住，摊开手掌，从掌心伸出一根钢骨，顶端分出好几根叉，一层月白色带小花朵的防雨布瞬间围成一圈。

他举着手上名叫雨伞的东西，另一只手轻轻拨开门闩——

门被打开了，半个身子倚靠着门的庭然猝不及防，竟一下跌了出去，趴在了湿漉漉的地上。

她这才感觉到了风，发蒙地抬起头，看到面前站着一个高高瘦瘦，黑头发的男孩子，举着一把很大很漂亮的雨伞。她仰头望去，竟觉得像月亮一样。而黑暗中男孩的眼睛却像星星般温柔、透明，让人联想到童话。

"找到你了。"

男孩微微弯下腰，朝她伸出了一只手。

到了这一刻，庭然才终于有了自己获救的实感，她猛地从地上蹿起来，一把抱住了男孩，抓着他胸前的衣服号啕大哭。

男孩并没有阻拦她，只是有些不知所措，尝试抬了几次胳膊，也不知道该做什么，

最后选择就这样站着，直到庭然哭完。

多久他都会等。

哭了好几分钟，擦了几次鼻涕，庭然才逐渐镇定下来。她这才意识到自己究竟做了什么，不好意思地后退了两步。这是她第一次和异性如此亲近，她一向不善于表达亲昵的。她无意识地捋着头发喃喃地说："对……对不起……"

"为什么要道歉？"男孩问。

庭然以为他是故意打趣，"唰"的一下红了脸，声音更小了："没什么……"

腿凉凉的，可身上却感觉不到任何雨水，庭然抬起头，觉得这把雨伞好像又大了，似乎无论她怎么退，都能为她遮住风雨。

"下去吧，你爸妈在找你。"

想也知道，爸妈肯定急坏了，可想到回去之后要面对庭依的谎话，她就觉得头痛。但不想面对也得面对，她早就知道逃避没有用。

山路都是砌好的台阶，并不太陡，但下了雨很滑，风又大，庭然走得颇为辛苦。她不想拖累一个不认识的人，所以不愿意掉队，但每走一步心里都有些发颤。

突然间，身旁的男孩把伞换了只手，紧接着用一只手揽住她，一声不吭地将她像只麻袋一样扛到了肩上，大步流星地往山下走去。

"喂！喂！"一时间庭然天旋地转眼冒金星，半天才缓过劲儿来，她气急败坏又哭笑不得地拍打着男孩的背，要知道她还穿着裙子，"你要干什么啊？"

"你夜盲。"

男孩说这句话的语气毫无波澜，完全就是陈述事实，庭然却整个人都僵住了。

她只是有些轻微夜盲，光线昏暗的时候下楼梯有点儿胆战心惊，但不是什么大问题。城市里哪里都有灯光，很少会遇见山中这种全暗的情况，所以连她爸妈都不知道。

这个男孩怎么知道的？难不成只是因为看到她走路太小心？

"好好好，我知道你是好心，"庭然无可奈何，却又实在不好意思，手指捏着他的衣服轻轻摆了摆，"但你不能这样扛我下去啊，先放我下来啦。"

万幸男孩听取了她的意见，将她放了下来。庭然前脚站稳，刚松了一口气，后脚身体就又腾空了。她尖叫一声，下意识地绕住了男孩的脖子。

这才发现，这次是……是公主抱？！

"那个……"距离太近了，庭然总觉得自己一抬头就会碰到他的下巴，心从来没有跳得那么快，呼吸却又很费力，"你这样会看不到路的。"

"看得到。"男孩回答得斩钉截铁。

哼，吹牛，庭然心里想，却偷偷笑了。

"那我拿雨伞吧。"

"重。"

"雨伞能有多重啊，我力气很大的。"庭然坚持道。

男孩也觉得把雨伞交给庭然是最好的选择，可以节省时间，他在伞柄上握了握，将钢骨的密度降低，重量轻了一半，才交到庭然手上。

"也不重嘛……"庭然嘟囔着，却觉得这把伞长得和普通的伞不太一样，一个接口都没有，不知道要如何收起来。

事实证明，男孩一点儿都没吹牛，无论路有多难走，他好像看都不用看，脚步丝毫没有停顿。庭然知道自己不算胖，但一直这样抱着肯定很累，但她偷瞄男孩的脸，完全看不出丝毫吃力的样子。

这人是外星来的吗？

老天听见了她的求救，所以派了个帅哥来救她？

风雨似乎小了一些，雨水顺着伞檐流下，将他俩包裹起来，反倒觉得很安静。

"你笑什么？"感觉到她一直在偷笑，男孩很疑惑。

"啊，没有，我才没笑！"被发现的庭然赶忙抿住嘴，本能地摆手，结果差点儿摔下去，又抓紧，结果离得更近了，"深更半夜的，又是这样的天气，你怎么一个人待在山上啊？你迷路了吗？"

"没有。"

"那……"

"我在找人。"

"找谁？"

"你。"

庭然微微一愣，热度一下子蔓延到耳朵根。她有一种很微妙的感觉，要是换成平常那些男生，这样油嘴滑舌，她肯定不会有什么好感。但面前这个人，真的好一本正经啊，从一开始他就没有什么太大的表情，没有急切地嘘寒问暖，但他身上却弥漫着一股与生俱来的温和，居然让她觉得颇为值得信任。

"好啦，你不愿意说就算了。"她决定不再刨根问底，暂且留住这一刻的美好。

"你为什么会在那里？"

男孩的一个问题，顷刻间就将她从飘飘然的浪漫氛围里拽回了地面，她又回想起了自己是如何被庭依关在厕所里的。

"我可以不回答吗？"

无论如何她还是没办法和一个不太熟的人说，是她的同胞姐姐做的。倒不是为了保护庭依，是因为说出来自己会很难过。

"可以。"说话间男孩一直都没有停下脚步，他走得那么稳，让人安心，"但你不开心。"

她一直都不开心，又有谁真的在意呢？庭然苦笑了一下，不自觉地将头靠在了男孩的肩上，疲惫地闭上眼睛："谢谢你。"

男孩微微低头，看着怀里的庭然。他不懂，不懂她为什么一会儿说"对不起"，一会儿说"谢谢"，一会儿体温升高，一会儿又像快要断电了一样。

这个年代的女孩，都是这样的吗？

如果真是如此，可真是艰难的任务啊。

4

然而此时此刻，在山下的管理站，庭然的父母也是心乱如麻。妈妈哭了一整晚，爸爸根本坐不下来，不断地走来走去。而庭依始终一语不发地低着头坐在角落，如果可以，她恨不得缩到墙里去。

"你要歇会儿吗？"自己是被抱的一方都已经很累了，他怎么会一点儿都不觉得辛苦呢？庭然觉得他一定是在硬撑。

"不用，快到了。"

话音未落，庭然就看到远处隐约有几束手电光在扫射着。男孩将她放下，她朝着那个方向跑了几步才觉出异样，回过头见男孩还站在原地，并没有要跟上的样子。

眼见他快要融进黑暗中，庭然心里一紧，赶忙又折返回去，把伞撑在了他的头顶："他们就算不是来找我的，也肯定是管理人员，你不和我一起走吗？"

"你不用管我，他们就是来找你的，快去吧。"

"可你一个人留在这里做什么啊？和我一起走吧，我爸妈肯定很感激你的。"庭然心里既不舍又担忧，直到手电光到近前时都还没动。

"你记得，我叫借时。"男孩留下最后一句，"我们之后还会再见的。"

随即他转身往相反的方向走了。

庭然急急地叫他："等下！我们真的还会再见吗？"

"你是不是庭然？"尽管穿着一次性雨衣，全身依然被淋湿的两个大叔到了她面前，不等她回答就已经确定了她的身份，"你爸妈都急坏了，快和我们走吧。"

她这才发现雨伞还在自己手上，可当她急急地转过头，那个叫借时的男孩已经了无踪迹。

仿若一场梦。

但当爸妈扑向她，梦就醒了。忽略爸妈的担忧，庭然对上庭依的眼睛，但庭依立刻就低下了头。她看见了庭依腿上的伤，微微皱了皱眉。

"你说说你！多大的人了！怎么会走丢呢？说过让你们俩不要分开的……"看着妈妈眼睛都哭肿了，庭然很心疼，红着眼圈哄道："对不起，我这不是没事吗？"

"可你怎么会记不得路？你……"

看得出来妈妈还是有些纠结，有一刹那庭然很想说出真相，可她清楚如实说过之后，会在家里掀起怎样的轩然大波。无论如何，她们都是爸妈的女儿，无论她们两个任何一个出事，伤的都是父母的心。

"是我贪看风景，走太远了。"

庭然快要词穷，赶紧用眼神向爸爸求救，爸爸心领神会地出声说和："回来就好，我们也打扰人家这么久了，庭然肯定也累坏了，先去休息，明天再说。"

一家人和管理员道了好几次谢，才出发去旅店，进了车里妈妈还是忍不住埋怨，庭依仍旧一声不吭，但庭然的思绪却已经飞出了车子。

换作以往，遇见这种事，她可能会抑郁很久，反反复复地回想。但此时，她满脑子想的都是借时，想他现在一个人在山里还好吗，他连雨伞都没有，会感冒吧。想到雨伞，她才发现那把伞落在了管理站，可车已经开出很远了，她也不好意思开口要求回去取。

唯一的信物也丢掉了，以后真的还会再见吗……庭然越想越后悔，至少应该留个电话才对。

她不知道的是，管理站的工作人员正在费力地研究那把伞，他们没找到任何开关和接口，好像这把伞就是这样一体铸造的。这把怪伞让接庭然的那两个大叔想起了，一开始他们似乎看见了一个男孩，但一眨眼就不见了。两个人面面相觑，身上居然起了鸡皮疙瘩。

到了旅馆，庭然快累瘫了，迅速洗了个澡，蒙头就要睡觉。

爸妈一间房，她和庭依一间房，不睡可能就要面对庭依了，她恨不得立马入睡。但这一天发生的事情太多了，无数的画面在她脑子里兀自盘旋，明明困得要命，却根本睡不着。

"庭然……"

结果庭依还是开口了，难得她的声音也有发蔫的时候。

但庭然一开口就是怨气，仍旧背对着庭依："干什么？"

"你是怎么出来的？"

庭然猛地睁开眼睛，她险些忘了，庭依一定会对这件事感兴趣的。可她不想把借时的事说出来，她不愿意将那么美好的际遇和庭依分享。

她缓缓转过头，朝庭依挑衅似的抖了抖眉毛，轻笑道："当然是有王子来救我了。"

"王子？"庭依的故作温和又一次破功了，她冷哼一声，不屑地说，"太天真了吧。"

"爱信不信。"

庭然重新翻身回去，闭上了眼睛，再度冷下了声音说："我不和爸妈说实话是不想伤他们的心，但不代表我原谅你了。从今以后，我们不再是姐妹了。"

她原以为庭依也会放句狠话的，一直以来她俩都是这样有来有回。但这一次等了很久，背后还是一点儿声音都没有。等到她忍不住回过头，看到庭依已经卷进被子里，背对着她，像是睡着了。

如果床没有在隐忍地颤动的话。

"我是想过回去找你的"——这样的话，被倔强地堵在了喉咙处，最后还是化作了一阵压抑的哽咽，艰难地咽回了自己心里。

该哭的明明是她啊。庭然苦笑了一下，一滴眼泪滑过鼻梁，淌到了枕头上。她在被子里环抱住自己，闭上眼睛却又回想起自己被借时公主抱的画面。

那个画面治愈了她。

能再遇见就好了。不断地默念着这个愿望，庭然终于睡着了。

庭然原以为自己一定会做噩梦，却没想到竟一觉到天亮，仿佛还做了个轻轻软软的甜梦，可惜想不起来了。

清晨的阳光从窗外透进来，她第一次觉得自己或许也有天使守护。

能再遇见，就好了。

第二章

改变人生的重遇

1

去大学报到的那天出奇地热，天空仿佛一口倒扣的油锅，哗啦啦散发着热浪。而脚下的大地如同一块铁板，走不了几步路，鞋底似乎就要熔化。

庭然没有报考外地的学校，因为父母实在不舍得她独自去人生地不熟的地方待四年，尤其是她的年纪还要比其他同级生小一点。好在本市就有全国排名前几位的几十年的老校，只不过学校远在市郊，离家较远。车子停在校门口，庭然打开车门，车外的炽热兜头扑来，对比车内凉爽的空调，更显得异常残酷，而校门口乱糟糟的人群，让她的心情更差了。

爸爸从后备厢里取出行李箱，交到她手里，又说了一遍路上重复无数次的话："还是我送你进去吧。"

"不用了，我已经不是小孩子了，办个手续还需要家长跟着，会被人笑话的。"

她麻利地伸手拉过行李，转身往校门走去。快到门口时，庭然还是忍不住回了头，发现爸爸仍旧站在车旁注视着她，她莫名心头一酸，挥了挥手喊道："天那么热，您快回去吧！"

"周末一定要回家啊！"爸爸不厌其烦地叮嘱道。

"知道了。"

这一次庭然没有再回头，夹在入校的新生人群里，大步往里走。

其实就算家长一路陪同，也根本谈不上什么丢人，在庭然的身旁，有很多帮着孩子提包的家长，但她就是想一个人做这些事。不仅是今天，今后的四年她都要习惯一个人生活。其实父母一直希望她可以办走读，只要她愿意，爸爸宁可每天开车来接她回家吃饭，但庭然却还是坚持选择住校。

她可以拿出非常非常多冠冕堂皇的理由，让父母无话可说。但实际上真正的理由只有一个，那就是在庭然看来，这是解决她和庭依之间矛盾的最好方法了。庭依不过是想要父母更多的关注与疼爱，既然如此，她一两周回一趟家，而庭依的高中离家很近，终于可以独享父母的宠爱，这样的让步总可以吧。

也是凑巧，本来今天妈妈说好要来送她入校，好帮她收拾宿舍。结果庭依的学校也是今天返校，因为高三也很重要，需要家长开会，妈妈不会开车，所以只能由爸爸来送她。宿舍里可能已经有一些外地生搬进去了，做爸爸的进女生宿舍总是不方便的，于是庭然干脆就只让爸爸送她到校门口。

一个人也挺好的，父母总是爱啰唆，在每件小事上都要重复确认几遍，庭然很利落地缴了费，记下自己的班级和宿舍号。

到宿舍的时候里面还没有人，她是第一个。宿舍是六人间，比较挤，但好在不久前刚翻修过，都换成了单独的书桌和床。她爱干净，便选了一个上铺，从行李箱里掏出妈妈备好的清洁用具，从卫生间打了水立刻擦起了桌椅和床。卫生做到一半，宿舍门被推开，室友陆续都来了，几乎每个人身边都跟着至少一位家长，狭小的屋子里立刻嗡嗡嗡全是人声。

"姑娘，你就一个人啊？"一位妈妈转头问庭然。

庭然局促地点了点头。

"看看人家，多独立！"室友妈妈转头就对自己女儿埋怨，"再看看你，酱油瓶子倒了都不会扶！"

可这样说完，她却抢先一步忙活起来，根本不给女儿锻炼的机会。庭然坐在上铺，看着底下家长们热火朝天的样子，不自觉地挑了挑嘴角，明明觉得温暖而欣慰，却偏偏勾起了苦笑的弧度。

她确实是羡慕又无奈。

自己的东西全部收拾好之后，庭然悄无声息地出了门。她虽然觉得自己应该和室友们套套近乎，可她徘徊了半天也不懂应该如何开口，她实在是不习惯主动和人熟络。

这所学校的校龄近六十年，教学楼全部是最高三层的红砖顶的小楼，裂痕累累，却还是难掩砖石上精美的花纹。庭然一路无目的地溜达，越看越满意这个即将生活四年的地方。显然修建这所学校的人在园林方面的造诣颇高，还有面积不小的荷花池。此时荷花盛开，荷叶铺满了湖面，很多人围在池塘边拍照，不乏背着先进器材的摄影爱好者。

暑气颇重，但庭然站在河边树荫下，阵阵花香扑鼻而来，心中的烦躁顷刻间降了大半。学校环境如此，让她觉得安慰，至少以后有烦心事，可以随便找个地方躲起来。庭然下意识拨了拨刘海，即使出了汗，她还是很在意外表。然而手在眼前一遮一移的间隙，她好似看到了一个熟悉的身影一闪而过，电光石火间竟惊得她浑身一颤。

她好像看见了一张脸，一张说过后会有期，害得她整个假期每次出门都在左顾右盼，却始终没再出现的脸。而刚刚那个人好像就在荷花池的对面，可庭然这会儿定睛去看，却又找不到了。她一边揉着眼睛，慌张地环顾四周，一边快速绕过荷花池到了对面，可等她跑到刚刚看到的位置，却根本不见人影。

是看错了吗？

也对，他怎么会那么巧出现在学校里呢？

站在人群后面茫然地四下张望，庭然捂着自己的心口，强行将刚刚猛然翻涌起的那股期待压了下去，眼里的光渐渐黯淡了。她能劝说自己理解，却无法阻挡取而代之的失落。

可当庭然转身想要离开，却险些和一个人撞个满怀。那个人比她高很多，因为距离太近，她只能看见衣领，而在那个瞬间，她的心已经有预感般重新加速跳动。

庭然退后小半步，缓缓抬起了头，终于看清了借时的脸。他就站在她面前，隔着一步的距离。终于是艳阳高照下，不再是阴山暴雨中，终于是如约再相见，而不是相聚杳无期。

只是忽然在白天里四目相对，画面太清晰了反而令庭然有些无措，她频繁地眨着眼睛，脸上的笑意藏都藏不住。那一晚山中太黑，大雨如注，一切都是模糊的，借时的样子和现在看起来差别很大。她原本印象深刻的只是轮廓和眼睛，如今细节一口气全部跳了出来，竟有一种初识的庞大新鲜感。

借时比她高一头还要多，墨黑的短发略微有些凌乱，却像是自己故意抓乱的一样，搭配他的脸型恰到好处。他偏瘦，但短袖T恤下露出的手臂却肌肉线条分明。他的瞳孔和头发一样黑，非常引人注目，第二次见，庭然还是觉得借时的眼睛是她见过最无辜最干净的，好似世间任何杂念都不会污染它，像只无害的食草动物。

面对着这双眼睛，庭然竟像个小孩子一样紧张起来，她有很多话想说，动了几次嘴唇，最后说出口的竟然是一句尴尬的："你好……"

想不到借时也回了句："你好。"

"你怎么在这里啊？"

"找你。"

熟悉的对话，立刻赶走了时间产生的距离，庭然忍不住笑起来："上次见到你，你也是这样说的。那敢问你为什么每次都能找到我呢？"

"因为我有针对你的专属GPS（全球定位系统）。"这句话在借时的语言系统里跳出，却被筛掉了，看起来主人为他设定了不暴露自身技能太多的选项。于是他说出来的是："我是来这儿上学的。"

他虽然没正面回答庭然的问题，但好在庭然也是开玩笑的，听见他说"上学"，反而更兴奋了，立刻神采飞扬起来："真的啊？你大几？难不成也是新生？"

"嗯。"

"太好了！你在哪个系？几班？"

借时愣了愣，反问道："你在哪里？"

"汉语国际教育，3班。"

"那我也在3班。"

"这么巧！"

庭然完全被这种意料之外的巧合冲昏了头脑，没有察觉出借时用的句式不太对劲。看着她激动的神情，借时猜想自己应该是说对了，抬手抓了抓后脑，暗暗松了口气。那么接下来他要做的就是去查阅一下这个年代的学校是怎样的系统和操作模式，然后去修改一下管理者的记忆，将自己塞到汉语国际教育系3班去。

但庭然完全不知道他在想什么，看了下手表，已至晚饭时间，便顺势说："要不要一起吃饭？"

问这个话时庭然尽可能面色如常，但瞳孔深处却因为期待和胆怯微微颤抖着，她很少邀请别人，也很害怕被拒绝。

但借时只是微微犹豫了一下，还是点了头。

为什么犹豫？因为他不用吃饭啊！

两个人往食堂方向走，庭然心中仍是雀跃不已。她初中的同学没有考来这里的，身边没有一个熟悉的人，她本就对交朋友不抱希望，还以为又要复制无趣的四年，没想到能在这里遇到借时，真的是太太太太……太好了。

区别于庭然简单的心思，借时考虑得就比较多了，他对这个时代的食物知之甚少，除了未来也存在的像咖啡、牛排这类基础的食品他能分辨，复杂的菜色他根本都没见过。以至于他俩站在食堂小炒窗口看着菜单，庭然问他"你喜欢吃什么"时，他真的无言以对。

"你想吃什么就买什么吧。"他如是说道，姑且顺着对方话茬，以免露出破绽。

"你能吃辣吗？"

"能。"

"有不吃的菜吗？"

"没有。"

"有过敏的东西吗？"

"没有。"

庭然心想，还真好养活啊。于是她掏钱买了一道鱼香肉丝，一道红烧小排。小炒窗口价格比较高，但一来他们还没发饭卡，二来庭然是一心想请借时一顿饭，毕竟算

是她的救命恩人。借时也完全没像其他男生一样和她客气抢单，反倒令庭然备感轻松。

两道菜是一起炒出来的，盘子很重，庭然刚想双手去端其中一盘，却被借时不动声色地挡开了。只见他一手一盘，仅仅是握着边缘居然能稳稳当当，毫不费力。他姿态悠然地问庭然："坐哪里？"

"就坐这里吧。"

不想他举太久，庭然赶紧指了最近的一张空桌。两个人面对面坐下，她见借时久久没动筷子，又让了一次："吃啊。"

借时起初是担心自己不会用筷子，因为看上去像是十分高级的操作技巧，不过当他拿起筷子时，系统迅速发出配对指令，他的手指顿时灵活地动了起来。

他暗自钦佩主人的细致入微。

借时并不是不能吃东西，他有专门的吸收系统，可以将食物好的部分转化成可利用能源，不好的部分也能当作废料排出。但毕竟不像人类一样是生命运转的必需品，所以他从不在饮食上浪费时间。更何况他的味觉不像人类一样靠舌头上的味蕾，而是直接进入中枢系统，然后分解成原料状态，也就是菜谱。

"这个排骨挺好吃的是不是？"庭然尝了一块小排，觉得外焦里嫩，甜而不腻，学校食堂能做成这样已经很不错了。

"猪小排、淀粉、蛋清、油、糖、生抽……"借时一本正经地背着菜谱，"如果你喜欢，我给你写下来。"

他说得轻松，庭然却已经讶异得嘴都合不拢了。

"你这是什么舌头啊？尝一口就能知道用料吗？"

"嗯。"借时一脸淡然。

"那你就是电视剧里那种天才的舌头啊！你以后要当厨师吗？"

借时摇头，他其实从未考虑过。

"那真是可惜了，不过能做给自己吃也不错。哎，看你这种才能多有趣。"庭然想到自己，空有一副好记忆力，但能力仅限于应付考试，无法给自己和身边的人带来快乐，"不像我。"

"你现在不开心吗？"

借时审视着庭然，最初的那次见面，他就已经觉得庭然喜怒无常了。明明一开始像是吓坏了，但很快就缓了过来，注意力转到了别处去，甚至有时候心情还不坏的样子。这次重逢也一样，一开始她高兴得整个人散发着太阳一样橘红色的光，如今转眼间就变成幽蓝色了。以他"单纯"的心思，实在捉摸不透。

他从主人那里听说的只是庭然性格阴郁，他就一心以为是那种郁郁寡欢的样子，可面前的庭然话很多，也很爱笑，只是偶尔才会露出有点儿凄凉的表情。

"现在？我现在很开心啊。"

果不其然，庭然立刻笑了起来。

借时在心中长吁一声，看来他在这里的工作任重而道远，要做好长期驻扎的准备了。

2

吃完了饭，又在校园里绕了一小圈，幸而先到的是女生宿舍大门前，庭然一直倒退着挥手，轻快地说："那我先回去啦，明天班级见。"

"好。"借时也做出告别的姿势，眼睛却在扫描男生宿舍楼的位置。

庭然怀揣着遇见故人的好心情回到宿舍里，发现大家都在，几个女生虽然都有点儿不好意思，但由着一个性格开朗的人起头，大家还是挨个儿做了自我介绍。结果庭然刚说出自己的名字，对面床的女生就惊呼起来："怪不得我白天就看你眼熟！我在电视上见过你！"

"我听说过，你入校排名好靠前啊。"斜对角的女生也附和起来。

她们自己惊讶完还不忘给旁边不解其意的人进行科普，庭然僵硬地维持着嘴角的弧度，心里却在祈求快点儿结束这个话题。她知道现在大家是出于好意，真心实意地觉得她很厉害，但她实在太过于熟悉这样的场景了，随着她之后风头日盛，羡慕总会变成嫉妒，抑或演变为疏远。

但毕竟，这次她的身边有借时在。她环抱着膝盖望着窗外的树枝发呆，如果借时知道了她的情况，会觉得她难以接触吗？

白天的对话无比清晰地在脑海里回放着，忽然间庭然发现了一处奇怪的地方。在食堂的时候，她因为太过震惊于借时的味觉，所以下意识就联想到了自己，按正常逻辑对方应该会追问她的意有所指，至少应该表示疑惑。但借时却丝毫不在意，只是问她开不开心。

从第一次见面就是这样，她总是有一种借时对她的一切都了如指掌的错觉。就连借时一直在说是来找她的，她几乎都要相信了。

怎么可能？

庭然难为情地抓了抓头发，强迫自己不再胡思乱想。探身将窗户打开了一条缝，

风扑到脸上将不知不觉升起的热度慢慢散了去。

她在这边还算一切正常，借时那里可谓鸡飞狗跳。他先是确认了负责招生名单的地方叫作招生办，然后又确认了几个新生负责人的名字，还有系主任，辅导员等，只是他们有的在职工宿舍，有的在家，他没办法完全锁定目标，只能将他们的名字和影像在脑海中对上号，等到隔天一早他们来上班再动手。

还有榜单啦，名册啦，各种手续啦，直到将一切都计算到了天衣无缝，借时在男生宿舍外扫描到了一间有空铺并且门没锁的宿舍，将自己安置了进去。可怜他的室友在睡梦里就已然被强行灌输了他这个人的存在。

窗外有知了的叫声，借时在他那个时代也听到过，但实际上他所在的时代这种昆虫已经绝迹，大部分昆虫的叫声都是人造的。

他来自的那个未来，早已没有多少真正的绿植，到处都是虚假的造景和投影，人们有的是科技手段制造氧气和二氧化碳来维持平衡。所以，他从未看过如此多的树木花草。今天下午他在荷花池边，居然看得有些出神了。从本质上来说，他知道这些都是浪费。但很奇怪，这种浪费令他觉得很有价值。

对于在这个陈旧的年代生活，借时也不算是完全没有期待。

第二天一大早，借时独自走出了宿舍，趁着尚未到班会时间，他信步走入了招生办公室，老师看到他进来，下意识地问："同学，你有什么事？"

"我叫借时，是今年的高一新生。"

借时直视着老师的眼睛，密密麻麻的字从他的瞳孔深处滚过，上面传递的是他身为高一新生的人类借时的基础信息。如今，他将这些信息深深植入了所有见过他的人的脑海中，变成了固有记忆。

然后他堂而皇之地进入了汉语国际教育3班，庭然看到他进来，笑着朝他挥手，他走去直接就在庭然身后的椅子上坐下了。第一年的书籍都是学校统一定的、数量非常多，只是分发到最后发现每种都差一个人的，班主任疑惑地嘟囔了一句"按理说都是按数量分好的啊"，但多亏都有富余的，立刻又拿来一套补上了。

只有借时知道是怎么一回事，但他当然不会吭声。就在这时，他听前面庭然小声"啊"了一声，他探过头去，看到庭然的手指上涌出一粒血珠。

"没事的，新书太锋利了。"庭然余光发现他在看，干脆斜过了身子，边说着就想把手指放在嘴里含一下。

但借时飞快伸出手，握住了她的手腕。庭然一下僵在那里，略带紧张地小声问："怎么了？"

"闭眼。"

庭然眨了好几下眼睛，以为自己听错了："什么？"

"闭眼。"借时又重复了一遍，认真地看着她说，"三秒钟就好。"

庭然看了看周围的人，大家都各忙各的，没人注意他们。她有心把胳膊先放下，但借时手劲儿很大，她根本动弹不得，并不觉得疼。如果换成另外一个人，她可能会觉得对方是在耍她，可借时的神情太正经了，庭然的另一只手一直不由自主地将头发向耳后拢，犹豫着说："就一下下哦。"

接着，她紧紧闭上了眼睛。

只用了三秒，借时轻松划开左手指尖的一点点皮肤，一滴透明的液体从伤口中滴出，准确无误地落在了庭然的伤口上。血液瞬间被稀释成了无色，融合成一层看不见的薄膜将皮肤修复如初。

"好了，可以睁眼了。"

庭然闻声睁开了眼睛，一时间并没有意识到改变了什么，她嘟着嘴鼓着腮疑惑地盯着借时，想要一个答案。

借时从来没见过女生露出这种表情，从前甄妮总是很平静，连笑容仿佛都轻得像怕惊动什么。所以他不太能理解庭然这个表情是什么意思，只觉得脸颊鼓鼓的很有趣，很……想戳一下。

就在他险些要真的伸出手去时，庭然一低头终于注意到手上的伤口不见了，她不可思议地将手指凑到眼睛近前仔细瞧，眼睛瞪得圆圆的。

"是你吗？"可她想不通借时是如何做到的，"怎么可能？"

"我有特效药。"

借时默默地把手放下了。

"给我看看！"庭然却朝他摊开了手掌。

"秘密。"

如果不是秘密大概就不会让她闭眼睛了，庭然想通后也不再勉强，但越琢磨越觉得好笑："你是不是外星来的啊？"

"不是。"

听到借时一本正经的回答，庭然才真的笑出声来。

这时班主任开始让大家肃静，抄写第一学期的课程表，召开第一次班会。到此时

庭然才有了新生活开始的直观感受，想到这一次至少有个人会一直在她身后，她就感到一股莫名的安心。

把抄课表的纸裁下一条边缘，写好字之后揉成一小团，庭然瞅准机会，头也没回，手往后轻轻一甩，就将纸团丢到了借时的桌上。

借时展开纸团，上面只写了两个字——**谢谢**。后面跟着一个嘴歪眼斜的笑脸。

没有绘画天分——他在系统里录入了这一条。

不过他还是将这样一张在这个时代平平无奇的字条，郑重其事地备份在了记忆里。

考进这所学校的学生成绩都是拔尖的，所有科目的讲课进度都很快，根本没给人留出适应的时间。但这样反倒让庭然觉得舒坦，每天回到宿舍，大家都在做功课，聊得也大都是和功课有关的事，不太亲密倒也还过得去。只是绝大多数人的好成绩都源于努力，但庭然却不愿意花费太多时间去看书，知识点她只要记下就不会再看第二眼，能粗略带过就绝不逐字逐句地读。她也不热衷于那些热门的电视剧和小说，所以和其他人没什么共同话题。

因为这样庭然的业余时间颇多，基本上写完作业就没什么事了。但没想到的是，没过多久她就发现借时居然和她一样清闲。

说实话，庭然觉得借时很奇怪，白天上课的时候他们总是频繁换教室，和打游击战一样，但无论是必修课还是选修课，借时永远坐在她的身后。有些时候她都没有注意到借时什么时候来的，可一回头他就已经在那里了。

不仅如此，在食堂吃饭的时候会遇到他，在操场慢跑时能遇到他，在学校里闲逛时还能遇到他……明明男女生宿舍离得并不近，可庭然总是一抬头就能看到借时，甚至让她觉得他俩其中有一个是跟踪狂。不过借时看上去并不是很乐意靠近她，每次都得她主动打招呼，借时才会走到她身边。

"好巧啊。"

远离教学楼，靠近锅炉房的学校边缘，有一座小小的假山，最上面有一座红柱子的小凉亭，四四方方的，假山上高矮层叠的树木几乎将它遮蔽了起来，不注意还真是看不到。庭然第一次发现时凉亭的靠椅上面有着厚厚的一层土，一看就是许久没人来了，她细细擦过一遍，便成了自己的小空间。在上面视野很好，经常一整晚都没几个人经过，所以当庭然偶然一瞥又看到了借时的身影，虽然嘴上还是说着"好巧"，心里实在是纳闷。

借时也没纠结，径直走了上去。庭然正横坐在美人靠上，背倚着柱子。借时就在她的另一侧坐下，两个人之间只隔了一根起皮的红漆柱。

"你为什么一个人在这里？"借时不解地望着她。

"你不也是一个人吗？"先还了句嘴，庭然才叹了口气，"无聊啊，室友有的在看电视剧，有的一起去图书馆了，我都没兴趣。"

"那你对什么有兴趣？"

庭然仰头盯着顶上的井字梁，沉默了很久，终于开口："不知道你信不信，我的脑袋有点儿问题，记住的东西就不会忘记。每一件别人扭头便忘的小事，对我而言都是永恒的。可除了上学必须记住的这些，我也不知道自己究竟该去记些什么，如果……有什么记住了就能帮助到别人，也许我会感兴趣吧。"

借时不太明白，他原以为找到庭然喜欢的事物是一件比较好操作的事，但听到庭然这样说，反倒有些无措了："帮助别人，你就会开心吗？"

"从你嘴里说出来怎么感觉这么伟大呢，"庭然揉了揉鼻子，微微发笑，"只是觉得如果有人需要我，会给我多一点儿动力吧。"

夏天最热的时候已经过去了，夜风开始有了丝丝凉意，庭然说着转了个身，把腿从美人靠上放了下来，递给借时一只耳机："听吗？"

耳机里是悠扬的轻音乐，纯净的钢琴声叮叮咚咚盘旋而上，将他俩和中间的廊柱全部围绕了起来，寂静又安宁，仿佛没有任何外力可以介入。

应该回宿舍准备休息了，两个人一起走下假山，踩着林荫路斑驳的影子，往宿舍楼那边走。庭然发现借时总是喜欢穿黑白色的衣服，连帽衫或者衬衫，简单干净。她看见借时白衬衫的袖子上蹭了一点点灰，鼓了半天勇气才抬手帮着拍了两下。借时只是愣了愣，然后朝她笑了。

先到的仍是女生宿舍，告别的时候庭然突然想起来："你把手机号码告诉我吧。虽然每天都能见到，但是万一有什么事，比如带个饭之类的……"

说起来，这还是她第一次主动要男生的电话，所以越说越没底气。

"我没有手机。"

"啊？"庭然目瞪口呆，心说，这不是拒绝的借口吧？

"手机……"借时知道手机是怎样一种东西，他的眼睛可以透视，所以一眼就能清楚构造和原理，但他确实没用过，"是必需的吗？"

"你真的从来没用过？"

庭然觉得不可思议。再说借时也是住校生，难道不需要和家里联络吗？

但借时丝毫没有不好意思，坦然承认道："没有用过。"

庭然本身就是个容易多想的人，开始暗暗琢磨难道是因为家境不好，或者是和父母关系上有什么问题？如此一来她反而不敢劝借时去买手机了，有点儿慌乱地解释说："反正……有了这个联系起来会比较方便，偶尔也能打发一下时间。不过，没有也无所谓的。"

"能借我看看吗？"

把庭然的手机拿到手里，借时默默扫描了一下，又还了回去。

第二天，借时的手里就出现了一部全新的手机，和庭然那部一模一样。万幸庭然的手机是比较中庸的银色，没像其他女生买正流行的玫瑰金。只是虽然借时如入无人之境一般不花钱地从商店的仓库里找到了和庭然一模一样的手机，还把说明书一字不落记了下来，却还是无法打电话。

"你是不是……不会用？"庭然尽可能不动声色地问，但拼命卷发梢的手出卖了她。

借时找她要了电话号码，说要试着打一通，结果她等了半天，手机一点儿动静也没有。她实在不敢相信现如今有人不懂手机怎么用，但这件事放在一直都有些古怪的借时身上，她又觉得可以理解。

借时闷闷地把手机往前一推，对事情失去掌控让他很不甘心，庭然第一次见他露出这么生动的表情，像只气鼓鼓的河豚。

只是当庭然拿起手机，按亮屏幕，看了一眼就呆住了。她朝借时摊手："SIM 卡（用户身份识别卡）呢？"

"卡？"

两个人大眼瞪小眼了几秒钟，表情都很无辜。最后，庭然不得不相信借时没有 SIM 卡的事实。看了眼手表，离下午上课还有点儿时间，门口就有家营业厅。庭然拽了拽借时道："走啦，带你去买手机卡。"

借时乖乖地跟着站了起来，结果庭然本来虚抓着他手臂的手，一滑就到了手腕的位置。还不等庭然反应，他却已经很自然地牵起了庭然的手。

意识到发生了什么之后，庭然整个人一激灵，感觉自己的头发都要竖起来了。她完全不受控制地停住了脚步，两个人还是维持着手牵手的姿势，庭然眼睛都要瞪脱眶了，面部和肢体语言都像是在问"什么意思"。这时借时才感受到她的抗拒，一脸无辜地松开了手，犹豫着问："是不是不太好？"

"这不是好与不好的问题吧！你这样说要我怎么回答啊？"庭然内心是抓狂的，

但面对着借时自然的反应完全表现不出来，只能跺着脚大步往前走，手不停地抓着头发，好似这样能加快脸部散热一样。

但她自己的心却在清清楚楚回应着：没什么不好的，只是不好意思罢了。

3

等到借时彻底习惯了手机这种东西，他们的期中考试也到了。他对这种纯笔试毫无概念，也不在意，相比之下他还是更喜欢玩手机。

他有了一部属于自己的手机，他还有了一张写了他自己名字的电话卡，当然是催眠了营业员才卖给他的。借时觉得等他回到未来，一定是唯一一个有这种经历的机器人，想想就兴奋。

无论是社交软件还是网页搜索，全都是庭然手把手教他的。或许就如她自己所说的，能帮别人做点儿事，会让她觉得很开心。和借时在一起，总是很开心的。他的脑袋里似乎没有其他人那些与生俱来的观念和复杂的想法，他像一张白纸，却又能包容一切。

只是庭然私下不免有些忧心借时的成绩，虽然期中考并不是那么难，但是要计入期末总学分的。她从未见过借时用功读书，万一考试成绩太差，她也算是罪孽深重。

但这个担心也只维持了几天，等考试结果一门门出来，不只是她，所有人的目光全都聚焦到了借时身上。

所有科目，全部满分。

在其他人眼里，借时就像是一个固有符号。大家都知道班上有这个人，并且长得还挺出挑，可不知为何私底下包括辅导员在内，很少有人会想起他。

可满分的成绩终于还是让借时这个"透明人"凸显出来，各科老师都拼命在记忆里回顾之前上课时借时的表现，却发现只有一片空白，恐怕借时都没有回答过课上的问题。更让老师们疑惑的是借时的考卷答案，死记硬背的题目都是教参上的标准答案，一个字都不差，而理解类、引申类的题目的答案都生僻而高级，根本不在书本知识的涵盖里，甚至有一些连老师都不是很确定，需要查询。

他们想这个借时，要么是天才，要么就是个卑劣的作弊者。于是放学后系主任把借时叫到办公室，看着他把各科试卷全部重做了一遍。

庭然看着借时走进办公室，有些不放心。她理解老师的疑虑，她又何尝不是。人毕竟不是机器，纵使是她，应付文科相对简单，但遇到需要理解的题目也不可能和教

案一模一样。退一万步说，就算答案她都知道，也难免有看错题目和笔误的情况。

满分？太稀奇了吧！可庭然内心里又不相信借时会作弊，她虽对借时缺乏深入了解，比起作弊来，她反倒更倾向于相信借时是个天才怪杰。

想到这里，庭然笑笑，给借时发了条信息：我在老地方等你，结束了记得来哦。

借时早就把自己身体内部的无线电信号和手机的信号连接了起来，因此他不需要看手机就可以知道来了什么消息。在庭然的消息跳出后，他写字的手速就调到了1.5倍，老师们在旁边只觉得他写字飞快，可字迹却清晰规整犹如印刷体。

而这一次，当场阅卷，借时仍然是满分，答案和上次一模一样。老师们面面相觑，不得不承认在他们面前的是一个近乎恐怖的天才学生，可他们之前居然完全不知道。他们一早就认得庭然，那个女孩偶尔会在公开场合露面，那看一遍就记住的精确记忆力已经很令他们震惊。可没想到人外有人，天外有天。

"老师，没什么事的话我就先走了。"借时急着去赴约，不过语气依然很恭敬，对于老师的尊重，无论什么时代都应该是一样的。

"等下，"惜才的老师们哪肯轻易放过他，拉着他问个不停，"你是住校吗？是本地人？家里是做什么的？以后有什么打算，要考研吗……"

幸好来之前甄妮已经将借时的个人资料都编辑完善了，他只要照着说就好，什么父母在外地工作比较忙、平时大都是自己一个人……都是很模糊却没什么差错的回答。可奇妙的是，当借时说出这些设定的时候，一个有血有肉的人类借时的样子忽然在眼前清晰了起来，明明和自己长着一样的脸，却有着更生动的表情，就好像世界上真的有这样一个人。

借时忽然愣了愣，机器人不可能出现幻觉，会突然看见奇怪画面只有两种可能：一是他之前确实见过这样的画面，系统中没删除干净的"意识残影"，二是出现了故障。然而这两种，他又都觉得不太可能。

好不容易从办公室脱身，借时赶忙往那座凉亭赶去，GPS显示庭然还在那里。庭然等了很久，时不时就站起来向假山下张望，终于看到借时远远走了过来。她灵机一动，转身迈出凉亭，蹲到了一块石头后面，准备待借时靠近伺机吓唬他一下。

结果借时丝毫没有迟疑，径直走到了石头面前，居高临下望着她问："你在这里干什么？"

庭然蹲在那里要多郁闷有多郁闷，恶作剧没成功还被当场识破，她倒显得像个幼稚的小孩。她慢吞吞地站起来，埋怨道："你背后长眼睛了呀？"

"没有。"借时坦诚地回答。

好像已经习惯了他这种一本正经的冷笑话，庭然会心一笑。

这座凉亭成了他俩碰头的老地方，两个人仍是在廊柱两旁坐下，听完借时的话，庭然不自觉抬高了声调："所以你重做一遍还是满分啊？"

借时点点头。

"好厉害……"她由衷地感叹，却又忽然笑出了声，"这下好了，以后老师就不会总盯着我了，有你顶在前面。"

庭然是真心的。从小学起，不出意外的情况下，她总是第一，所以老师的期待就一直悬在头上，压得她喘不过气来。这次出成绩，当她发现第一名是借时时，情绪非常复杂，错愕惊讶中还带着开心。

说到底，可能因为那个人是借时吧，而他又是以不可能的满分占据第一名，让她连不甘心都用不着提起来，也不用担心老师家长会在意。又是借时，不言不语就将她肩上的担子挑了过去。

想到这里，她微微耸了耸肩，轻轻笑了起来。

"你应该多笑。"借时盯着庭然的脸。

"嗯？"

庭然一时没反应过来。

"你笑起来，很好看。"

比那个黑冷雨夜哭泣发抖的样子，真是好看太多了。借时是有感而发，可庭然的脸却瞬间烧了起来。

自那天晚上吓人未成，庭然便痴迷起了对借时的恶作剧。但几经试验，都无法成功。她要往借时后背贴便笺纸，借时却在她伸手那一刻突然回头；她想趁借时看别处时从他眼皮子底下拿走一样东西，即使借时没看她，也能一下抓住她的手；她做了挤牙膏的奥利奥递给借时，这下他倒看都不看就往嘴里放，吓得她赶紧出声阻止……庭然也不清楚，是她真的不擅长恶作剧，还是借时太聪明。

相较于在学校里的轻松自在，周末回家对庭然来说反而成了煎熬。爸妈总是太当回事了，明明还是一样的四口人，却偏要做一大桌子的菜，她抗议几次都没用。凡事太过，旁人自然会不舒服，于是每次庭然周五晚上一进门，就会听见庭依醋意十足地喊："哟，公主回来了。"

庭然本来还不错的心情，顿时跌至谷底。

不过因为有借时的存在，大学生活对于庭然来说比起之前有趣得多，饭桌上她可以说的事情也比从前多了。她只顾着高兴，没注意到自己的变化，更不知道自己说起那些事情时的眉飞色舞，但爸妈是看在眼里的，庭依更是看在眼里的。

"看来你在学校挺开心啊。"

晚饭过后，庭然抱着猫咪豆丁在沙发上坐着，她并不想看电视，不过总要做做样子。庭依回头看爸妈都没在，才开口说道。

"还好吧。"

庭然越是不以为意，庭依就越生气。她原以为以庭然的个性去住校只会无比郁闷，可眼下她发现庭然在远离了父母和她的地方生活学习都适应得很好，反倒是她虽然每天准时回家，努力装出乖顺的样子，成绩却仍是毫无长进，都不知道能不能考上大学，可父母对她也从来没有过多的要求。

不等庭依想到可以打击庭然的话，爸妈就切了水果端过来，她只能硬生生止住话题，眼神却飘到了庭然膝上的猫身上。豆丁已经在家里六年了，是庭然从街上捡的。是样貌普通的土猫，但庭然很喜欢，从前在家时有空就抱着。

其实庭然不在的时候，庭依并不是不喜欢豆丁的，偶尔忍不住也会抱起来逗弄一番。但庭然一旦回来，她就摆出嫌弃的面孔。

庭依望着豆丁微微出神，庭然抬起头撞见了她的眼神，头皮竟猛地一炸。庭依的头发剪得更短了，人也瘦了些，眼神显得特别锋利。庭然有种不好的预感，就好像山上的风雨又吹到了她的身上，让她不由自主地起起寒战，她迅速抱着猫回了自己的卧室。

好不容易挨过了周末，庭然回到学校，顿觉轻松了很多。可不知是不是白天封闭的忧虑，会转化为夜半的噩梦。无论白日里庭然状态再好，夜里却总是睡不安稳，事情已经过去那么久了，她仍常常梦见自己一个人被丢在深山中。好在最后她都会挣扎着醒来，见室友们没有被她吵醒才稍稍安心。

这次也一样。庭然梦见自己站在一口深井中，井壁布满潮湿的苔藓，她拼命往上爬，可每次都重重地滑下来，弄得浑身伤痕累累，而庭依的脸突然出现在了头顶的井口，朝她挥舞着手中的一卷绳子。庭然不住地叫着"姐姐救我"，却眼睁睁看着庭依扬手将绳子丢了下来，大笑着扬长而去。庭然一次次企图将绳子往上面丢，绳子却又一次次抽打回她的身上，她蹲下去捂着脸绝望地哭了。

可就在这时，她听到了一个声音，遥远而温柔，不住地呼唤着："庭然……庭然……"

庭然抬起头，发觉身边只剩一团白光，有一只手冲破了光芒，伸到了她的面前。她毫不迟疑，像抓住救命稻草一样，抓住了那只手。

然后，庭然猛然惊醒了过来。万幸还是在宿舍里，灯都关着，除了她和床边坐着的借时以外没人醒着。庭然松了口气，倒头就想继续睡，脸扭到一边注视着墙壁几秒钟，"蹭"的一下直挺挺地坐了起来，尖叫已经涌到了舌头根，借时果断伸手捂住她的嘴。

借时难得露出了点儿惊慌的表情，一再朝她做噤声的手势，庭然的心怦怦跳得厉害，一时间分不清梦境和现实，半天才点头表示答应。但当借时小心地移开手后，她还是激动地问："你怎么在这儿？"

"你们忘记锁门了。"

庭然歪头，发现门确实开着一条缝。但这不是理由啊："你来干什么啊？我是不是在做梦？"

"你可以当作做梦，"借时看了看墙上的表，已经半夜三点多了，再不睡就该天亮了，"你刚刚做噩梦了。"

"你怎么知道？"

"你想不想把噩梦删除？"

"删除？"庭然皱着眉头，觉得自己好像睡傻了，为什么借时说的话她都听不懂？

借时坐在她的床边，说话声音轻得像羽毛一样，听得人心里痒痒的："如果你想，我可以把你被锁在山里的那段记忆彻底删掉，这样你就不会再做噩梦了。"

真的很想说"你别开玩笑了"，但相处至今的种种奇怪之处庭然都记得很清楚，她猜想借时不是开玩笑，他深夜来此一定是有用意的。

可记忆真的能删除吗？

如果她丢掉了那段记忆，是不是就没办法遇见借时了？

在那一刻，真正让庭然犹豫的理由竟然是这个。

但借时不懂庭然为何犹豫，他只知道既然很痛苦，删掉是最简单的方法。其实每一次庭然做噩梦他都会有感应，他躺在宿舍的床上却能清晰触摸到她的挣扎与求救。就像是人类发明的那个玄乎的词，心电感应。所以每次他都在女生宿舍楼下徘徊，但他只能在非密闭的空间下完成一段段短途的瞬间移动，门窗都锁住的情况下，他是无法穿墙而入的。好不容易被他等到了庭然的宿舍忘记锁门的机会，他怎么可能轻易放过。他站在门口，先是双手掀动风，将被子完好地盖在了每个女生身上，又放下了纱帐，才轻巧地跳跃到上铺，握住了庭然拼命想抓住什么的手。

"这样吧，"庭然的犹豫让他意外，他想或许是因为还不相信他能做到，所以借时歪了歪头提议道，"你先睡，我让你做个特别的梦。"

不等庭然多问，借时伸出手指在她的脑门儿上轻轻点了一下，瞌睡来势汹汹，一下就吞没了庭然。她直挺挺地往后倒去，所幸借时稳稳地托住了她的脑袋，将她轻轻放在了枕头上。

做完这一切，借时静悄悄地离开了，除了庭然以外，没有人会记得他曾来过。

4

这是个太过特别的梦。

在梦里，庭然记得自己是谁，记得之前发生过的所有事，她是带着本身的意识被丢进梦里的。眼前是陌生的学校和班级，她还杵在原地，想弄明白状况，上课铃却响了，身旁座位的女生伸手拽了拽她的衣角："庭依，你还愣着干什么？上课了。"

庭依？

庭然挑了挑眉，顷刻间如梦方醒。有一个念头冲了上来，她奔向一旁的窗户，借着铝合金窗框的模糊的反光看见了自己的样子，齐耳短发，左耳骨上还戴着枚耳夹，眼神透着冷厉。她现在是庭依。所以面前的是庭依的班级。

这可以说是她曾有过的一个梦想了。她曾经发自内心地想要和庭依做人生交换，原本她们可以拥有一模一样的童年，就因为她无意间把幼儿园阿姨讲的午睡故事一字不落地重复了一遍，从此她锋芒尽显，走上了和庭依完全不同的路。从那天起，庭然的身边就再也没有小伙伴了，因为阿姨们总是围着她转。父母也一样，带着她去医院做各种检查，上童星类的节目，期望一层层叠加。她一定得考 100 分，一定得出挑才行，她说每句话都得反复斟酌，完全享受不到童年的乐趣。她从没有闯过祸，闹过笑话，因为大人们相信她，也不会在小事上和她计较，反倒是她身边的同龄人总是排斥她的存在。

庭然常常想，哪怕一天也好，让她过一天庭依那样庸碌却舒畅的日子。

就像梦里这样，虽然功课上她一知半解，可她并没有那么在意，下了课女生们招呼她一起去卫生间，然后去小卖部买零食，大家打开包装互相分享。虽然都是无聊琐碎的小事，却都热热闹闹散发着温情。只是尽管庭然保有自己的记忆与意识，却控制不了梦里的行为，庭依的人缘很好，朋友很多，但举止肆意，甚至有点儿粗鲁，让她有些不习惯。

梦里面的时间过得很快，一天一天像是加速的钟摆不停轮转。庭然能记住的只有细节：她记得女生们的欢笑声，记得电视剧的剧情和娱乐圈八卦，记得远比不过自己学校宽阔的篮球场上空的令人赞叹的夕阳，记得跟爸妈打声招呼就能一整晚坐在路边吃烧烤的轻松……她记得那些她非常羡慕的小事，然而忽然间考试来临了。

习惯于应付考试的庭然，变成了庭依以后却对试卷无可奈何，她拼命地想在脑海中搜寻那些曾经根本无须用力就能留住的知识点，可身为普通人的她无权享有那些，她什么也想不起来，只能绞尽脑汁用笨方法去应对那些题目。

生平第一次，庭然觉得考试是那么难挨的事，待到老师将卷子收上去，她的沮丧无以复加。然而周围的朋友们却没人因此在意，大家都觉得差不多就好。名次出来，她的排名位于中游偏后，而第一名像是个常驻的学生，那个成绩在庭然眼里根本不算什么，但老师还是予之以骄傲的神色。那是庭然曾经最熟悉的神色，过去她只感受到压力与厌烦，现在竟羡慕起来。

当她把成绩告诉父母，并没有受到任何责备，因为学校的期末考大都时间差不多，她现在是庭依，自然不受重视。庭然第一次以第三方的视角审视自己，她忽然发觉自己以往的不以为然看上去确实很傲慢，自己以为的平静看上去却是冷淡疏离。

渐渐习惯了庭依的生活之后，庭然心中的不甘又渐渐膨胀起来，她发现这样的生活太累了，她需要很用力地去学习，才能在考试的时候押对一两道题。可这千辛万苦提高的几分成绩，并不能改变任何事。

她开始不由自主地想念原本的生活，可她却还是一个清醒的人，在心中自嘲着人这个物种真的是永不知足。

有光晒在眼皮上，知觉一点点恢复了，梦境如烟般消散。可大概是梦里过了很长的日子，以至于庭然睁开眼睛竟备感疲惫。她发觉自己仍躺在宿舍的床上，时间刚刚好是她平时起床的钟点，她不情不愿地坐起身，双手掩面狠狠抹了一把。

是真的吗？思绪不断倒退，庭然忽然想到了夜半而来的借时，可那究竟是不是梦的一部分，她又有些拿不准了。室友们还在睡着，每天她都是第一个起床的人。庭然蹑手蹑脚地下床，走到门前伸手一拉，门一下就开了。楼道的过堂风略显凶狠地拍在她的脸上，彻底吹开了她脑中那层迷雾。

是真的！肯定是！

庭然迅速地刷牙洗脸收拾妥当，然后一边拨着借时的号码，一边风风火火地跑出门去。这会儿室友们陆续醒过来，看到她这副急匆匆的模样都觉得很纳闷。她们更纳

闷的是这一觉睡得异常沉，而且睡前没放下的纱帐现在都好好儿地垂着。

电话响过三声后一准儿接通，这是庭然一早就发现的规律，她对着电话大叫："你现在在哪里？"

"宿舍。"

"我有事情问你，咱们食堂门口见。"

放下电话，庭然一路狂奔，往食堂的方向正是顶风，她的长发被吹得飞扬起来，不停地抽打自己的脸。因为平日里不常运动，又没吃早饭，没跑多远肺部就抑制不住地难受，但她仍在不断地加速。她想快点儿见到借时，她有很要紧的话要问。

好在借时乖乖等在食堂门口，天略微冷下来，他穿着一件长长的驼色风衣，站在那里就像棵树一样高挑沉静。此刻食堂的人尚少，庭然一鼓作气冲到借时面前，却因为喘得太厉害，半天没说出话来。

"一大早跑什么？空腹跑步对身体不好。"借时低头看着她，眉头皱得很深。

庭然一点点挺直了背，双手将头发抚顺，用力深呼吸将气喘压住，她紧盯着借时的眼睛，带着不容抗拒不容回避的决心问——

"你到底是什么人？"

回想起一路以来关乎于借时的片段，皆是不可思议。初遇时那样恶劣的气候环境，借时究竟因何一个人在那里，又是如何精准地找到了她？之后他们居然在同一所学校的同一个系、同一个班重遇，真的是巧合吗？再加上借时平日里的举动，没有手机，满分的答卷和计算机般的解题方式……他真的是一个普通人吗？

透过庭然满是疑问，却又异常通透的目光，借时知道自己无法回避了。但他发现自己的程序中并没有应付此情此景是该承认还是该抹杀掉庭然记忆的选项，在没有设定的时候他可以自由执行。

"我说了，你会信吗？"他迟疑地问。

但庭然却很坚持："只要你对我诚实，无论多离奇，我都愿意相信你。"

"其实我来自未来，我是机器人。"

借时立刻直言相告，可说着什么都信的庭然却当场石化，惊得下巴都快掉到地上。她脑袋里仿佛有两个自己，一个在尖叫着"开什么玩笑"，另一个却在冷静地说"是你说要信的哦"。她眼睛眨都不眨地盯着借时，结巴着："机……机器……人？！"

为了让她信服，借时摊开手掌，一小截锋利的金属立刻刺破掌心的皮肤钻了出来，却没有血渗出。他用另一只手捏住上方轻轻一抽，一根一尺长的钢骨就被取了出来。

明明看上去是极其坚硬的东西，在借时手里却可以如铁丝一般随意弯曲，只见他熟练地转了几下，一只简单的兔子就被折了出来。

"给你。"他把兔子捧到了庭然面前。

庭然一只手小心地接过兔子，另一只手不自觉摸着脖子后面，不得不说刚刚抽钢骨的画面看得她后背凉飕飕的。庭然仔细观察后发现，这确实是她完全不认得的金属，表面光滑如镜，纤薄却坚硬。她尝试掰了掰，纹丝不动。但是庭然记得她见过这种材料，和那把她很后悔忘记拿的雨伞是一样的。

兔子的可爱将庭然从惊愕中拽了出来，"机器人"这个说法倒是能解释之前的一切奇怪现象。她眯了眯眼睛，心情轻松了下来，她把兔子收进口袋，朝借时摊手，用命令的语气说："手给我。"

借时把两只手都伸了过去，庭然捏住他刚刚抽出金属的那只手，上面早已看不到伤口。在这一刻，庭然彻底相信了。

"机器人……"她不断嘟囔着，突然跳起来伸手在借时脸上掐了一把，"未来的机器人都这么逼真了啊？！"

按理说，机器人是不知道疼的，但甄妮在人性化的设定上独具一格，她给机器人输入了类似于"疼痛"的反应模式，一旦激发会影响行动，但激发的条件设定比较高，至少要伤及骨骼。可扯脸是一个恶趣味的小程序，每次借时一被扯脸或者耳朵，就会引发轻微疼痛，这个疼痛不会对他造成任何影响，但会诱发脸红。

于是，此时庭然只是轻轻一捏，借时的脸却"唰"的一下就红了个透。青天白日的，避无可避，庭然看着他红透的耳朵根，明明是罪魁祸首，居然也感觉到了同样的难为情。

她扭捏着收回了手，插在口袋里不停拨弄着那只兔子，小声问："那……为什么你要来找我呢？"

"因为我只有你一个人的信号追踪，我是为你而来的。"

食堂周遭的人多了起来，呼啸了一夜的风居然渐渐止了，阳光将影子移开，照亮了晨露。新的一天仿佛刚刚开启，而庭然却觉得她和借时已经相视站了许久。在他们的背后是两个截然不同的时代，相距了几百年的光阴，可借时还是坚定不移地走向了她，只为她而来。

最终，他们在这里相遇了，由此命运的齿轮悄悄偏转了方向。

第三章

受眷顾与被宠坏

"所以说，是我的后代派你来的？就像哆啦A梦？"

在听完借时的解释后，庭然反复确认了好几遍，才敢相信这是真的。万幸的是，来的活脱脱是个人，而不是一个没有手指的蓝胖子，不然，她可真不知道要怎么安排了。

"哆啦A梦是什么？"借时心想，这名字真奇怪。

庭然无奈地笑着摇头："看来我要给你恶补一些东西了。"

知道了借时确实是为自己而来之后，庭然终于理所应当地使唤起借时来。凡事稍有不顺，她就想让借时给自己制造一段美梦，或是修改掉别人的记忆。

大前天是被突然朝头飞来的篮球吓了一跳，前天又做了噩梦，今天是想让老师打消让她上台试讲的念头……全都是些鸡毛蒜皮的小事。但每次借时想帮她抹掉之前山上那件事的记忆，庭然却偏偏无论如何都不同意。

这在借时看来简直就是无理取闹，他虽然是被主人安排过来帮助庭然的，这是不能拒绝的任务，但甄妮事先对他说过，到了这边凡事还是要靠自己。

他很清楚，庭然的症结根本不是在这些琐事上，即使他全都照做了，也根本不会改变什么。借时觉得庭然完全是恃宠而骄，知道他有任务在身，就无所顾忌起来。

原本他还觉得庭然挺可爱的，因为甄妮很少笑，相较之下，庭然活泼又不算张扬。可时间长了，借时忍不住想，果然这世上没人能比得上甄妮，明明她是主人，拥有生杀大权，却从不强迫他做任何事，温柔到了骨子里。说来借时心甘情愿来这里，目的不过是希望改变了庭然，真的能够使甄妮变得快乐。

既然如此，在庭然又一次突发奇想要求他帮忙做一个什么梦幻少女风的不靠谱记忆时，借时终于做了决定，他要抄近路，早点儿完成任务以便早点儿回到自己的时代。

"大学四年间，我可以在你遇到不好的事情时，帮你删除或是修改三段记忆。只有三段，你要谨慎选择。"借时一本正经地说，"如果一年内你就用完了三次机会，那我立刻就会回去。"

庭然此时的关注点其实是在借时刘海翘起的一根头发上，不免有点儿抓不住重点，就只是问："你可以随意来去吗？"

"不能，我只有三次机会，来时用过一次了，回去还要用一次。即使还富余一次，但也不可能再回来了。"借时伸手抓了抓刘海。

到了这会儿，庭然才后知后觉地明白过来借时是说认真的，仔细想想，一年就要过去了，虽说还有三年，可说起来竟好似诀别已在眼前一样。她咬了咬下嘴唇，微微垂下了眼帘："所以说，最多三年，你就要走了？以后也不会回来看我了？"

借时忍不住皱了皱眉头，其实他倒不是这个意思，他也不想让庭然伤心。可三年也好，五年也罢，既然他不属于这里，离开了肯定不会再回来。想到这儿，他也心有戚戚，毕竟这段记忆对他而言也是弥足珍贵的。

"算了，你爱走就走呗，我又不会为难你。"不等借时说安慰的话，庭然却已经倔强地昂起了下巴，故作潇洒地摆了摆手，转身大步往前走了，"我记住了，就三次，我不会随便麻烦你的。"

她越走越快，简直虎虎生风，从背后看起来步伐轻快极了。可她的嘴角却狠狠向下撇着，眼睛里已经笼上一层水光，她只能靠大幅度转着眼珠努力不让眼泪落下来。

从始至终庭然都不是真的想使唤借时，虽然知道了借时来这里的目的，但庭然只是发自内心感恩这段际遇，能让自己拥有一个专属的朋友。

她只是觉得或许借时需要做些什么完成任务，所以才一再提起，于她而言其实都是随口一提的玩笑话。可没想到借时根本没拿她当朋友，只拿她当成一个急于解决的麻烦。

这让庭然如何不委屈。

那之后不久假期到了，过了这个假期他们就念大二了。期末考试借时仍旧是第一，只是他现在多少懂得故意做错一些题目，不至于全部满分那么夸张。但他坚持占据着第一这个位置，大大缓解了庭然的压力。

而这个假期庭依高中毕业了，收到通知书的那天庭然是被她的尖叫声吵醒的，没想到庭依高考的成绩比二模还要高一点，虽然上不了太好的大学，但念所普通的二本还是可以的。爸妈知道这个消息也长舒了一口气，其实庭然也很高兴，可她动了半天嘴唇还是说不出一句恭喜的话。别人都可以恭喜，但她说了就像嘲笑。

好在成绩出来之后，日子又回归了正轨，庭依发疯一样地庆祝，隔三岔五就和朋友出去聚会，而爸妈又帮庭然联系了些节目，两个人的时间基本错开，倒也相安无事。稍有针锋相对，庭然就先退一步，躲进自己屋里，反正有豆丁陪她就好。

偶尔庭然会想，这种长假借时在做什么呢。按理说，她应该让借时陪在她身边的，可现实不是动画片，总不能跟父母坦白说"有个机器人从未来找我来了"，父母会觉得她精神出了问题。这样想着，庭然觉得挺过意不去，自打借时说完只会帮她三次，她就再没提过任何要求，虽说是机会宝贵，但其实她不过是想尽可能地拖延而已。可

硬是拖一个不属于这里的人留下，会不会太自私了呢？

你在做什么？

庭然趴在床上，边给豆丁抓痒边给借时发信息。

发呆。

这是真话。即使是假期，借时也还是留在学校里，此时学校空荡荡的，他总是找一个高处发呆。

别发呆了，跟我出去吃个饭吧。

然后，庭然给借时发了她常去的一家咖喱店的地址。听她说要和朋友出去一趟，父母都露出了意外的神色，不过也没有多问，毕竟她已经十七岁了，有点儿个人社交很正常。只是恰巧庭依在家，竟没忍住追问了一句："谁啊？"

当着爸妈的面庭然也不好不搭理，就轻描淡写地回了句："同学。"

看着庭然离去的背影，庭依气鼓鼓地捏着沙发靠枕，小声哼了声"什么同学"。在她看来，庭然有假期还能一起出去玩的朋友，已经是一个让她超级气愤的改变了，更何况庭然居然还穿上了那条非正式场合轻易不会穿的定制裙子。那裙子是庭然第一次要上电视节目时妈妈太过当回事给她买的，上面全是蕾丝和网纱，难打理极了，穿起来也很麻烦，光系腰带就颇费工夫。可想而知，这个约会对象多被庭然看重了。

她还真是人生得意啊。庭依怅然地想着，眼神却始终跟随着在客厅慢慢踱步的豆丁，嘴角缓缓朝一侧勾了起来。

到咖喱店正好是午饭时间，店里已经没位置了。借时早就到了，两个人坐在门口等号。

等了半个小时，总算轮到他们。看到饭被端上来，庭然双眼放光，掩饰不住嘴角的笑容。注意到借时盯着她的脸，庭然有些不好意思却又故作嚣张地一甩刘海说："怎么？吃东西可以说是我唯一的爱好了！"

"没事，吃吧。"

借时只是觉得庭然面对食物时的开心，是最发自内心的，周身闪着光。他立刻在系统中加了一条标注：咖喱猪扒，庭然爱吃。

然后他小心翼翼地用勺子舀了一点儿汤汁含住，默默分辨着这份咖喱猪扒饭里的所有材料，将材料在心中罗列了出来。或许以后在遇到什么事情的时候，会用得到。

突然间，庭然惊叫了一声，借时诧异地抬头，就见她拼命拿纸巾擦着衣服，上面弄上了一块黄色的污渍。

"啊,回去要送干洗了,"在别人面前,尤其是在同龄男生面前,吃东西弄到衣服上,庭然一时羞得不敢抬头,忧虑地嘟囔着,"也不知道能不能洗干净。"

"小事情。"

在借时看来,这点儿小事根本不值得发愁啊。可他左右看看,饭店里空间是开放的,四周连挡板都没有,很容易引起骚动。他为难地摸了摸耳垂,对着庭然拍了拍自己身边的空椅子,轻声说:"你坐过来。"

庭然一直用手掩着那块污渍,缓缓坐了过去。刚一坐定借时就侧身过来,用背挡住了自己一侧的视线。正对面有盆栽挡着,他指了指庭然那边。庭然大概懂他的意思,随手把包举了起来。

他俩就这样在人满为患的餐厅里此地无银地将彼此困在了方寸之间,庭然眼见着借时的左手掌心里伸出一根笔管粗的东西,虽然知道他不痛,可庭然的心里还是忍不住有些难受。

借时将这根东西的顶端贴近庭然衣服的污渍处,上面有无数肉眼看不到的小孔先是喷出一点点湿润的雾气,紧接着那些咖喱汁就像洗衣粉广告的画面似的变成一缕一缕被吸走了。

庭然目瞪口呆地看着这一切,直到衣服恢复如新,借时已经将东西收了回去,她才惊叫着抓住了借时的手检查,包都掉在了地上。

"你还会什么呀?"

她弯腰捡包,余光发现背后桌的两个人用八卦的眼神死死盯着他们,庭然小女孩一样蹦蹦跳跳回了对面的座位,脸颊不受控制地红了。

"我会的还挺多的,"这方面借时倒是丝毫不会谦虚,"不过你这样问,我也没办法给你罗列。"

"你之前说,你是从哪一年过来的?"

"2480。"

庭然掰着手指算了一下,突然心驰神往:"四百多年后啊……那时候的生活居然已经那么方便了啊。"

"是我主人比较厉害。"

听借时这么夸自己的主人,庭然突如其来有些郁闷,不过转念一想她又骄傲起来,忍不住昂了昂下巴:"既然是我的后代,那你夸她就等于夸我嘛!"

借时微微笑了一下，伸手在庭然的盘子边上摸了一下，本已经有些凉掉的饭又温了："快吃吧。"

整个假期庭然和借时见了几面，这是她上学至今过得最丰富的一个假期了。离家返校那天，临出门时庭然蹲在门框前依依不舍挠着豆丁的下巴，小声叮嘱："你要乖乖的，不要给家里惹麻烦，知道吗？"

豆丁用脑袋顶着她的掌心，暖融融的。

大二了，又长大一岁，庭然觉得自己的生活正在循序渐进地好起来。她的睡眠质量变好了，不再常常像放电影似的梦见过去不好的事情，也开始能够去享受一些日常的美好了。虽然她总是怀疑借时偷偷做了些什么，但也不想深究。

2

然而开学没多久，午休铃声刚刚响过，和往常一样借时起身先去食堂排队，可他还没走多远，就听到庭然的手机响了。面带笑容接起电话仅仅一秒，笑容从庭然的脸上彻底消失，变成了恐惧的苍白。

"怎么……"借时的眼神中闪出一丝惊慌，他伸手想去抓庭然，但庭然径直从他身旁擦过，发疯般朝学校大门口狂奔而去。

妈妈在电话里对她说，豆丁跑丢了。

"你去哪里？"单看庭然周身散发的光弧颜色，借时就知道肯定是出大事了。他抬脚追去，明明是普通人需要拼命追的距离，他瞬息就追到了，利落地拽住了正要打车的庭然。

此时庭然完全慌了，整个人控制不住地发抖，眼泪大滴大滴翻出眼眶。被借时拉住以后，她好似忽然不知道该怎么办了，只是不停重复着"豆丁丢了，怎么办……"眼神飘忽而无助。

"你先回去看看，我帮你请假。"

借时紧握庭然的双肩，强迫她看着自己淡然的双眼，庭然感觉到有一股力量透过借时的眼睛，仿若龙卷风顷刻间就卷走了她脑袋里的混乱。她暂且止住了眼泪，死死抿着嘴唇，点了点头："好，谢谢你。"

看着庭然乘出租车离开，借时飞速跑回学校。下午还有大课，那个老师点名很认真。请假太麻烦了，借时直接跑到老师的办公室，在老师脑海里写下"借时和庭然下午已经请假"的记忆。

随后，他立刻追踪着庭然，赶了过去。虽然借时只能追踪到庭然，但至少他是自由的，找起猫来会方便些。

但此时庭然家已然大乱，在出租车上她回忆起了从捡到豆丁开始一个个相处的片段。

豆丁出现在一个她非常烦躁的时刻，那时她还是小孩，却已经不被大人当小孩看，父母常常为了她的教育方式和未来走向争吵不休，她总是会借着去隔壁小卖店买东西的机会逃出家门，就在那时庭然发现了蜷缩在墙根底下的豆丁。

当时的豆丁是只刚刚断奶的小猫，庭然将它捡回家，父母开始并不同意，直到她难过地大哭一场才勉强点头。豆丁每天吃了就睡，撒娇打滚儿，好不自在，却给了她无限的慰藉。至少她的心里话有了一个倾诉对象，而且一定会替她保密。

庭然越想越难过，在出租车上忍不住哭起来。等她红着眼睛冲进家门，爸妈第一句话居然是："你怎么现在就回来了？下午的课怎么办？"

"我请假了！"她在房子里四下搜寻，希望豆丁只是藏在哪里睡觉，可妈妈的一句话断了她的希望，"前天晚上庭依忘记关窗户了，它就跑出去了，原以为它认得家的，结果一天都没回来。"

庭依的学校虽然也在空旷一点的城市边缘，但比庭然的学校靠近市区，有直达的轻轨，所以虽然她也交着住宿费，却经常回家睡。

"前天？！"庭然脸色惨白，一口气险些没上来，"今天才告诉我？！"

"这不是以为能找到吗？不想让你着急……"爸爸安慰着她，"等晚上你姐姐回来，你也别怪她，她不是故意的，昨天她也在周围找了一天。"

庭然脸上挂着泪，却做出一个略显尖锐的冷笑神色："她不是故意的？她……"

她好险就把之前庭依做过的事情说出来了，却又在开口的瞬间硬生生憋了回去，可却快要把自己的肺气炸了。庭然狠狠跺了一下脚，发泄似的大喊了一声："她就是故意的！"

接着庭然摔门而出，在街上漫无目的地游荡，大喊着豆丁。可是一直到天黑，她也没找见豆丁，她站在街边的路灯下，踩着自己的影子，茫然无措。

恍恍惚惚地回到家中，庭依居然也回来了，不知道是父母叫她回来的，还是她故意回来看热闹。一看到庭然进门，她立刻主动上前说："对不起啊。"

"对不起？呵，"庭然吸了吸鼻子，使劲儿瞪着肿起来的眼睛，"说得真轻巧。"

"庭然！别这样和你姐姐说话，她已经知道错了。"爸妈有点儿听不下去了。

"她知道错了？！"

庭然终于忍无可忍，她深深吸了一口气，决定今天必须把话说清楚，不然以后不知道庭依还要打碎她多少重要的东西。她甩了甩头发，挑起下巴指着庭依卧室的门，扬声道："这么多年，她有哪一次睡觉是不锁门的吗？怎么偏偏那么巧，我不在家，她门都不锁，豆丁又偏要溜进去，然后又正好赶上她忘记关窗？"

屋内有几秒的静谧，谁都发现庭依的脸色变了，但就在父母的怀疑刚要涌起的下一秒，庭依的五官就皱到了一起，鼻子发红，带着哭腔地说："你也知道你那只猫有多黏人啊！我也是看它可怜才抱它进我屋里的！"

"你有意抱它进去，却没有意识到要关窗？自打豆丁来到这个家，对外的窗户就总是关着的，不是吗？"

"我……我就是忘了嘛！除了你以外，谁都会忘记事情啊！我就是个普通人，我也不想这样啊！大不了以后我不回家就是了嘛！"

庭依"哇"的一声哭了出来，眼泪直接从眼眶里喷出来，哭得无比真切。她是个不常哭的人，偶尔哭一次更让人觉得是受了天大的委屈。

爸妈自然也是这样觉得，妈妈安慰着庭依，爸爸将她俩隔开，小声呵斥庭然："今天是你过分了啊！"

虽然并没有强烈的责怪，可显而易见爸妈在这件事上仍是站在庭依那边。毕竟，在他们眼中，只是忘记，只是不小心，是人都会犯错的。

可对庭然来说，庭依的不小心，弄丢的是她从小到大的玩伴，是她对这个家的一份依恋。

她忽然心灰意冷，侧身倚坐在沙发扶手上，不住地摇头。她看到庭依卡在爸妈视线的间隙里，一边哭一边朝她做了个鬼脸。

"爸、妈……我回学校了。"庭然失望得连说话都提不起力气了，她拖沓着脚步往门口走，"如果豆丁找回来了，记得给我打电话。"

"对……对不起……"

背后传来庭依的声音，庭然用利落的关门声将它隔断。

时间尚早，回学校也是无事可做，庭然一个人在街上晃晃悠悠，走过一个又一个站牌，眼神下意识往黑暗的角落和墙根屋顶飘，希望能看见熟悉的身影，结果一不小心撞到了迎面走来的人身上。

"不好意思啊……"庭然捂着额头连连后退，却发觉面前的鞋子和裤子有点儿眼熟，她缓缓抬起头，就看见了借时黑得有些过分的头发和干净的脸庞。她勉强扯了扯嘴角，却不像个笑容，"你还真是怎么都能找到我啊！"

"对不起，我还没找到猫。"

借时已经在这周围搜索了几个小时了，猫倒是找到不少，但都不太像之前在庭然手机里见过的那只。他原以为自己能分析兽语，试了一下发现比想象中复杂。

"傻瓜，你说什么对不起啊……该说抱歉的人，却没有一丝真心。"

一整个下午的难过、气恼、失望与跑来跑去的疲惫，在此时通通涌了上来，压得庭然一步都迈不动了。她上半身往前倒去，额头顶着借时的肩膀，两个人之间其实还隔着很大的一段距离，但影子却是交叠在一起的。

"我累了，借个肩膀用下。"

话音未落，庭然的眼泪已经掉了下来，因为面朝下，眼泪竟像雨水似的直直打向地面，并未沾湿借时的衣服。

可借时却觉得身体内部某个零件在微微发烫，他僵硬地抬起手，在庭然脑后轻轻拍了拍。

3

回到学校之后，庭然每天都期待着家里的电话，她希望爸妈会和她说豆丁找到了，一切都很好。可是一天两天过去，手机始终安安静静的。庭然知道，爸妈也忙，不会一直帮她找。爸妈对养宠物这件事一直都不怎么支持，之所以答应无非是出于对她的宠爱。

"猫的寿命也就十几年，豆丁已经被圈养了六年，早就没了野外生存的能力。"

"你说，它在外面能找到吃的吗？能打得过其他野猫吗？"

"它怎么不回家呢？是不是被人抓走了啊？"

"都怪我，怪我……我要是不住校的话，庭依就没有机会……"

开始的两天只要稍有空闲庭然就会不自觉念叨着这些，总是说着说着眼中就布满了血丝。可她很倔强，并不想在人前哭，总是努力向上翻着眼皮，把眼泪往心里流。实在是不想看到她这个样子，借时终于主动说："其实很简单，只要我将它从你记忆里彻底删掉，你就不会再伤心了。"

庭然确实有一瞬间的动摇，她知道忘记了就不会再伤心了，这是最彻底的解决方式。她稍稍幻想了一下，那些和豆丁相处的画面一帧帧在脑海里播放着，突然按下一个按键，

变成了一片黑暗。她忽然拼命摇头说："我不要！"

"为什么？"

深深的不解让借时有一点儿暴躁，他原以为人类都是一样的，可庭然却让他无论如何也猜不透。越是这种应该删掉的记忆，庭然就越是不让他动手。在他的思维里，既然痛苦，就解决掉痛苦，多简单的逻辑。为何人类的逻辑会是后悔却又不想回去，想忘记却又不愿意忘记？

借时微微蹙眉，看起来有点儿严肃，但其实他只是想不通。

"因为，虽然这些记忆让我难过，可它们对我来说同样也很珍贵，无论多痛苦，我都不想忘记，我不想变成一个空壳。"庭然这样说道。

让庭然变得快乐，是借时的任务。他知道怎样做是为了庭然好，所以他决定不顾庭然的拒绝，兀自抬起了手。但庭然竟然刹那间就意识到了他想做什么，转身跑开好几步。她不敢看借时的眼睛，用手挡在自己眼睛上面，大声喊着："我说了不要！"

可下一秒，借时像是拨快了时间一样，瞬间闪到庭然的面前。

这份逼迫彻底击溃了庭然勉强维持的心理防线，她双手捂着脸缓缓蹲下去哭了起来，一边哭一边喊着："你无权决定我要记得什么！你只是一个机器人，你根本就不懂什么是感情！"

借时的手指悬在庭然的发顶，只差毫厘，却突然停住了。

有什么在他的身体内部突然跳了一下，牵绊住了他的行动。或许是因为庭然的眼泪吧，借时知道自己应该让庭然快乐，不应该做任何让她落泪的事。

可作为一个机器人，他应该在意人类的眼泪吗？借时的脑内运算，产生了一个无解的疑惑。

是啊……他只是个机器人。他重复着庭然说的那句话，明明只是句事实，却让他觉得有一丝感伤。他微微直起身子，低头静静注视了哭泣的庭然一会儿，忽然消失了。

一定要找到那只猫，借时在心中给自己下达了命令。

等到庭然感觉不到动静，擦着脸抬起头，发现只剩自己一个人。她猛地站起来原地打转，四下张望，哪里还有借时的影子。她逐渐清醒过来，回想起刚刚自己的那句气话，越想越觉得太伤人了。

她赶紧给借时打电话，却始终没人接。她止住了眼泪，喃喃自语："真的生气了啊……"

庭然准备第二天一早就向借时道歉。她知道借时并非不懂感情，相反他们在一起的时候她时常会忘记借时是机器人。然而即便借时是机器人又如何，他又不是自己选择做机器人的。再说了，人类又比机器人高贵在哪里呢？自己凭什么高高在上地指责他？

可庭然万万没想到借时真的就这样消失了，接连几天都没在学校出现，坐在她身后的变成了其他人。不仅如此，她尝试问了两次，发现所有人都不记得借时了。

庭然想，或许是借时修改了其他人的记忆，让所有人都忘了他的存在。可如果是这样的话，他大概是真的打算离开了吧。

所以说，借时一定是真的生她的气了。谁让她说了那么过分的话，庭然也觉得自己活该。

可是刚刚失去了宠物，又失去了最好的朋友，更是让庭然的心情坏到无以复加。她把一切过错都安在了自己身上。她后悔自己住校，把豆丁留在家里；后悔那天情绪太激动，反倒让庭依有了装可怜的余地；后悔把气撒在借时身上，伤害真正关心自己的人。

到了这个地步，唯一支撑着庭然的念想竟然变成了借时还没有真正离开，至少让她有机会说一句"抱歉"。

4

豆丁丢失了一个星期，借时消失了三天，又到了周五。

傍晚的时候下起了很大的雨，城市的排水系统并不好，没一会儿路面就积了水。庭然本想借此说周末不回家，谁料父母先一步打来电话，叮嘱她坐车到市区倒地铁回家。庭然在地铁站的甬道里慢吞吞挪动着步伐。她不想回家，又不希望父母担心。可是回了家，面对庭依，她怕控制不了自己的情绪。

或许她真的应该把一切都忘了，这样比较简单实惠。庭然恍恍惚惚想着，身后一个拉着行李箱的人不小心撞了她一下，甬道里都是人们带进来的泥水，庭然向前跟跄了两步，脚底突然打滑，她尖叫着滑倒，摔在了墙边流浪歌手面前敞开的吉他盒子上，里面的零钱扬出来不少，场面混乱而狼狈。

"对……对不起……"

从来没当众出过这样的糗，庭然连衣服湿了也顾不得，爬起来之后头都不敢抬，一面揉着膝盖，一面帮人家捡钱。可是预想之中的责怪并没有出现，一抹吉他声却忽然在背后响了起来。

庭然握着一手湿乎乎的零钱，好奇地扭过了头，这才注意到弹琴唱歌的男生看上去和她差不多年纪，穿着不仅干净整洁还很时髦。

男孩似乎全然不在意刚刚发生的事，只专注弹琴唱歌，庭然甚至不确定他有没有看到自己，他看上去太过云淡风轻了。

可庭然却注意到他的鞋子，如果是正品的话，价格着实不菲。

看起来，这是个很入世的人，而且并不是为了讨生活才待在这里的。

刚刚摔得关节都有些痛，庭然干脆就蹲到了离卖艺歌手一人远的墙边，有一搭无一搭地听着。男生的声音清澈悠扬，唱的是她从没听过的英文歌，旋律偏民谣。

一曲完毕，男生终于停了下来，转头看她，眼神有些疑惑。庭然也觉得自己唐突，慌慌张张站起身，只仓促对了个眼神，立刻就想跑走。"喂，"男生却开口叫住她，"点一首你想听的吧，不要钱。"

"真的？"庭然局促地站着。

"我看着像是会拿一首歌骗你钱的人吗？"

男生开了个玩笑，化解了庭然面对陌生人的紧张。她在男生对面蹲下来，选了Sleep Song。这是她听过最好听的摇篮曲，从前妈妈总会唱给她和庭依听，而那样的日子仿佛一去不返了。

May there always be angels,

（祈愿总会有洁白羽翼的天使，）

To watch over you,

（在你每一步成长的步伐中，）

To guide you each step of the way,

（注视着你，保护着你，）

To guard you and keep you,

（用他们洁白的羽翼，）

Safe from all harm。

（让你远离伤害。）

多美好的歌词，多美丽的愿望，当男孩循环第二遍时，庭然不知不觉间一起哼唱了起来。地铁站里来去匆匆的人们，有一些不自觉停下了脚步，而庭然居然毫无察觉。直到音乐戛然而止她才发现面前围了好多人，她虽然习惯了陌生人的注视，可她还是不喜欢，于是匆匆站了起来。

原是想告别，没想到男生竟然也跟着起身，麻利地收拾起吉他，对她挑了挑眉："走吧，去安静一点儿的地方。"

"啊？可是……"

不等庭然反应过来，男孩已经大步往地铁站外走了，庭然很是意外，但最终还是追了上去。大概因为是同龄人，所以戒心没那么重。而且不可否认的是，在刚刚的片刻，她的坏心情，她摔倒的疼痛和窘迫，全都消失不见了，或许是因为音乐的缘故。

只是刚一到地铁口，两个人就不得不停住脚步，雨还在下，顺着顶部的边缘不断淌下来，看着像水帘洞似的。闻见雨水的气息，庭然也有点儿清醒了，她犹豫着问："你有事情要和我说吗？"

她的潜台词是"如果没有，我就走啦"。

"你很急吗？"男孩歪头看她，"我看你心不在焉的样子，好像并没有什么急事。"

活动起来之后，男孩的气质和坐在那里时完全不同了，他的头发是深棕色的，微卷，也不知道是不是天然的，还打了一个耳洞，一看就是很在意外表的那类人。关键是他说话时的神态和语气，明明像是随口说说，却透着自信与强势，并没有给人留余地。听他说完，庭然立刻觉得自己确实没什么急事。

这和借时不同，借时总是给她留有空间，她可以自己选择，自己决定，完全不会被牵着走。但庭然不会因此而害怕，因为她有一种感觉，即使她做错了，借时也会在背后为她解决一切。

大概就是因为太惯着她了，才会被她口不择言伤到吧，想到这儿，庭然眼中又是一道阴霾闪过。

为了不挡路，两个人不约而同地倚墙站着，由于想到了借时，庭然的心中忽然涌起一股不确定感。

这是她身边出现的第二个奇怪的陌生人了，时机奇怪，出场方式奇怪，关系发展也奇怪，导致她对"人"这个定位不太敢确定了。她甚至想，会不会是借时回去了，又派了另一个机器人来。

庭然看向对方，小心翼翼地问道："请问你是……"

"我叫宋希蓝。"男生一派悠然地回应。

"我的意思是……"庭然咬着嘴唇，她不知道该怎么问出"你是不是人"这种问题，灵机一动问，"你家住哪里？"

宋希蓝微微有点儿不解，不过还是回答："就在前面一个街区。"

庭然长舒一口气，心里绷着的弦顿时松懈下来，看来这次真的只是偶然遇到个同龄人罢了。放松下来之后，她才想起介绍自己："我叫庭然。"

话题由此扯开，庭然和宋希蓝聊了很久，比起和借时聊天时总要附带科普，和宋希蓝说话就轻松多了。宋希蓝言谈颇为风趣，涉猎面也很广，是个让人从言语上就觉得聪明的人。对一直没什么朋友的庭然来说，这种天南海北的放松闲聊，是很治愈的。

"你看上去不缺钱啊，为什么在那里唱歌？"庭然还是忍不住抛出了这个疑问。

"为什么唱歌还要分地方啊？"宋希蓝一脸"你们都是俗人"的鄙视，"我就是在那里唱歌而已，他们愿意丢钱就丢喽。"

"你不是在讨钱啊？"

宋希蓝颠了颠肩膀上的吉他盒，酷酷地"嗤"了一声。

正聊得开心，庭然的电话响了，妈妈催促她快点儿回家，她也只好和宋希蓝告别。刚刚转身要走，庭然想起两个人还没有互相留联系方式。内心挣扎了两秒钟，庭然还是决心就这样离开，结果宋希蓝叫住她："庭然。"

"什么？"她回过头。

"我经常在这里，你无聊时可以过来点歌。"

一句话给两个人之后的见面留了可能性，却又不会太急太生硬。庭然难掩雀跃地点了点头："好！那……以后见啦。"

从那之后，放学无事的晚上庭然常会跑去那个地铁站找宋希蓝。他俩就那样并排坐着弹弹琴，聊聊天，然后拿人们扔下的零钱去买零食吃。不过庭然总也不会待太久，即使没人管束，她的心里也还是有着父母定下的门禁。

"你没在念书的吗？"虽然没问过年龄，但庭然觉得宋希蓝的年纪应该和她不相上下，可他却好似很悠闲。

宋希蓝摇了摇头，没有多说什么。他鲜有这样不愿言语的时候，庭然也就不敢多问了。她一向害怕自己涉及别人的隐私，容易被人讨厌。

好在宋希蓝是真的很闲，庭然不来找他的时候，他开始主动跑去庭然学校，这样晚上就可以相约一起去吃饭。住校的生活本来就很枯燥，庭然又不是一个很懂娱乐的人，只有之前借时在的时候她才几乎忘了什么叫寂寞，所以说宋希蓝出现得正是时候。

一天从外面回学校的路上，庭然突然听到了猫的叫声，她一个激灵，立刻四下寻找了起来。那条街的路灯很暗，庭然循着声音来回找了半天，终于在一个垃圾箱后面找到一只巴掌大的小猫，前腿有一块沾着血，看上去受伤了。

庭然想了一下最近的宠物医院在哪儿,把猫咪放在了书包里,拉着宋希蓝上了地铁。她熟门熟路地找到了那家位置很偏僻的宠物医院,宋希蓝觉得这个角落可能地图上都不会标注,不经意地问:"你来过这里啊?"

"没有,有次路过偶然看见而已。"

宋希蓝微微挺直了背,露出了不可思议的神情:"那你居然记得这么清楚?"

庭然苦笑着说:"我也不想啊,但一旦记住了,想忘也忘不掉。"

正在这时,猫咪清理完伤口被医生抱了出来,庭然跑上前接过猫咪,并没有注意到宋希蓝站在她身后,摸着自己的下巴陷入了沉思,双眼灼灼发亮。

抱着猫咪出了宠物医院,庭然却苦恼起来,学校宿舍不能养宠物,她又不愿意再带回家。宋希蓝仿佛看出了她在想什么,主动说道:"如果你放心,就放在我那里吧,你想过来看它,随时都可以。"

"真的?你不介意吗?"庭然顿时觉得遇见了救星,满心感激。

"介意什么啊,"宋希蓝大方地笑着,"反正我一个人住,正无聊,刚好有它做伴。"

"你一个人住?你爸妈呢?"

宋希蓝的表情忽地黯淡下去,虽然仅仅是一瞬间,但庭然还是敏锐地捕捉到了。但不等她开口,宋希蓝就又无所谓似的摇了摇头,说:"我爸妈都比较忙,大部分时间待在国外,所以没法照顾我。"

"这样啊……"庭然越发觉得宋希蓝的家境可能比较特殊,仓促地转开话题,"那麻烦你了。"

宋希蓝环顾了一下四周,颇为为难地苦笑着对庭然说:"我是路痴,还真不知道从这里怎么到我住的地方。"

"没关系,你告诉我你家在哪儿,我肯定知道怎么走。"

"你记得住所有的路线?"宋希蓝一脸惊讶。

庭然早就看惯这样的表情了,果然所有人都以为这是件很棒的事呢,她在心里重重叹了口气:"也不是所有,不过,也差不多吧。"

时间还不算晚,庭然便先带宋希蓝找回了家,是一片看起来很新的公寓。她本来在路上就想好坚决不上楼的,可宋希蓝说自己没养过动物,不知道该怎么安置,非得招呼她上去帮忙。本来去朋友家做客是很普通的事,可对于庭然来说,却是头一遭。仔细想想,她的人生还真是枯燥乏味。

宋希蓝住的房子相对一个人来说,显得特别空旷。他们手忙脚乱地给猫咪找了临

时的食盆水盆，用纸箱和废布做了小窝，都安顿好之后才想起来，还没有给猫咪起名字。

"你来替它取名吧。"庭然对宋希蓝说。

宋希蓝转了转眼珠，突然笑了："就叫礼物好不好？"

"礼物？"

"对啊，你不觉得它好像上天送给我们的礼物吗？"

庭然在心里默念着"礼物"这个名字，感觉心里像是有朵病恹恹的花终于在温柔的催化下重新伸展了花瓣，于是她也少有地笑得毫无芥蒂。

时间晚了，庭然坚持要自己回去，宋希蓝送她到楼下，目送着她的背影消失在夜色里，忍不住打了个清脆的响指，若有所思地挑起了一侧的嘴角。

他走上楼去，看着已然睡着的"礼物"，却在心里想，庭然啊，或许你才是我的礼物。

第四章

天使还是恶魔

1

其实借时并没有走，当时他站在哭泣的庭然面前，给自己下了个任务，必须找到庭然的猫，因为只有这样才能让庭然真正开心起来，让他们的生活回到最初。之所以洗掉其他人关于他的记忆，只是因为这样比较方便，他对于找猫需要花费的时间没有把握。

生气？才没有呢。虽然有一丝他无法解释的奇怪波动，可绝对不是气恼，最后反而化成了决心。

首先借时先尝试对动物语言解码，虽然猫狗鸟类都有各自的语言，但就像是人类也有各地方言，动物世界也有种类似普通话的通用语言。只是人类语言的编码是图形、拼音、字母……而其他动物则是声音的频率波段。比想象中困难，却不是绝对不能成功，借时专注尝试了两天，终于达成了匹配。顷刻间，他的耳朵里全是声音，鸟语虫鸣全转化成了人类语言，乱成一锅粥。

但这是借时唯一的办法，他只有这样才能去和其他流浪猫交流，让它们帮忙找到豆丁。但是猫这种动物随机性太强，能从很小的窟窿钻进钻出，不好掌握行踪，他辗转得到豆丁的踪迹后，又是翻墙又是爬树，下水道也走了好几遭，终于在一户人家的窗户外与它狭路相逢。它居然溜进人家家里，和金毛抢狗粮吃。

猫蹲在窗台上对他说："你总追着我干什么？"

居然是大叔腔？

"你的主人在找你，我要带你回去。"

"算铲屎的还有点儿良心，还以为她在外面有别的猫了呢。"豆丁突然直直竖起尾巴，"等等！你怎么能和我说话，你也是猫？"

借时实在懒得和一只猫解释始末，反正只要伸手拎过来，在下巴上挠几下，就什么骨气都没有了。

虽然已经是晚上了，但借时还是想立刻回学校把猫还给庭然。但定位之后却发现庭然在离学校有段距离的地方，不过他也没有在意，以最快的速度朝那个地方奔去。其间庭然的位置一直在移动，但因为他的移动速度更快，终究还是在交点相遇。

对借时来说最大的麻烦就是这只猫被他的移动速度吓得上蹿下跳，挠了他好几爪子才罢休。

然而借时的视力是人类视力的 10 倍以上，所以当他看到庭然时，他俩相隔的距离还不足以让庭然注意到他。明明应该一口气冲过去，可借时的脚步却一点点慢了下来。

因为他看到庭然和一个男生并肩走着，怀里抱着另一只猫。

猫的视力在白天并不算好，但在夜里却很敏锐，再加上同类感应，豆丁一下从借时怀里跳了起来，全身的毛都炸了，大叫着："爷才走了这么几天，她就真的在外面有猫了！"

借时立刻用手臂夹住它，下意识往后退了两步，刚好掩藏于楼后的阴影中。豆丁还在叫嚣着："你别拦着我，我要跟它决一死战！"

借时没搭理它，而是摸了摸耳朵，加大了声音捕捉力度，他听着庭然和那个男生的交谈，听得出来庭然的心情比起他离开时已经好很多。

机器人面对的时间是永恒的，所以借时终究是不懂，他不懂人类世界的瞬息万变，不懂两个星期的时间，人类的生活、心理、感情会发生怎样的变化。未来世界，当科技达到了一个稳定的高度，世界的改变反而放缓了速度，人们的心情起伏也变得很小。借时贴墙站着，始终注视着庭然的方向，忽然觉得身体很沉重，他不知道此刻绊住他脚步，让他无论如何也无法走上前去的力量是什么。

他只是觉得自己这段时间做的一切都没有意义了，因为庭然已经不再需要了。

"哟哟哟，有人吃醋了！"

大叔猫斜着眼揶揄着借时，发出十分欠揍的笑声。

借时却是一愣——吃醋？可能吗？

他当然知道吃醋是什么，但即便是未来那个机器人横行的时代，机器人也仍旧以服从为使命，不会安装更繁复的感情设定，机器人和人类感情牵扯太深绝对不是好事。所以甄妮应该不会那么傻，给他加这种无用的设定。

虽然这样想，借时却越发觉得自己系统内部有些不对劲。他犹豫了一下，还是决定先行离开。

但当他最后一次抬起头时，却发现庭然正朝他的方向走过来。

不可能啊！这大大出乎了借时的预料，他确信庭然不可能看见他，可庭然此时竟真的像感应到他存在一样直冲着他走来。

他难得地慌了，竟然原地踏步，手都不知道该往哪儿放了。

同样觉得莫名其妙的还有庭然，毕竟身体不受控制的感觉还是挺吓人的。

临近放学宋希蓝给她打电话，说今天该带着礼物去做驱虫了。说到底礼物是她捡的，不能什么事都丢给人家负责。所以庭然也没多想，就答应放学后见面。

两个人先带着礼物去宠物医院做了驱虫，然后顺路吃了点儿东西，往宋希蓝住处走。走到半路，宋希蓝掏出手机，拉了一个 APP（手机应用软件），里面是迷宫游戏。

"这关我总是过不去，你帮我看看。"

因为庭然抱着猫，没法接手机，所以只是探着头看宋希蓝玩。

是个多房间的 3D 的迷宫，屋子里的门有真有假，钥匙在不同的位置还得找。不过制作很粗糙，无论是大的外壳还是里面的各种东西都只是一个简单的建模，没有任何花样，而且看久了会头晕。看得出来宋希蓝真的很不擅长这种游戏，几乎每间屋子都闯，所以浪费了很多时间，走到半程时间就没有了。

不知不觉就已经走到了楼下，宋希蓝对庭然发出邀请："你上来帮我玩过这局再走吧。"

"我不擅长玩这个，还是算了，"庭然对这些真的没兴趣，"我先回去了。"

"就一把，过不去这关我会失眠的。"说着，宋希蓝再次打开了手机，"就在这儿玩就行。"

手机发出两声电量告急预警，宋希蓝黑着脸"啧"了一声，慌忙说："你等下，我上楼拿趟充电宝。"

不等庭然阻止，他一溜烟儿就跑上了楼。庭然轻叹一声，看了看怀里的礼物，也没办法回去，只好等着。

然而就在这时，她感觉到左手边的四十五度斜角的位置，像有块磁铁非常强力地吸引着她。那种感觉恐怖而又奇妙，庭然下意识想要抗拒，可身体却已然朝那个方向偏转了过去，一步两步三步缓缓迈着。她紧张得要命，却又恍恍惚惚像在做梦，除如鼓如雷的心跳声外，什么都听不到了。那份坚定宛若有个人在前面拉着她的手，可她的视线里却看不到任何可疑的人。

打破这份蛊惑的是宋希蓝，他追上庭然，拍了拍她的肩膀，疑惑地问："怎么了？"

庭然好似冲破迷雾般打了个激灵，惊醒了过来。身体顿时变得轻松了，也再没有受牵引的感觉，可她却感觉怅然若失。

"啊，没事……"

她把礼物递给宋希蓝，还是不停地往刚才的方向扭头，心不在焉地喃喃道："我先回去了。"

宋希蓝很敏锐，他知道一定发生了什么，也一再往庭然回头的方向看去，却怎么也看不出异常。这么一打岔，竟也忘了拿充电宝的事，直到庭然走远了，他才想起来，有些愤愤地跺了下脚。

剩下的时间不多了，得早点儿让庭然做好准备才行。

2

反倒是借时，看到庭然被宋希蓝拦住，不由得松了口气，却又不禁有点儿失落。他迅速带着豆丁离开了那里，回到了自己栖身的地方。原本他觉得自己只要待在学校里就可以，不需要一个"家"。但眼下有了猫，他就真的需要一个固定的住处了。

好在甄妮早就安排好了一切，在他来之前给了他一把钥匙。那还是他第一次见到钥匙，小小一枚，凉冰冰的。甄妮告诉他，如有需要，有一间屋子可以供他暂住。如今他找了过去，房子的年头很长了，里面的家具都很陈旧，积了厚厚的尘土。

不过打扫卫生对借时来说是再简单不过的事了，眨眼间尘埃除尽，窗户光亮如新。可饲养动物就不是那么简单的事了，在借时看来，一只猫和一个人并没有区别，一样需要吃喝拉撒，也需要排遣寂寞。并且因为体积相差太大，还不能拿出对人的强硬态度来，总觉得要忍让几分。

本身在未来机器人也算是人类"饲养"的一种物品，又因为养宠物之人的数量大幅度缩减，虽然也有机器人拥有照顾宠物的技能，但确实是少之又少。以前他的工作只是陪伴甄妮一个人，现在也只有一个任务，保护庭然。

于是借时只好通过网络索引，自己补充饲养宠物的信息，他又一次体会到照顾一个有血有肉的动物是多么麻烦，而且豆丁是只满腹牢骚的大叔猫。

暂时不知道该怎么处理豆丁，但既然猫已找到，借时还是马上就回学校了。他就这样堂而皇之地重新出现，除了庭然惊得下巴都要掉了之外，其他人的记忆就只是重新衔接上，丝毫没有意识到他中途离开过。

"你这段时间到底去哪儿了？"早上第一节课，当庭然走进教室，抬头就看见了帮她占好了座位的借时，那一瞬间庭然还以为自己出现幻觉了。狠狠揉了两下眼睛，确定了眼前是真的，她一个箭步冲上去，气鼓鼓地双手撑桌，瞪着借时。

"我……"借时拉了很长的音，最后却只是回应，"不知道。"

庭然被噎了一下，噘起了嘴："不知道？"

"不知道。"

他暂且不想告诉庭然找到豆丁的事情，他先要搞清楚另一只猫和那个男生是怎么回事。可他又真的不会也不想说谎，所以就只能答"不知道"。

好在短暂错愕后庭然就自己想通了，她无可奈何地搯了搯眉心，似笑非笑地叹了口气："真拿你没办法。"

她不纠结了，反正只要回来了就好。只要她还有机会，能够道歉就好了。

"那天……"庭然咬了咬下唇，一鼓作气地说，"我说的话太过分了，对不起。但那之后我立刻就后悔了，我还怕你是因为生我气，就这样走了呢。"

"生气？生什么气？"借时一脸茫然地看着她。

庭然"扑哧"一笑："不记得就算了，反正你只要知道我无心伤害你就好了。"

说也奇怪，只要借时回来，庭然立刻觉得日子回归了正轨，好似之前那段魂不守舍的日子就只是一段梦境，如今被覆盖了。她开始絮絮叨叨跟借时讲起他不在时发生的事，其中最重要的一件就是遇见宋希蓝。

对庭然来说，宋希蓝和借时都是朋友，借时是为她而来的，多少要更特殊一些，但宋希蓝却也是真真正正偶遇的缘分。

她说得眉飞色舞，想和借时分享交到学校以外的朋友，并且捡到了"礼物"的喜悦，可借时却在听到"宋希蓝"三个字后瞬间变了脸色。

初遇以来，他从未像现在这样夸张地垮下脸，吓得庭然不敢继续说下去了。

"宋希蓝？"借时意识到自己的脸色可能吓到庭然了，他揉了揉脸颊恢复血色，又确认了一遍，"你说他叫宋希蓝？"

"没错，怎么了？"

庭然刚一提起，这个名字就从借时的系统里自动跳了出来，并且在上面打着刺眼的红色印章，写着四个大字——危险人物！

这个人在甄妮录入进他系统的庭然日记中不止一次出现，是在庭然的生命里起到关键性转折的人。

而且是坏的转折。该来的终究还是来了，比他想象得更快。借时知道，他必须阻止庭然和宋希蓝的关系发展下去，这是他的使命，也是他的愿望。

然而就在这时，最后一节课结束了，系统内部设定的一个闹钟响了起来，只有借时自己能听到。他猛地站起来，径直往门口走。"你有什么事吗？"庭然急急地追问，她觉得借时这次回来之后变得很奇怪，总是一晃就不见踪影。

"我很快就回来。"

说完，借时以正常人思维难以跟上的速度，从计算出的最近的一条路，飞掠过屋顶和别人的屋子，回到了住处。

他推门进屋，刚好到他设定好的喂猫时间，一秒不差。

"干得漂亮。"豆丁舔着脚表扬他。

讲真心话，借时也是不太能理解人类为什么会喜欢这种爱吐槽的"大叔猫"。如果庭然知道害自己流了那么多眼泪的猫，每天都一大堆的牢骚，不知道会做何感想。果然还是什么都不知道，会比较幸福吧。

不过话说回来，幸福是什么？借时也仅是粗浅地知道它的书面意思。

如果始终不让庭然知道宋希蓝会对她的生活造成侵害，不让她去面对所谓的真相，她会不会比较幸福呢？借时突然这样想。

3

"我那个铲屎的，就是有点儿任性罢了。哦，还有点儿蠢。"

接连几天借时都在和豆丁聊天，一人一猫相对而坐。豆丁吃饱喝足以后，很喜欢和他讲一些庭然的事。

"她凡事能忍则忍，能让则让，但心烦啦不高兴啦又都要挂在脸上，反倒显得她不懂事。倒是她姐姐，啧啧啧，一句真三句假，阴晴不定的，有时候我觉得她挺喜欢我，有时候又觉得她要拿我炖汤。你要是见到她，一定要防着她。"

"你为什么要跑出来？"

虽然庭然和庭依争吵时借时没有在旁边，但以他当时的距离，加之庭然激动的脑电波，他也了解个大概。他知道庭然觉得是庭依故意开了窗，放猫跑出去了。但对于这件事借时有两点疑惑：一是庭依确实有可能是真的忘记关窗了；二是就算她故意开了窗，猫也不一定就会出去，按庭然的说法这是一只被圈养六年的猫。

"你太天真了！"豆丁把眼睛眯成一条缝，"当然是她把我丢出去的！你当我傻啊！"

借时摸了摸眉毛，微微有些吃惊："丢出去？是三楼吧？"

"可不，幸好爷是猫。"

看来庭然的这个姐姐确实是个大难题，之前山上的事是谁做的借时并不知道，他所理解的姐妹关系并不是这个样子的。但后来他多少能感觉到庭然对于自己罹患超忆症这件事的纠结，所以才放她入梦，让她和作为普通人的姐姐调换一下试试看。在听到庭然指责庭依时，他多少还有一点儿怀疑，随后又因为庭然的哭闹有些烦闷，但终究是他错了，他一直忽略了庭依这个人对于庭然的影响，他也没有百分之百地相信庭然。

他扁着嘴烦闷地吹了两口气，在心中责备着自己。

除了宋希蓝之外，借时将庭依也加入了亟待解决的棘手事中。

专属定位又监测到庭然出现在此前和宋希蓝一起走过的区域，借时马不停蹄赶了过去。他赶到时庭然正和宋希蓝坐在路边玩数独游戏，是一张看起来很难的图，这方面庭然的记忆也没什么用场，两个人一起算了半天才填了一半。

借时从后面迂回靠近，影子却先一步铺了过去，庭然回头看见是他，又惊又喜，赶忙问："你怎么在这儿？"

但转念又意识到不对，想说"你跟踪……"刚一开口又碍于宋希蓝在场，终是没说出口，只使了个眼色。

"这是……"宋希蓝迟疑地站了起来，看着借时。

"他叫借时，"庭然做介绍时，眼珠滴溜溜转，有点儿心虚，"我朋友，也是同班同学。"

"你好，我叫宋希蓝。"

相对于宋希蓝的落落大方，借时却始终不说话，只是用一种审视的目光盯着他，暗地里已经扫描了好几轮。宋希蓝被他盯得有些发毛，但仍是面不改色。

借时突然一偏头，对庭然说："我们回去吧。"

庭然心想人家都找来了，就给个面子呗，立刻就答应了下来。但宋希蓝却拼命拦她："把这个做完再走吧。"

他甩动着手机，里面是一张没填完的数独。

场景似曾相识，庭然颇感无奈，看来宋希蓝真的很痴迷这类益智游戏啊。

"我来。"

谁也没想到，一旁的借时一把抢过手机，飞速地按起了数字键，几秒钟，整张数独被填得满满的，并且100%正确。就连庭然都难掩意外之色，更别提宋希蓝了，立刻投以看怪物的目光。

"填完了，我们走。"

把手机丢还给宋希蓝，借时扯过庭然的手臂，大步流星往学校的方向走。他的想法一向简单，反正离宋希蓝这个人越远越好，待在一起的时间越短越好。

"你怎么这么急啊……"

庭然得小跑才能跟上他，忍不住小声埋怨，可看着握在自己小臂上的手，终究还是顺从了。

宋希蓝也没有拦他们，而是非常雀跃地在后面喊："我把这张图发你手机上，回头你自己回推下解法哦！"

他还真是认真。庭然没当回事，只是扭头笑着朝身后的宋希蓝挥了挥手。

借时突然加重了手上的力道，步伐更快了，庭然只觉自己被猛地往前一拽，脚下踉跄，一头撞在了借时的背上，两个人都停了下来。她捂着自己撞疼的鼻子，哭笑不得地看着借时的脸，瓮声瓮气地问："你是生气了吗？"

虽然这样问，可她却想不到借时有什么生气的理由。

"气不打一处来。"借时闷闷地说。

这还是他第一次坦然说生气，可庭然却忍不住笑，因为他说话的样子根本不像生气，反倒像小孩子在赌气，很是可爱。

"好啦，"她伸了个懒腰，双手背在后面，脚步轻快地蹦跳着向前走，"说吧，为什么来找我？"

"你以后少和宋希蓝来往。最好是不要再来往。"

借时实在不懂什么叫婉转，直截了当地说出了心中的想法。

庭然只觉思绪卡了一下，认真看了借时两秒钟才确定他是认真的，犹豫着问："为……为什么？"

沉默了良久，借时的表情困惑到庭然都看不下去了，感觉他肚子里有几十万字的长篇稿子，但是卡在开头第一句话。最后他也只是说出了一句："你相信我，我是为你好。"

为你好？其实庭然最不喜欢这三个字，几乎是下意识就暴躁了起来。到目前为止，她已经被迫接受了太多的"为你好"，甚至连这个不治之症，大家也都在说是"好"。可庭然听够了，她真正想要的是自己去分辨好与坏，自己去做选择。

不过面对借时近乎憨厚的真诚，她这点儿暴躁的小火花只是闪了一下就灭了。稍稍组织了一下语言，庭然向前小跑了两步，绕到了借时的对面，两个人静静相望着。四周黑黢黢的，是条没什么车子经过的小路，只有居民楼零星窗口映出的光，但天上却有一弯下弦月，正坠在他俩的正上方。

"我相信你，我知道你不会伤害我，你或许有自己的理由，只是还不想，或是不知道怎么和我说。我很感谢你，真的。"庭然深吸一口气，郑重其事地收了收下巴，"但是，既然你还不能和我讲清楚，恕我无法答应你就此远离宋希蓝。因为他确实是待我不错的朋友，我们在一起还没有特别大的分歧，我不能仅凭你一句话就轻而易举地去伤害一个拿我当朋友的人。"

淡淡的月光下，庭然认真的样子让借时忽然有些恍惚，仿佛甄妮的影子从后面拢上来，瞬间和庭然融为了一体。虽然仅仅是刹那的错觉，但借时知道自己无论如何都无法再强迫庭然了。若真论起五官，其实甄妮和庭然并不十分相似，可偏偏又有那么点儿说不出的神似，大概是因为血缘传承无论过了多久都还存在吧。她们认真起来的那股全然不可抗拒的力量，居然也是类似的。

"好吧，但我请你多一点儿警觉，好吗？"

"好。"

庭然立刻答应下来，欣欣然笑了。

借时却偷偷叹了口气，既然不能说服她主动离开，那就只能自己多花点儿时间，寸步不离地跟着她了。

他是根本不抱希望于人类的警觉心的，更何况只要庭然内心里还将宋希蓝当朋友，她就会全心全意相信着，这是她的天性。

不过，借时也觉得庭然说得不无道理，毕竟现在宋希蓝还没表现出什么，他就算想改变也摸不到源头。既然如此，不如再观察一阵，他想做的是不让庭然发现，默不作声地改变历史。

或许会很难，但借时还是想试一试。

4

之后的一段日子，可真是愁坏了庭然，她以为自己说服了借时放下戒心，结果借时只是改变了套路。她和宋希蓝每次见面，借时都非要像电线杆一样杵在不远处寸步不离。

不知道的还以为她多大阵仗，出门还带保镖呢。

庭然觉得借时这样是在逼她，等到她觉得尴尬，就不得不和宋希蓝断掉联系。既然如此，她偏不让他如愿。爱跟就跟，爱看就看，她倒要试试是谁更倔一点儿。

但事实是和机器人比坚持，是一件很傻的事情。一连两个月过去，只要她和宋希蓝见面，借时必定出现，风雨无阻。但他什么都不说，只是站在那里，有时候还显得有点儿可怜兮兮的。

"他到底想干什么啊？"

作为被盯梢对象的宋希蓝，自然对借时的目的很好奇，他隐隐感觉这个人不太简单。之前借时一下就解开了那张数独，他还安慰自己说可能是偶然或是刚好精于此道，但如今借时的举动明显是有意针对他。

难不成是看出了什么?

但无论宋希蓝有多在意,在庭然面前却没有表现出任何一点儿心烦。

"他啊……我真的不知道该怎么和你解释,"此刻他俩正在宋希蓝家里玩扑克牌,是庭然从未见过的玩法,宋希蓝手把手教她。与其说是一种排列组合的游戏,倒不如说像某种逻辑数学题,"反正他没什么恶意,就随他吧。"

正说着,窗外却传来一阵阵异响,庭然放下扑克牌走过去,发现屋外忽然狂风大作,并且有什么东西不停砸着玻璃。她开了一点儿窗缝,从窗台外捡到一枚小冰块。

下冰雹了?

"你家的雨伞在哪里?"庭然转身就往门口走,同时急匆匆地问宋希蓝。

"冰雹下不久的,等它停了你再走吧。"

"我不急,但是……"

她的眼神一直往窗外瞟,宋希蓝明白过来,她是担心借时还在外面。

他一边找雨伞一边说:"不会吧,他又不傻。"

"这可说不准。"

庭然苦笑了一下,眼睛里仍是担忧。

接过雨伞,她就赶紧往楼下冲,果不其然借时还在,只是还不算太傻,知道躲进楼道里。看到她下来,借时的第一句话居然是:"可以走了吗?"

丝毫没有等很久的不耐烦。

"走什么啊?这个天气我可走不了。"庭然无奈地嗔怪了一句,收起伞,朝他招了招手,"怕了你了,你先上来吧。"

借时也没推托,跟着庭然到了宋希蓝的屋里,宋希蓝指了指还没收起来的扑克牌,热情地招呼他:"一起玩吧。"

他不和宋希蓝说话,在庭然看来完全是在赌气,却又因为不明白缘由,显得很小气。反观宋希蓝落落大方,不像是藏着阴谋诡计的人。

"要玩吗?"不过庭然还是朝他扬了扬牌,"我教你。"

借时拉了椅子坐过去,庭然给他讲解着规则,说来比他们平时玩的复杂些,但万变不离其宗,只是多了些计算,不过将那些牌型计算出来全记住也就没问题了。

对借时来说,了解规则很容易,一遍就能记住了,可他的注意力并未在这里。他一刻也不放松地盯着宋希蓝,右手紧紧握着拳头,他的右手拥有战斗功能,面对一个

普通人，只需一点点手段就好。可是他知道自己不能这样做，他的责任只是将庭然带离危险，而不是破坏这个世界的规则，更不能引起混乱。

在知道牌的玩法之后，借时一下就明白了宋希蓝的目的，他知道宋希蓝已经在打庭然的主意了。什么迷宫、数独、扑克牌……全都是为了引诱庭然记住。记住之后呢？那就一定有用得到的地方。

"跟我走！"

实在是懒得找借口，借时强硬地拉起庭然就走。庭然一时被他的语气和态度吓到了，直到被扯到楼下才反应过来，气鼓鼓地甩开了手臂，说道："你这样很没有礼貌啊！"

"从今以后，你不要再见他。"

"凭什么？"他越是强硬，庭然的反抗就越强烈，就像弹簧一样，"你不要以为你帮过我，就能干预我的生活了！和谁来往是我的自由！"

借时也有点儿生气，他气的是自己没办法让庭然全心全意地信任。他在脑海里计算现在直接将庭然扛走，成功率能有多少，但他也很清楚这样并不能彻底解决问题，反而会让他们的关系变得更坏。

"你一生凄凉，孤单无依，对人缺乏信任，不知幸福为何物，"借时勉强镇定，"郁郁寡欢，消极对待人生，进而影响后人。而这一切，都与宋希蓝有关。"

听到他的话，庭然确实有些意外。可那一点点的触动并不能让她立刻接受，或许是因为生而为人，注定是这样的个性，只能专注于眼下，即使知道未来如何，也未必能改变什么。更何况，她内心仍抱有怀疑。

正在这时，宋希蓝也追了下来，神色十分委屈。他不动声色地隔在借时和庭然之间，好脾气地问："怎么了？我做错什么了吗？怎么还惹得你们吵架了？"

庭然立刻解释："没有，你没做错什么。"

借时顿时火冒三丈，伸手绕过了宋希蓝，想再度抓起庭然的胳膊离开。但千钧一发间，庭然居然退后一步，躲开了他的手。

"你别太过分！我就是喜欢和他在一起玩，怎么了！除了你，我就不能有其他朋友了吗？"

庭然嘴里的"他"指的是宋希蓝，借时自然明白。但他听得更明白的，是喜欢。

所以说，庭然喜欢宋希蓝，终究是超过喜欢他的。是他输了。

他瞳孔中的光彩渐渐熄灭了，蒙上了一层灰蒙蒙的雾，刚刚心中还涌动着的那团火顷刻间被冷水浇灭，就像是正常运作着的机器突然被拔了电源。可借时还运作着，他只是突然恢复了平静，整个人瞬间从灵动变成了木然，嗡嗡嗡发出只有自己听得到的类似失望的轰鸣。

借时低下头，刘海的阴影遮在他的眼睛上，他没有再说什么，慢慢转过身去。冰雹早已停了，可天色却更阴沉了，狂风肆无忌惮地刮着，他的 T 恤被吹得鼓起来，背影看起来单薄而孤独。

"要不要我把你的东西拿下来，然后送你回学校？"宋希蓝在此时显得尤为体贴。

可他却发现自己的话换不回庭然丝毫反应，庭然的双手紧紧抓着两侧的裙摆，用力到指节发白，死死咬着下唇，眼睛始终盯在远去的借时的身上，神情早已没有了气焰，只剩下后悔与不知所措。

庭然清楚地看到刚刚借时身上的寂寞，她在心中问自己，机器人也会伤心吗？转念一想，她从前又没有见过机器人，凭什么就觉得机器人不会伤心呢？

同一件事上错两次，她怎么这么蠢啊！

"喂！"

终于庭然鼓足了勇气，用力朝借时喊了一声，可她抱歉的话还没组织好，身体已经呈奔跑的姿势朝借时冲了过去。

又是和上次一样身体完全不受控制的状况，可这一次庭然只惊慌了最初一瞬，就将计就计调整好了奔跑的姿势。虽然没有证据，可她隐隐能够猜到上一次究竟是谁躲在那个方向了。但这一次她有一个确确实实看得到的目标就在前方，所以她不再害怕了。不仅如此，因为那个目标就是她本身想要奔向的，反而有一种命运在帮助她达成心愿的满足感。

她在风中坚定地迈动步子，以体育课从未有过的速度冲到了借时面前，还不等说话，就眼睁睁看着自己一把抓住了借时的手。

虽然身体受控，但意识是清醒的，庭然害羞得整张脸通红，一阵阵头皮发炸，浑身的汗毛都竖起来了。可等到她的身体恢复自由，一切已经来不及回头了。

"你是不是故意的？"她干脆将计就计硬是没有松手，只是把涨得通红的脸埋得很低，为了给自己壮胆努力装凶，一时竟完全忘了两个人刚刚还在吵架。

但借时此刻也很意外，真真是一脸无辜，但有一小簇火苗再度在他的瞳孔深处亮了起来。

"那……那……"庭然看得出来，心想如果不是借时搞的鬼，到底是怎么回事啊？这样岂不是会被借时当成是她故意了吗？虽然她确实也想这么干来着，于是说："我

说我不是故意的……你信吗……"

借时犹豫了一下，点点头："信。"

不过他感觉不赖，所以暂时不想管是有心还是无意的。

"但是……你能不能等等我，一起回去？"

庭然脸上的热度非但没褪去，反而愈演愈烈，她越说越小声，可借时还是听见了，他的核心系统发出了轰隆隆加速运作的声音。

这一幕宋希蓝在后面看得清楚，他倒是没什么羡慕嫉恨的感觉，他想的是这个借时果真是他的心腹大患。

当天晚上，借时仔细排查了一遍自己系里那些繁杂的小程序，忽然发现了一条，在几个基础值到达某个刻度时，会引发对象间的互相吸引，就像磁铁一样，一方会不自觉去找另一方，即使是看不到的情况下。而这几个基础值全部是情绪，它们混合在一起，近似于人类情感中的——吃醋。

上一次庭然忽然向他转身，加上这一次……答案昭然若揭，借时暗自思索这条小程序是什么时候加进来的，难道是从前一直存在却从未被激活过？

不管怎样，他决定不把这件事告诉庭然。

第五章

命运进行曲

1

其实认真想来，宋希蓝这个人确实有很多奇怪的地方，庭然也不是完全没考虑过。她从头整理起和宋希蓝认识后的事件与对话，也发觉了一些违和的地方。

比如总是想方设法招呼她上楼，也不在意是否会尴尬；比如总是玩一些奇怪的益智游戏；比如不知不觉间套出了她很多个人情况，却都围绕着她确诊超忆症之后的趣事……但仅凭这些就说宋希蓝有问题，未免还是太大惊小怪了，只要稍稍想开一点儿就可以划进"多心"的范畴。

再说了，庭然不觉得自己有什么值得利用的地方，假如宋希蓝想要她帮忙记点儿东西，解决什么事情，直接开口就好了，她肯定会答应的。

所以思前想后，她还是觉得这其中有什么误会。反正日久见人心，只要是误会，总有一天会解除的。

但眼下庭然更想解除的是自己和借时之间的尴尬，那晚之后过了好几天了，他们两个人之间的氛围一直怪怪的。

当然这也要怪她自己，是她脑袋里总是盘旋着那晚扑过去拉住借时的画面，于是总是不好意思和借时对视，连头都不敢回，每次从书包里往外拿东西时全都靠摸，背挺得笔直。

她心里清楚自己是难为情，但落在借时眼里，就成了还在生气的表现。女生生气是一个不易解决的高难度题目，太过急切地去搭话有时候反而是火上浇油，所以借时也没有主动做什么，整日里缄默不语。

所谓冷战，就是两个人即便心里想和好，却都以为对方还在生气，不敢靠近彼此，于是时间越耗越长。

说来也是奇怪，庭然这边还没和借时解开疙瘩，却也联系不到宋希蓝了，给他打电话总是关机，惹得她有些担心。

她倒不是怕宋希蓝会出意外，在庭然心里，宋希蓝是个生存能力很强的人，她只是觉得或许那天的事让宋希蓝颇为难堪，有心疏远她。另外，她还很担心礼物过得好不好。

所以庭然想去宋希蓝家看看，她默默做了一节课的心理建设，决定以此向借时开口，求他陪自己走一趟。但下课铃响后，庭然刚转了半张脸，就见借时走到了她的旁边停住，居高临下地望着她。

她狠狠咽了下口水，强迫自己仰起脸去看，一开口还是凶巴巴地语气："干吗？"

"你等我一个小时，等我回来再吃饭。"

晚一个小时吃晚饭倒没什么，只是为什么呢？庭然满眼的疑问，但借时却一副不可说的样子。末了，她只得无奈地叹口气："好吧，就一个小时，我去图书馆做作业。"

其实关系从这一刻也就破冰了，只是两个人都没第一时间发现。

庭然没有回宿舍，直接去了图书馆做作业，这个时间大家一窝蜂地奔向食堂，图书馆里很清静。

庭然从来不愿在功课上费心，久而久之她觉得自己好似变笨了。小学的时候老师家长都觉得她完全可以连跳几级，可她就是不愿意。她不想自己成为班上最幼小的人，不想一再拉大和同学间的距离，所以她只跳了一年，之后就开始在跳级试卷上故意做错。然而仅仅是这一年，还是彻底将她和庭依割裂开来了。

以前庭然偶尔还有些自诩的心思，觉得自己辛苦隐藏智商挺不容易，但如今倒没这个感觉了。尤其是看着借时那么全知全能，庭然是真的觉得自己只是个普通人了。假设真有一个什么需要高智商运作的环境，她恐怕根本帮不上借时的忙。

庭然胡思乱想着，另一边的借时却是鸡飞狗跳。

前一天夜里，他已经从几家超市找齐了做咖喱猪扒饭的所有作料，但他并不知道有现成的咖喱块这种东西，而是买了近三十种香辛料自己研磨。

好在他的手可以变幻出各种形状，无论是刀叉锤子，都一秒转换，所有刻度也掌握得无比精准。

豆丁趴在门框上，看着借时在厨房里双手齐飞，来回瞬移，暗暗担心他最后会把厨房炸掉。

好在成品出炉效果还是很好的，味道与饭店里的分毫不差，借时尝了一口，满意地笑了。

端着盘子就要回学校，豆丁忍无可忍叫了一句："你就这样端着出去？等送到了上面一层的灰，你当我家铲屎的这么傻吗？"

借时端着一盘热腾腾的咖喱猪扒饭停在门口，居然就这样定住了。因为他可以弄一层防护壳罩在上面，所以根本没考虑过这个问题，但他忽然觉得端着盘子出现在学校里是有点儿奇怪。

"保温罐啊，呆子！"

于是撂下盘子，借时飞奔到楼下超市，拿起一只保温罐就走，挥一挥衣袖没留下一分钱，也没留下一点儿来过的记忆。

差五分钟一个小时，庭然做完了作业，然后看着玻璃窗外，一秒一秒数着。终于，她看到借时从图书馆的落地窗外走过，她急不可待地跑到了大门口。

"那是什么？"庭然一眼就看见了借时手里提着的保温罐。

借时把保温罐递给她，庭然打开一看，顿时呆住了。虽然说咖喱饭的模样都大同小异，但扑鼻而来的味道不会作假。从学校到那家店很远呢，就算以借时的速度能在一个小时内往返，还要等厨房做出来的时间，不可能卡这么准。再说了，店里不可能给配备这样的保温罐。

可庭然也想不出别的理由，还是迟疑地问了一句："店里买的？"

"自己做的。"

"自己做的？！"

区别于借时的平静，庭然则是控制不住地惊呼出声，吓得路人纷纷侧目。她捂住嘴，朝借时使个眼色，两个人就闷不作声地走到了学校背面没什么人经过的林荫道旁，席地坐了下来。

"让我尝尝味道如何！"庭然立刻舀了一大勺，塞了满满一嘴，她实在不敢相信这真是借时做的，"我和你说！你就算不回去，留在这里当个大厨，也绝对能赚大钱！"

这些借时还真是没想过，来之前他只当这是一个距离远些的工作，从未觉得自己有可能回不去。

如今被庭然提起，借时不自觉地想了想，可即便他有能力在这里生活下去，一旦损坏了，这里没有人能够修理他，他会变成一堆废铜烂铁，说不定还会引起轰动牵连他人。

无论怎么想，都是太过冒险，不太可能的事情。

"所以，"借时试探地问，"你不生气了？"

庭然吃得正开心，脱口而出："我没生气啊。"

气氛凝滞了两秒，她干脆也不要什么面子了，朝借时龇了龇牙，做了个鬼脸。

没生气就好。借时抬手在她脸上蹭了一下，忽然笑了："酱汁蹭到脸上了。"

庭然胡乱地蹭着自己的嘴角，但眼神一直落在借时脸上，还是忍不住想问："你的笑是因为开心吗？"

借时沉吟了一下："简单来说，可以算是。"

"那你也要多笑嘛。"

说着，庭然把已经空了的保温罐放在地上，开始企图去扯借时的嘴角，但借时知道这样又会牵引出脸红的小程序，于是先一步跳开了。

"你别跑啊！我没有要做什么啊，你跑什么啊？"

庭然毫不迟疑地追了上去，两个人在直径一百米的距离里像老鹰捉小鸡似的追跑打闹了好几圈。头顶茂盛的梧桐树似乎被笑声惊扰，簌簌地落下了大片的叶子，明明只是一个平凡的夜晚，却好似在风中变得轻盈起来。

"你陪我去一趟宋希蓝家吧。"

闹也闹够了，时间还充裕，庭然还是决定跟借时坦率开口，这是避免误会最好的方式，"这几天都联系不到他，我倒不是担心他啦，也许他突然有什么重要的事情呢，可礼物还在他那里，我怕他照顾不好，所以……"

"好，我陪你去。"

庭然还没解释完，借时已经淡淡地打断了她，她微微愣了一下，不过马上就欣慰地笑了："好，走吧。"

两个人打车直接到了宋希蓝家楼下，可上去敲了半天的门都没人开。庭然又打了一遍手机，还是关机，她把耳朵贴在门上，并没有听到猫叫。

"退后一点儿。"借时将她往外拉了拉，开始透视屋内的情况，只花了一秒钟，然后摇了摇头，"里面没有生命迹象的存在。"

"那或许他把礼物带走了……又或是托付给谁了？"

庭然稍稍放宽心，可有豆丁的事在前，她多少还是有些担忧。借时当然懂得她在想什么，暗暗想着或许是时候把豆丁还给她了。

没找到人，也只好先回学校，因为已经不再赶时间，庭然决定坐地铁回去。毕竟借时是没有钱的，虽然他出行做事都毫无阻碍，但庭然每次都是规规矩矩交两份钱，必要时还是应该节省一点儿。坐在冷气充足的地铁里，庭然忽然想起一件事，侧身问借时："你做饭的那些东西，都是怎么来的？"

"超市里拿的。"

"你……"她做贼心虚地左右看看，"不许再这样了！"

借时点点头："反正还剩下很多。"

庭然哭笑不得，用手肘撞了他一下。

他们下车的站是一个多条线路的中转站，楼梯上人群熙熙攘攘，总是很容易被绊住脚步。借时走在前面，伸手拉住了庭然的袖子，就这样从人流中开出一条路来。

他们从A口出去，借时的手还没来得及松开，另一边庭依和几个朋友从D口进入，

隔了一段距离辗转交错。因为借时挡住了庭然的目光，所以她完全没注意到一旁经过的姐姐，但庭依却看得真切，不自觉地张大了嘴巴呆立在那里。

这算是她第一回见到庭然和一个男生走得这么近，自己这个妹妹从小朋友甚少，更是没有异性缘了。

别人都当庭然是傲慢，瞧不起同龄人，但庭依很清楚，这个傻妹妹只是不知道该如何与人相处，越是想对他人表达善意，就越是紧张到不知所措。同时，妹妹实在太过敏感，他人的无意之举就会让她胆战心惊，觉得自己是不是被讨厌了。正因为清楚这些，庭依一直以自己的人缘，自己和朋友在一起更快乐更自在为骄傲。

可此刻，庭依亲眼看见庭然已然冲破了那层阻碍，或者说终于遇见了能理解她的人。她轻而易举地得到一切，这让庭依如何甘心。

那之后的周末庭然有作业要赶，正好借口不回家，这倒给了庭依机会。妈妈在家坐不住，做了点儿便于保存的家常菜，带了一些换洗衣服，打算送去庭然的学校。庭依立刻站出来，积极地说："给我吧，我去送。"

"你去？"

自打豆丁走丢，即使庭然回家，她们两姐妹也不再说话，这些做父母的都是看在眼里急在心里的。曾经也想过再买一只猫，可自己的女儿再清楚不过，再好看的猫也比不了丢失的那只了。所以如今庭依主动站出来，妈妈诧异又惊喜。

"我还没去过她的学校呢，顺道去转一圈。"庭依很坦然，没多说一句服软的话。这样反倒让妈妈觉得她真的是突发奇想，只是想去看看。

"也好，那你去吧，跟她说下周一定得回来。"

"好，那我去了。"

庭依拿了东西，立马出了门，虽然尽力遮掩，却还是显得有点跃跃欲试。她想再去近距离观察一下庭然身旁的那个男生，那天一晃而过太模糊，她只记得长得还挺精神，放在她的学校里绝对可以算校草级别了。

只是庭依怎样想，庭然是不知道的，她已经和借时约好一起出去吃饭了。结果他俩刚走出校门没多远，庭然穿的系带皮鞋的搭扣开了，她弯腰去系，结果发现有一块零件不知道甩到哪里去了，根本系不住。

"你等我一下，我回去换双鞋。"

"不用。"说着，借时在她脚边蹲下。庭然有点儿紧张，下意识弯腰想拦他，就听见借时喊道："别动！"

她就直挺挺地不敢动了。

借时对鞋子的搭扣略微研究了一下，很简单，就像一枚方形的回形针，只是现在丢了一块，所以别不住了。他不能让丢掉的回来，但可以改变形状，将带子永久地固定住。

考虑好方案，借时伸手在那块金属上捏了一下，金属搭扣立刻就发红软化了，明明应该是滚烫的，在他手上却像橡皮泥一样松软，紧接着他捏出了一颗心。

虽然以后会有点儿不好穿脱，但解决一时困难足矣，主要是样子还很好看。

"这样，可以吗？"他仍旧蹲着，仰头问庭然的意见。

庭然隔了几秒钟才从目瞪口呆中醒过来，欢天喜地地跳着脚叫道："可以可以，太好看了！那为了对称，你也把这边改了，好不好？"

于是借时又绕到另一边，这次庭然知道不一定非要站着，所以也跟着蹲下了，便于近距离观看。两个人在校门口面对面蹲着，嘀嘀咕咕的，惹得路人侧目。好在过程很快，一分钟不到就搞定了，庭然站起来跺了两下脚，居然有种换了新鞋子的兴奋。

"走啦，请你吃火锅！"

区别于庭然的欢喜雀跃，借时却一步三回头，显得有些顾虑。庭然开始只是觉得他走得慢，反复催了他几次，才发觉他总是往一个方向看，忍不住问："怎么了？"

借时微微蹙了蹙眉，最终还是摇了摇头："没事。"

并不是没事的样子，但庭然知道他不想说，那她便不再追问。

其实借时是感受到了一束紧盯着他的视线，从刚刚他帮庭然改鞋扣时就存在。他虽然除了庭然之外，一向不太留意其他人，但针对性很强的视线或是话语，他是能够敏锐捕捉迅速成像的。只是他的系统成像是花花绿绿的热感成像，主要是轮廓，五官之类并不是很清晰，但借时至少知道那是个女孩子。

究竟是谁，他心里大概有数了。他不说只是不想让这种无谓的小事，影响了庭然想吃火锅的心情。

直到看着庭然和借时的背影在视线里彻底消失，庭依才从报刊亭外的杂志摊位后面站起来。就在庭然和借时走出学校前不久，她刚好走到门口，掏出手机想给庭然打个电话，号码还没拨出去，她就看见了那两个人。

在开口叫庭然这件事上纠结了两秒，就看到庭然险些将鞋子甩出去，庭依本还忍不住讥笑了一下，可紧接着她就看见借时蹲了下去。

因为怕庭然看到她，她下意识往旁边躲，也只能掩在报刊亭的摊位后面，她本来

只想拿捏一个妹妹和异性同学走太近的把柄，回去跟父母说一说，给庭然添添堵，却没想到看到了如此惊人的一幕。

庭依回想着刚刚借时做的事情，内心久久无法平静。如果不是亲眼所见，任何人和她说，她也不会信。

庭依暗自思忖着这个男生究竟是有特异功能还是其他更稀奇的原因，因为太好奇，连妈妈的嘱托都忘了，最后只是把东西交给了庭然的宿管。

回家的路上，庭依越想越觉得自己要会会这个男生。她原以为庭然只是终于有了个要好的朋友，却没想到竟是一段奇遇。这样的奇遇，她总也要分一杯羹才公平。

2

从宿管阿姨手里取到东西时，庭然还以为是妈妈送来的，还不等问就听见宿管阿姨说："你家还是双胞胎哪，你是姐姐还是妹妹啊？"

她这才意识到来的人居然是庭依，颇感意外。

"我是妹妹。"

"家里有姐妹就是好啊，独生子女多寂寞。"宿管阿姨好不羡慕地说。

庭然敷衍地笑笑，道了谢就拿过东西上楼了。犹豫了一下，她还是给庭依发了一条信息：**东西拿到了，谢谢。**

意料之中没有收到回复。

不过庭然也不在意，她坐在旋转的电脑椅上不自觉转动着，两脚离地并拢，忍不住一看再看被改造过的鞋扣，也不知究竟为什么心情会这么好。

稍微晚一些的时候，宋希蓝的电话终于主动打来了，庭然也算放下了心里的一件大事。电话里宋希蓝的声音很有精神，不等她问自己就都解释了："我回了趟家，因为临时有点儿急事，没来得及和你说。礼物我放在宠物店寄养了，刚接回来，都挺好的，你放心吧。"

"回家？你家在……"

"咦，我没和你说过吗？"宋希蓝的语气极为认真，如果不是庭然知道自己不会忘，可能真的会怀疑起自己的记性，"说来话长，明天你休息吧，有空见一面吗？"

"好，那明天见。"

答应宋希蓝以后，庭然却发起愁来。上次已经闹得那么尴尬了，要是再让借时跟着，不知又会出什么岔子。可是很显然借时有获得她坐标的方法，她想跑是不可能的。

稍稍安全的策略只有骗他说自己要回家，或许这样借时就不会想着去寻找她的位置。

想了想，庭然给借时发了信息：**我突然想起有东西在家里必须要取，反正作业就还差一点点，我就回去住一天了。**

借时飞快回过来：**好。**

为了真实一点儿，晚上庭然真的回家了，倒是把父母吓了一跳，赶紧问："你姐姐不是刚给你送完东西吗？怎么就回来了？"

"东西收到了，不过我想了一下，资料都找齐了，作业在家也能做，所以就回来了。"庭然勉强解释着。

"也好也好，家里睡得总比宿舍舒服。"

庭依正在洗澡，出来后看到她，也免不得怔住。不过转念间庭依又想到了另外一件事，庭然明天在家待着，反倒成了自己的机会。想到这儿，庭依一面擦着头发，一面偷偷笑了。

倚在床头打着字，庭然的注意力却很难集中，越想越觉得过意不去。虽然她心里不是想要骗借时，这只是一个迂回战术，她实在不想重复那种话赶话最后只剩下吵架，背离了初衷的场面。庭然想一个人静下心来，好好去打探一下宋希蓝的底细。可是借时不一样，人都会撒谎，都会有不得已，但借时却是全心全意相信着她，正因如此，即使是善意的谎言庭然也深感不安。

更何况，万一借时明天发现她没在家待着，发现她在骗他，应该会很难过吧。

反复纠结着这一点，庭然一夜都没睡好，第二天很早就醒了。让她没想到的是，一般周末都会睡到中午的庭依也起来了。两个人在客厅眼神短暂相交，庭然没在意，径直进了洗手间。

她前脚刚进去，后脚庭依就钻进了她的房间，拿起她放在桌上的手机，打开了通讯记录。庭依还不知道借时的名字，但一看最近的联系人次数也就清楚了，她迅速给借时发了条短信：**我在家待着也无聊，中午要不要一起吃个饭？**

去哪里？借时秒回。

这个回复速度让庭依惊喜，她随口说了个地方，在借时答应后，立刻删掉了短信记录，将手机放回原位。

洗漱完，将爸妈留下的早餐拿回了卧室，庭然下定了决心，她还是得和借时打声招呼。她拨出了电话，对之前发过短信丝毫不知。

"怎么了？"借时很是纳闷。

"我有事情要和你说，"庭然慢悠悠地喝着豆浆，"我不想骗你，以后有什么事情我希望我们都能够坦诚相待，不拐弯抹角，这样就算会不高兴，但至少不会产生不必要的误会。所以，我下午要去跟宋希蓝见一面，我希望你不要跟着我，因为我有话想问他。等周一我会把我和宋希蓝说的话原原本本告诉你，好吗？"

沉默了一会儿，借时用温柔的语气说："好。"

庭然长舒了一口气，觉得呼吸都自在了："那我挂了。"

"那中午呢？"借时追问。

"中午？"庭然看了看墙上的挂钟，"我好不容易回家一趟，中午陪爸妈吃个饭吧。怎么了？你有事？"

系统运算有了冲突的地方，开始从各个角度重新算起，问题开始一条条被排查出来。首先，庭然并不十分依赖文字聊天工具，一般来说她选择发信息，大多是因为有实难开口的话或是只需要交代一句的小事，否则她都会选择直接打电话。其次，短信里的约定地点是一家冷饮店，而庭然一向不喜欢吃冰的东西。再加上，庭然在电话里明显丝毫不知约定的事。借时的心中，已然有了真相。

"我没事，周一见。"

撂下电话，屋外传来了庭依的声音，喊着"妈，我出去一趟，不在家吃午饭了"出门去了。庭然的卧室门只开了一条缝，她看见庭依在门前一晃而过，等到她反应过来起身开门去看，已经来不及了。

庭然挑了挑眉毛，想自己是不是看错了，刚刚她好像看见庭依穿了裙子，印象里庭依至少有十年没穿过裙子了，之前她一直以为庭依根本没有裙子。

虽然心中已有答案，但借时还是准时等在了冷饮店。独属于庭然的 GPS 坐标始终固定在一点，所以正在推门进来留着和庭然差不多长发，穿着荷叶边上衣和太阳裙，长得跟庭然几乎一模一样的女生——不是庭然。

"等很久了吗？"庭依斟酌着庭然平日的姿态与神情，多少显得有些局促，"点东西了吗？"

借时厌烦地扯了扯嘴角："别装了。"

庭依刚要坐下，听见他的话，维持着一个极为尴尬的姿势僵在了那里。

怎么可能啊？庭然的头发稍有些自来卷，披散的时候有一点点弧度，为了逼真，庭依还刻意学了如何打理修剪假发，就算没有百分之百的相似度，但庭依相信自己的这身装扮即使在父母眼前晃一下都能以假乱真。所以她不明白借时是怎样一眼就将她看穿的，让她就像一只没了观众的跳梁小丑。

"你……你说什么呢……"其实她刚刚的迟疑就已经露馅了，此时她的坚持完全是不知所措，她不停地摸着假发，脸色很难看。

"你的头发色泽偏浅，缺乏角质蛋白。你的刘海，比庭然长了 1.7 毫米。你的体重，比庭然多 2.34 公斤。你的左眼下面有一颗痣，虽然很小，但我看得到。还需要我继续说吗？"

面对庭依的借时，和面对庭然时完全不同，冰冷、机械，不带一丁点儿感情。他漆黑的眼眸，居然让庭依觉得自己在被洞穿。

"不要再说了……"

"所以，你的目的是什么？"

"我……"庭依也不再装腔作势了，她换上了自己平时略显张扬的姿态，"我上次看见了！你不是个普通人！"

借时知道她看到了什么，但他不打算否认，也不打算承认。来之前甄妮嘱咐过，在这里知道他真实身份的人越少越好，两个不同时空的事物最好不要有太多关联，毕竟历史的改变会引发蝴蝶效应。

"我是什么人，与你无关。"他只是神情冷漠地说道。

"为什么？"庭依忍不住提高了嗓门儿，"为什么庭然可以知道，我就不行？"

还不等借时说话，店员先来提醒她："小姐，请您声音稍微小一些，不要影响到其他顾客。"

庭依的脸色一阵红一阵白，手指死死抠着桌布。

借时的思绪其实并不集中，他观察着周围的环境，审视着菜单，猜测着那些生僻的名字背后究竟是什么材料，哪个味道会好一些。其实人和机器人没什么不同，在任何时空都需要不停地学习、接纳新的东西，都要去改变、去适应。在借时眼中，庭依最根本的问题不是她针对庭然，而是她不愿意接纳自己，在发现妹妹天生比自己的起跑线近一些时，她就甘愿止步不前了。

"说到底，你就是想和你的妹妹过不去。你根本不考虑自己想要什么，想做到什么，你的眼光全部盯在她有什么，她在做什么。"借时撩起眼帘，目光冷厉非常，"你不累吗？"

"你胡说！我没有！"

"其实硬要说你嫉妒她，不如说你就是自卑，你看不到自己的优点，你不愿意去理解人生的独一无二，不愿意去欣赏普通人的闪光点。"

"别说了！"庭依惊慌地捂住耳朵，狠狠抽了一口气，"你什么都不知道……"

"天底下优秀的人那么多，每年考上名牌大学的，少年成名的，生来就美丽富足的……数不胜数，你为什么只针对庭然呢？因为你只能针对她，因为你知道她是你妹妹，你们之间的血缘是割不断的，无论你怎么和她作对，最后还是要共处一室，你其实也是在反复折磨你自己。你只是为了让自己觉得，你无论如何也追不上她，无论如何也不可能拥有比她更好的人生。"

"别再说了！"

庭依心底的隐秘就这样被借时凶悍地翻了出来，心中一阵阵惊慌失措的抽痛，羞愧得面红耳赤，眼泪止不住翻涌而出，她提起包，脚步踉跄地跑出去。但当她以为自己已经跑出很远，借时却忽然出现在她的面前，吓得庭依尖叫着后退一步，险些摔倒，整个人无法控制地发着抖。

"我不是想打击你，只是想让你认清自己。你同样漂亮，智商也在正常范围内，你完全可以活出自己独一无二的样子。"

借时伸出手指点在了庭依的额头上，凝视着她的双眼："所以，我再给你一次机会。让你们两个重新来过。"

后面发生了什么庭依全都不记得了，她同样也不记得自己见过借时。她只是在街上忽然转醒，但那感觉就近似于一个恍神，她并没有在意。她站在离家不远的地方，怀里抱着好似长胖了的豆丁，此时庭依脑子里只有一个清晰的逻辑关系，那就是她弄丢了豆丁，一直没有放弃寻找，终于找到了。

现在她要回家，和庭然道歉。

当庭依抱着豆丁回到家时，父母都大吃一惊，不停地问："你在哪里找到的啊？"

"偶然发现的。"

"找到就好，这下你妹妹该开心了。"妈妈立马就想给豆丁洗澡，接到手里不由得惊呼，"这段时间是不是有人喂它啊，怎么感觉还长胖了？"

庭依也跟着笑："我也觉得。"

她抬起头，发现爸爸在打量她，她低头看自己的假发和衣服，心里也有种异样的感觉，可她想不明白。

"今天这样挺好看的，你平时也该多穿穿裙子。"爸爸赞许地说。

其实庭依的衣柜里藏着很多裙子，她并非不喜欢裙子，只是不想和庭然相同。可有时候她实在喜欢也会买，买了却不穿，全都压箱底了。可如今她忽然不再排斥了，因为她发现即使是这个样子，父母同样能一眼认出她是庭依。

保险起见，妈妈还是带豆丁去洗澡了，同时还发现豆丁脖子上带着一个新项圈，不过也没留意看，摘下来随手就丢进垃圾桶了。

项圈内部的芯片闪了一下，借时知道豆丁已经回到庭然家了，徐徐地松了一口气。

他知道，和姐姐关系不好也是庭然的心病之一，如今他删掉了庭依脑海中从小到大针对庭然的关键记忆，又让她主动去还猫道歉。他相信以庭然的心性，说马上原谅一时间还有些勉为其难，但长久下去早晚会有那一天的。假如她们姐妹俩和好，多少也能分散一些庭然对宋希蓝的注意力。

他在任务完成的路上进了一大步，他总算帮庭然解开了一个心结，借时欣慰地想。

3

然而另一边，庭然对一切浑然不知，她去宋希蓝家里看到礼物活蹦乱跳，她心里的石头算是落了地。

"其实你可以先把它给我的，寄养多破费。"

"没关系，你家不是不方便吗？"离开一阵回来，宋希蓝的心情似乎很好，庭然觉得他好像是完成了一件大事，对于其他小事都显得满不在乎了，"再说也没有多少钱，不用放在心上。"

他这样说倒给了庭然问及他家庭状况的台阶，一直以来庭然都觉得宋希蓝恐怕不是普通家庭的小孩，从没见过他父母出现，也不见他缺食少穿。

"你说你回家了，这里不是你的家吗？"

"这儿只是个临时住所，我从小到大生活的家，不是在这里。"

"那是……"

"在意大利。"看着庭然诧异的神色，宋希蓝好像更开心了，止不住笑起来，"怎么？很吃惊？没错，就是那个意大利。"

庭然这才反应过来，不过是国外而已，确实没什么值得惊讶的，显得自己好像没见过世面。他家的家庭条件比上不足比下有余，想出国玩一趟还是不难的。只是宋希蓝之前从未提及过，庭然忽然发现自己确实对宋希蓝一无所知。

"这事说来话长，"似乎是看出了她在思索什么，宋希蓝立刻解释起来，"我出生在意大利，爷爷早年间由于工作原因留在了意大利，之后我们一家人一直住在一起，你知道国外房子都挺大的，只不过后来爷爷过世了，再加上爸妈工作的原因，我就被

带回国了。但是意大利的家还在，随时都可以回去。"

"那你这次回去是为什么？"

"管家说，找到了我一直在找的一件东西，所以我过去看看。顺便收拾一下，准备回去生活一段时间。"

"你要回去生活了？"

"只是回去住一段日子，这个时间，我家附近的花都开了，正是好看的时候。对了，你去过意大利吗？不如趁假期和我一起去玩一圈，我家很大，可以随便住。"

宋希蓝说得轻巧，加上"对了"这种转折，好似突发奇想。可庭然却觉得哪里不对劲，她说不上来为什么，心里就是不舒服。

大概是因为宋希蓝之前始终对自己的事讳莫如深，可如今却好似迫不及待般一口气交代个彻底，然后还不等她把信息彻底接受消化，就又立刻发出了邀请。虽然表面上看，是因为庭然问了，他才不得已说的，邀请也是善意。但庭然不禁多心，真的是这样吗？会不会邀请她去意大利，才是宋希蓝今天约她见面的目的？

罢了，就当她是多心。不过庭然还是委婉地拒绝了："别开玩笑了，我爸妈才不会同意我去那么远的地方。"

"不用担心啊，签证什么的我都会帮忙，毕竟我有国籍在，很容易的。出去玩，顺便参观朋友的家，你爸妈会理解的。"

宋希蓝的紧逼让庭然意识到他是说真的，而不仅仅是客套。可这反而更令庭然感到奇怪了，她甚至想是不是他们之间有中外教育的差异，虽然他们相处时间不短了，可宋希蓝从未去过她家，在她父母眼里根本没有这个人，怎么可能放心女儿与之一起出国呢？

想到这儿，庭然突然调皮一笑："那这样，你去我家说服我爸妈吧，我可不行。"

宋希蓝的脸色阴沉了一点儿，僵硬地挠了挠头，这不是他平时会有的动作："你爸妈……会愿意见外人吗？"

"会啊，我爸妈都是很开明的人，只要说是我朋友，他们会好好招待你的。"

"还是不好吧，多麻烦啊……"宋希蓝的目光有些闪烁，"你不知道，我不太懂得和长辈相处。"

"可你不是在大家庭长大的吗？怎么会呢？"

或许是庭然的这一句接得太快，宋希蓝张着嘴，居然像被东西卡住喉咙，硬是没说出话来。

"好啦！看完礼物，我也该回家了！"

庭然当作没看到，起身伸了个懒腰，走到了门前，手刚放在门把上，就听见宋希蓝在背后急急道："你要是改变主意，随时和我说哦。"

本是想趁着此时还没有把气氛搞得太难堪，立刻一走了之，这样下次再见面时，庭然还能装作什么都没发生过。可宋希蓝补充这一句，彻底阻断了庭然的去路，她本来急于扑灭自己心里那点儿怀疑的小火苗，此刻却又被吹得更旺了。她对着门叹了口气，终究还是把手从门把上放下，转过身淡淡地喊了一声："宋希蓝。"

她的声音还是很轻很柔，可脸上并无笑容，宋希蓝抬头撞见庭然的眼神，后背竟是一僵。

认识以来，这是第一次，他看到庭然的眼神是冷的，竟和平日判若两人。

"怎么？"宋希蓝玩世不恭的语调也有些弱了。

"我们是朋友吧？"

"当然啊。"

得到了回答，庭然却仍旧静静地与他对视，每一秒的沉默都在撼动着宋希蓝的信心，他在脑海里飞快思索着自己应该说点儿什么，却又怕言多语失。

"哈……"但最后还是庭然先一步笑出了声，可惜的是宋希蓝并没有因此松一口气，反倒起了鸡皮疙瘩，"那就好了。我只是想说，既然我们是朋友，假如有什么事情需要帮忙，大可以直说，不需要拐弯抹角。你说对吧？"

说罢，庭然开门扬长而去。望着关上的门，宋希蓝这口气可是花了好一会儿才捋顺，身上的鸡皮疙瘩都下去了，皮肤却感到一阵阴凉。他听见咯吱吱的声音，后来才发现是自己不自觉在咬牙。

遇见庭然确实是一个意外，原本只是以为遇见了一个可以聊聊天的女孩子，可没想到第一次听说了超忆症这种病。在详细地查阅过资料并且偷偷给庭然做了一些测试后，宋希蓝如获至宝，他觉得上天待他不薄，困扰了他很久的一道难题终于有人可以帮他解开了。

更让他觉得安慰的是，庭然除了无与伦比的记忆力之外，生活方面只是个普通女孩，甚至将自己放得更卑微一点儿，很容易相信别人，很好引导。原以为控制庭然是很简单的事情，也确实一路顺利，却没想到那个叫借时的人突然跳了出来。

上一次的事情之后，宋希蓝清楚地知道事不宜迟，虽然还没准备充分，但必须趁着现在庭然还相信他，走最后一步了。所以他忙不迭离开这里，去意大利做了安排。

可没想到，眼前庭然的转变竟让他如此措手不及，宋希蓝不知道究竟是那个借时说了些什么，还是他从来就没真正了解过这个女孩。

事到如今，宋希蓝也只能努力先将内心的焦躁压下去。他想，或许是自己太急功近利了，要更迂回一点儿。但时间越长变数越多，无论如何他这次必须把庭然带去意大利。

从宋希蓝家出来，庭然一个人在街上走了很久。走累了，她就买了一份章鱼小丸子，在街上被贴了许多小广告的铁艺长椅上坐下来。

很奇怪，以前她绝不会这样做，更不会有如此淡然的心境。从前她总是害怕寂寞，也害怕承认寂寞，她拒绝一个人去做任何不必要的事情。如果有人和她说一个人有多轻松惬意，她会觉得对方在逞强。

从前的她也不会像今天对宋希蓝这样，去猜测，去试探，直截了当地表明自己的想法，并且并不觉得紧张后悔，并没有反复质问自己是不是太过于敏感，然后再去道歉。庭然发现，自己变了。

她会有这样的变化最大的原因自然是借时的出现，这世上有一个人能和自己完全坦诚，是多么巨大的心理依靠。她不再彷徨，不再觉得自己孤身一人，有了退路就容易肆无忌惮。还有一部分原因，庭然没和任何人说过，包括借时。

那就是她不甘心。她听闻由于自己的原因，导致后代全都性格阴郁，内心充满了不甘。庭然知道想改变人生不能只靠借时帮她删去些什么，制造些什么，她不想要残破的虚假的人生记忆。她必须靠自己，必须更坚强更勇敢更努力。

她不能浪费自己的这一段人生奇遇。她不能让借时失望。

庭然万万没想到刚一进家门，豆丁就忽然扑向了她，她抱起豆丁看了半天，总觉得自己是在做梦。

"怎么？高兴傻啦？"妈妈打趣道。

"这是……怎么回事啊？"确实是太惊讶也太开心，原本已经绝望了的事，竟忽然有了转机，反而让庭然有些反应不过来。

"还不是你姐姐，一直在周围找，总算找到了。"

她？庭然闻言却皱了皱眉，她不信庭依有那么好心。

但庭然正想着，庭依就从房间走了出来，满脸小心翼翼地走到她面前，低头认错："对不起，之前我一定是鬼迷心窍了，才会做那种事。我保证再也不会了。现在豆丁也找回来了，你能原谅我吗？"

说实话，在那一瞬间庭然险些脱口而出"你又想干什么"，人心哪是那么容易更改的，她潜意识以为庭依又要要花招了。可庭然终究还是什么都没说出来，因为庭依服软的表情实在太真实了，这么多年她都没见过庭依的脸上有过这样的气馁与悔过，如果这是装的，那么庭依真应该去学表演。

不仅如此，假如庭依目的不纯，大可以在把猫还回来的基础上坚持自己是无心之过，这样更可以打压她。可庭依却承认了是自己故意的，等于断了自己的后路。

就算庭然再不情愿，她也知道，庭依竟是真心道歉的。只是这诚意来得太突然，庭然一点儿心理缓冲都没有，让她一下子就尽释前嫌实在是强人所难。毕竟她和其他人不一样，她是个没有忘性的人，过去的每一帧都还那么清晰，如今这歉意忽地涌上来，没有冲淡半分，只惹得她心中五味杂陈。

"我知道了，"豆丁在舔她的手，舌头上小小的毛刺却抚平了她的心绪，庭然知道父母的期待，虽然心里的坎儿仍有些过不去，她还是拿出了自己能给予的最大的宽容，"反正，只要豆丁回来了就好，过去的就过去吧。"

"这样才对嘛！姐妹俩没有隔夜仇的！"妈妈无比雀跃地把她两一起按在了茶几旁坐下，"来，吃西瓜。"

"谢谢你。"

庭依又小声地说了一句，眼睛里仍是满满的懊悔。原来她也有这种澄明的眼神啊，庭然在心中感慨，却又想不通。

用垃圾桶接着西瓜滴下的汁时，庭然看到了里面陌生的宠物项圈。她伸手将项圈从垃圾桶里拿出来，看到挂牌的背面刻着几个字，忽然就笑了。

"怎么了？"庭依被她突然的笑容吓了一跳，探头也要看项圈。

"没什么，想到了些事情。"

庭然却没给她机会，又把项圈丢回了垃圾桶。

即使别人看到了也不会明白，在金属吊牌的背面浅浅刻着的字是"庭然的猫"，虽然刻得很规整，简直犹如机器刻的，但那印刷体一般的字迹庭然却认得。

那是借时的字迹。

豆丁是怎么回来的，庭依是怎么突然幡然醒悟的，这一系列的转变是怎么一回事，庭然差不多都明白了。

此刻她吃着清凉的西瓜，心里却是暖暖的。

吃过晚饭，庭然收拾东西回学校了。爸爸要开车送她，她却还是坚持要自己走。月色正好，始终悬挂在她的前方，趁着周围没什么路人，庭然终于忍不住想释放自己心中满满的开心与感动。

她双手拢在嘴边做扩音器，朝着月亮大叫："我知道是你做的！谢谢你！"

声音乘风而去，庭然深吸一口气，忍不住笑自己。

此刻正在学校宿舍闭目养神的借时，被耳畔突然响起的声音吓了一跳，他下意识按了按耳朵，也轻轻笑了。

他并不是总能隔空听到庭然的声音，但随着他们两个之间的羁绊越来越强，他能听到的就越来越多。就像是人们所说的心意相通。

以前甄妮在外面，也能和他取得联系。但现在他和庭然暂时还做不到，只有在庭然情绪波动特别大的时候，才会有发生的概率。之前庭然做噩梦，他能听到，是因为恐惧。而如今，借时知道，是因为感受到了幸福。

这样的转变，也让他触摸到了"幸福"的轮廓。

4

令人昏昏欲睡的选修课上，庭然不时看向窗外。有一棵树离窗户太近，枝叶挡住了视线，连阳光都照不进多少。但庭然却发现有两只喜鹊不时衔着很多东西飞过来，在离她很近的枝丫上开始筑巢。那之后每次遇到这间教室，她都会选窗边的位置坐。

"你喜欢鸟？"借时趴在课桌上，不懂她在看什么。

"我小时候很怕鸟类的，连鸡都怕。但庭依特别喜欢小鸡，每年街上有卖小鸡的季节，她都会央求妈妈买，可妈妈总是顾及我，一次都没给她买过。可后来我说捡猫就捡猫，也没有和她商量过。"庭然扁了扁嘴，"罢了，我也有对不起她的地方，要是真的能重新来过，对我们都好。只是……总觉得不会那么简单。"

"放心吧，我删除得很仔细，她只会记得你们之间美好的回忆。"

"可她不会觉得脑中有空白吗？"稍稍幻想了一下庭依现在的感觉，庭然反而觉得很混乱。

"人类的记忆本来就是碎片式。"

被他这样提醒，庭然重重"唉"了一声："所以啊，你这是把难题丢给我了，我忘不掉也还是要原谅。"

借时皱了皱眉，马上想自己是不是做错了，但庭然立刻用手上的笔杆在他眉头上一戳，用笑容打消了他的顾虑："我就随口说说，又没怪你！"

桌上的手机接连振动了好几声，庭然发现全是宋希蓝的信息。她一条条翻过来，都是日常琐碎的话，庭然明显能感觉到宋希蓝在没话找话。

"看来那天我的态度确实吓到他了。"庭然随便挑了一条回复，然后扭头跟借时说，"你说，他会不会真的只是好意邀请我去玩呢？"

"不会。"提到意大利借时就紧张，"绝对不能去。"

"我知道。反正我爸妈也不可能同意的。"

可借时还是不放心，他固执地紧盯庭然的脸："你保证，绝对不能答应他。"

"知道了！"庭然无可奈何地拉着长音，自打她和借时说了宋希蓝邀请她去意大利，这样的话借时都重复好几次了，"意大利有怪兽会吃掉我吗？"

她原只是开个玩笑，没想到借时板着脸，十分肯定地答了句："会。"

庭然被他一本正经的模样逗得笑个不停。

"下次见面，如果他再提起，我会再坚定地拒绝他一次的。啊，干脆把礼物也接到家里来好了，就是不知道能不能和豆丁和平相处。"想到这儿，庭然下意识咬了咬指甲。

放心吧，那只大叔猫意外地好相处。当然，这话借时没说出口。

"等到运动会开完，干脆一起吃个饭吧，把庭依也叫上，省得她总以为我没朋友。怎么样？"

"好。"

反正对借时来说，只要他能待在庭然旁边，怎样都好。

上一次运动会他们是新生，当时只是要求踊跃参加，但没有指标。可今年他们变成了中流砥柱，各班得把名额都凑齐，尤其是学生会成员更得做表率。庭然的体育是真的一般般，既无力气也无耐力，但她也没办法逃开，只能凑合着报了个短跑。但借时可没被轻易放过，大家都看得到体育课上他跑一千米面不改色心不跳，所以都没和他商量，直接就把没有人愿意报的长跑塞给了他。

说来也奇怪，明明借时平时和别人都不怎么说话，却没有人觉得他是冷淡傲慢，相反还都觉得他这个人很好说话很温柔。大概是因为无论是谁找他帮忙，他都二话不说帮到底，可除了帮忙以外又不会多说半句，连感谢都不需要。

看着他这样，庭然有些欣慰又有些难过，欣慰的是，借时是为她而来，却还能帮

其他人做些事，就像她在助人一样。而难过的是，借时不愿意多和其他人熟络，证明他一心想要回去。

庭然知道，虽然自己到现在什么要求都没提过，可借时还是按部就班在改变着她的生活，为今之计，她也只能盼着日子过得顺遂一点儿，能拖得更久一些。

运动会的当天，风特别大，庭然率先跑完，气喘吁吁地站在操场边朝看台上的借时笑着，高高挥舞着手臂。

在借时眼里，这是相识以来庭然最好看的瞬间。虽然她的马尾被风吹得飘来荡去，碎头发凌乱地贴在脸上，可她的笑容却那么耀眼，周身都笼着独属于她的光芒。

要用尽全力保留这份光，不应该有任何事令她熄灭光芒，借时在心中对自己盟誓。

回来休息了一会儿，庭然发现宋希蓝和庭依都发来了确认短信，他们约好今晚一起吃饭的。一一回复完短信，借时也差不多要下去准备了，庭然叮嘱他："我去外面的超市买点儿东西，如果你先跑完了，就在校门口等我吧。"

交代完，庭然就一个人出了学校，几百米外过一个路口就有家大超市。因为长跑排在后面，要间隔挺长一段时间，庭然并没有着急，计算着时间差不多了才往回走。过了路口，校门近在眼前，然而就在这时口袋里的手机响了起来，庭然伸手去掏，没想到购物袋的提手却突然断了一根，里面的东西撒得到处都是。她一时慌乱，手机也脱了手。

她先捡起了手机，是宋希蓝的电话，但已经挂断了。庭然没顾上回拨，又去捡地上的东西，有一盒利乐包的果汁滚下了便道，几乎到了马路中央。她看了看眼前没车，迅速跑过去准备拾起，但不等她直起腰来，耳畔突然传来巨大的引擎声，余光中阴影一闪，一辆摩托从路口转过弯，风驰电掣地朝她撞来。

那一瞬间的感觉很奇怪，她明明将整个过程都看清楚了，身体却根本来不及动弹。果然，人的思绪要比行动快上很多。庭然最后的印象，是自己心里想这下完蛋了。紧接着是剧烈的天旋地转和颠簸，她紧紧闭着眼睛，感觉自己像被塞进了滚筒洗衣机。

过了很久四周才安静下来，意识缓缓回归，可庭然一时间还是除了自己的心跳声什么也听不见，耳鸣又眩晕。但她至少感觉出来一件事，就是她还活着，她并不太疼。

随着身体各个零部件的感觉渐次回归，庭然终于睁开了眼睛，看到一张脸非常近距离地盯着她，她茫然了一小会儿才反应过来。

"借时！"

她大叫着，一个鲤鱼打挺就坐了起来。

"你还好吗？"看她这么生龙活虎，借时松了口气，也坐直了身子，"看看有没有哪里受伤？"

庭然看了看自己的身上，只有手肘、膝盖这种地方有轻微的擦伤，反倒是周围一片狼藉，那辆摩托车甩在很远的地方，车头居然完全扭曲变形了，简直就像撞在一堆钢筋上，而那个驾驶员也倒在地上一动不动。

与此同时，她看到借时身上很多道开裂的伤口，隐隐露出里面的金属，虽然没有血流出来，却能看见肌肉纹理，显得更加触目惊心。

"你……救了我？"虽然用的是疑问的口气，可庭然心里已经明白发生了什么事，她的眼中几乎立刻就涌起了一层水光。她的手悬在半空，想碰借时的伤口，却又不敢。

"你没事就好了。我要先离开这里，剩下的事情交给你，可以吗？"

借时看了看周围的路人，一开始那些人还都围在摩托车驾驶员周围，现在已经开始往这边偏移了。他必须赶紧离开，不能让别人注意到他身上的异状。

"好！我会处理的！"庭然强装镇定地吸了吸鼻子，张嘴却是浓浓的哽咽，"可你没事吧？"

借时朝她笑了笑："没事的。"

说着，他站起来，随意地钻进了身后的一条胡同，即便如此，路人们还是对着他的背影露出了见鬼一样的表情。

"姑娘，你没事吧？刚刚真是太危险了，那个小伙子像风一样就把你扑出去了，谁都没看清是怎么回事！"

路人围着庭然议论纷纷，对她讲述着刚刚电光石火间借时是怎样宛若天神般降临到她的面前，用整个身体将她包裹住，随即却还是被摩托车撞飞，两个人在地上滚了十几圈才停下。她没有感觉到痛，是因为借时为她抵挡了所有的痛。

庭然一边打着急救电话，一边不断用手抹着眼泪，根本没办法用理智来控制，喉咙里尽是苦涩的味道。外人都以为她是吓坏了，只有她自己清楚，这是劫后余生的庆幸，和发觉自己真的被人用生命保护着的那种暖心的疼。

等到警察来处理了事故，眼见着驾驶员被救护车送走，确定了她没有责任，庭然才得以离开。借时并没有走远，就在刚刚那条胡同的尽头躲着呢。她发疯一般冲过去，看到借时身上的伤口已经在愈合，但没有之前那么快。她蹲在他身旁，一遍遍重复地问："你没事吧？"

"真的没事，这种外伤都是可以自愈的。未来的金属比你们现在常用的金属坚硬

很多，只是制造机器人需要更灵活轻便，所以每个部分用的金属密度不同，但偏偏我的脊椎是最硬的。如果是持续的压力有可能对我造成损伤，但刚刚那种冲击力倒霉的只会是车。"说到这儿，借时叹了口气，眼神中有些懊恼，"如果能多给我一秒，我应该可以把那个人也救下的，但实在是来不及了。"

"那个人应该还好，他戴了头盔，刚刚救护车来的时候，他还有意识。不过，就是不知道他究竟记得多少，会不会吓坏了。"这是两座楼之间的夹缝，除了两只垃圾桶就再无其他了，他俩的背后是一道爬满常青藤的矮墙，两个人倚墙坐着，庭然不自觉将额头贴在了借时的手臂上，瓮声瓮气地说："你怎么会来得那么刚好呢？"

"我本来就已经走到校门口了，然后就听到了你心中呼救的声音。"

"万幸是辆摩托车，万一是辆卡车呢！万一直接轧过去，缺胳膊短腿，你就没办法修复了啊！"

庭然忍不住埋怨他，眼圈又红了。

"那也得救啊。"

借时理所当然的一句，让她好不容易憋回去的眼泪又奔涌而出，她把手背遮在眼睛上，哭得像个小孩子。

"不是都没事了吗？哭什么啊？"借时无奈地抬手摸了摸她的刘海。

"我以后会当心的，我不会再惹麻烦，我会保护好自己的，我……"

"那就好。"

这是借时最想听到的话了，他一下一下抚平了庭然乱糟糟的头发。他的手虽然不冰冷，却也没有什么温度。可这是庭然记忆中，除了很小的时候纯粹爱她尚未对她报以出人头地的指望的爸妈以外，最温暖的掌心了。

突发事件耽误了他俩太长的时间，待到庭然彻底冷静下来，借时的伤口也愈合得差不多了，她这才发现自己的电话都被打爆了。她给庭依回过电话去，本想说他们不去了，可关键时刻借时按住了她的手机，朝她摇了摇头。她懂得借时的意思，这是她们姐妹俩和好后的第一次聚会，不应该这样扫兴。

"我没事了。"借时用口型和她说。

庭然努了努嘴，一副拿他没办法的表情，只好对庭依说："刚刚出了点儿事，不过现在已经结束了，你们再等一下，我们马上就过去。"

让庭然没想到的是，等她和借时到了约定地点，发现庭依和宋希蓝正聊得欢，完全不像是第一次见面。注意到她走近，庭依笑着朝她招手，怕是因为许久没见过姐姐这种毫无杂质的笑容，庭然的心竟微微一紧。

"你们真慢啊。"宋希蓝假意埋怨了一句，招呼他俩坐下，对庭然说，"你们姐妹俩还真像，刚才第一眼我还以为是你剪短头发了呢。"

看来是因为宋希蓝把庭依当作她，主动跟庭依打的招呼。外人第一次见她俩，分不清也是很正常的，庭然不会觉得意外，却还是忍不住想借时是肯定不会弄错的。

四个人和睦地吃了顿饭，饭桌上宋希蓝竟然完全没有再提意大利的事情，这让庭然偷偷松了一口气，就当事情已经过去了。

说实话，刚刚经历了生死，庭然多少有点儿心不在焉。正因如此，这样融洽的场面，更令她觉得弥足珍贵。

吃饭地方的旁边有夹娃娃机，庭依闹着要玩，大家也就都玩了几把。但借时一夹一个准儿，为了不让庭依乱想，庭然赶紧让他打住。正好是周六，庭依问庭然："要不要一起回家？"

庭然看向借时，借时不动声色地朝她点了点头。

"好。"她难得朝姐姐笑笑。

"那我们先走啦！"

两个女生先一步走到了门口，庭依回头对宋希蓝和借时挥手再见，但借时却看到她对着宋希蓝眨了下眼，而宋希蓝也同样回应了她。

这明显是有约定的表现，借时的脑海里一下跳出了坏预感。他注视着庭然走远，不顾周围的人，反手揪住宋希蓝的衣领，用力按在了墙上。他的力气极大，和他差不多高的宋希蓝居然被他提了起来，脚都沾不到地。

"你和庭依说了什么？"

宋希蓝被如此控制着，呼吸不畅，脸涨得通红，姿态很是狼狈，却丝毫不慌乱，也不奋力挣扎，仍是带着一丝勉强的笑容回答说："没什么啊，她刚进来的时候我真以为她是庭然呢，所以就跟她说之前那么冒失就邀请你出国玩，没考虑你的实际状况，真是对不起。我是真心实意的！"

"真心实意？"借时眼神一凛，抓着宋希蓝衣领的手不断用力，"我知道你要庭然去意大利是另有所图，所以我不会让她去的，你死了这条心吧。"

"你不让她去？你只是她的同学，你拦得住吗？"

被戳到痛处，借时脸色阴沉无比。

"我不懂你说的目的，我想庭然应该也不相信你，不然你现在也不会这么恼羞成

怒了。"

眼前的宋希蓝，已经不再是庭然面前那个悠然又神秘的少年，他脸上戏谑的表情带着浓浓的讽刺与肆无忌惮。而让借时觉得无奈的是，他说的是对的，自己真的无法完全控制庭然的行动。除非，他抹掉宋希蓝和庭然相识的所有记忆，可他仍旧不知道宋希蓝真正的目的，治标不治本。只要宋希蓝心术不正，那庭然就有潜在危险。

"别生气了，就当我是有目的，但我可以向你保证我不会伤害她。"宋希蓝慢慢拉开借时的手，自己整了整衣领，"意大利风景如画，是个很好玩的地方，如果你不放心大可以一起来玩。"

说完这句，宋希蓝趾高气扬地离开，留下借时在他的背后默默握着拳头。

就在那个周末，知道了有人邀请庭然去意大利玩的庭依打从心底觉得羡慕，她主动和父母提了这件事，借口是庭然很想去怕被拒绝，不好意思开口。她背着庭然，对父母软磨硬泡，最后父母看在她们姐妹俩感情恢复的分儿上，竟真的答应了。

对此一无所知的庭然洗完澡走出浴室，突然听到妈妈说："想去意大利玩可以，不过每天都得跟我们视频，你们姐妹俩绝对不能分开，知道吗？"

她目瞪口呆地站在那里，根本不知作何反应，直到对上庭依躲躲闪闪的眼神才恍然大悟。

"我也没说要去……"

"你姐都跟我们说了，你学校的都是好孩子，也信得过。你们已经成年了，我和你爸爸也反省了自己，应该给你们一些自由，再说出去见见世面也是好的。"

庭然大概能猜到庭依是怎样跟父母说的，肯定是说她多么多么为难，特别想去又害怕父母的权威，而且肯定还把宋希蓝说成了她非常靠谱的同学。现在她再解释什么，爸妈都会以为她在嘴硬。

"人心真是讽刺啊，是吧？"

夜里，庭然窝在床上给借时打电话，止不住感叹。纵使庭依将过去针对她的一切记忆都忘了，从头来过竟还是嫉妒着她根本不想要的东西，无意识地搅乱她的生活。

而她看不到的电话对面，借时独自坐在空荡而漆黑的操场上，脸上的神情十分落寞。他意识到自己竟然做了错事，如果他没有擅自更改庭依的记忆，那么庭依就不会和庭然和好，就不会见到宋希蓝，那么庭然也就不会被庭依强行拽去意大利。

他第一次对自己的能力产生了怀疑，他只是一个机器人，他不擅长自己做决定。而人心那么复杂，命运的改变那么微妙，借时很害怕自己做不到。

"没关系，我陪你一起去。"

可即使做不到，借时也要坚持到最后。既然他知道在意大利会发生些不好的事，却又不清楚究竟是什么，那他就陪在庭然身边，将那些不好的事全部挡住，就像今天挡住车子一样。

"真的？！那我就放心了！庭依也不太靠谱，第一次去那么远，我还真有点儿紧张。"

"嗯，我会寸步不离的。别多想了，快睡吧。"

夜色中，借时缓缓站起身，望着他出生以来鲜少见到的满天星辰，一会儿看到甄妮的脸，一会儿又看到庭然的脸。一颗流星忽然从他的眼前划过，快得如同幻觉，可他还是激动得屏起了气。

就是这样，无论刀山火海，他跟着一起去就是了。

流星划过的瞬间，借时这样想着。

第六章

危情意大利

是谁在笑?

阴冷的笑声,飘忽无比,寻不到出处,却又无孔不入。

整个画面都在摇晃,光影斑驳,令人头晕目眩。庭然可以感觉到自己在走,却只有视觉,看不到身体。她只知道眼前是她从未见过的地方,精致华美的走廊,锃亮的大理石地砖,上面有着繁复的花纹,墙壁上挂着大幅的油画。房子内多用肋骨拱的结构,从墙壁延伸到屋顶,从走廊一眼望去如同无数的拱门接连竖立。

庭然努力往前走,却还是走得很慢很慢,空间轻微扭曲着,闪烁着七彩的光圈,她知道这是个梦,却不知道终点在哪儿。这条走廊似乎怎么都走不到尽头,两侧间或出现屋子,可每间屋子都一模一样,装潢精美,却毫无意义。终于庭然发现了一点儿奇怪之处,那就是所有房间都没有窗户。

没有窗,又走不了回头路,往前看不到尽头,庭然意识到自己被困住了。可这究竟是哪里,她从未见过这种结构与装潢的房子,她怎么会做这样的梦。

是借时!

在庭然清楚意识到这个梦肯定是借时搞的鬼的瞬间,她惊醒了,率先看到的是自己宿舍悬挂的纱帐,很粗糙很简陋,却令人很安心。庭然长舒了一口气,又闭上了眼睛,却花了很长时间才重新睡着。

第二天一早她就去食堂找借时,食堂的早饭就那么几种,借时从来都是依照顺序一轮一轮地买,时间久了今天要吃什么庭然都能未卜先知。她喝着小豆粥问:"我做的那个梦,到底是怎么回事?"

借时往她的碗里加了一勺白砂糖,没有吭声。

"不想说谎,又不想回答?"庭然嘟囔了一句,"唔,这下够甜了,"继续说,"那明显不是国内的房子,光天花板的高度就不可能。那是意大利吧。你是想告诉我,在意大利会出事?"

"我早就和你说过了。"

"可那房子也太好了点儿吧,你就算要吓唬我,也编个接地气点儿的啊!"

喝掉半碗,庭然把剩下的一半推过去,换了借时那边的豆浆来:"事情已成定局,我们只能随机应变了。"

"我知道。我只是先让你的记忆存储下各种可能性,这样如果真的发生你的反应会比一无所知时快上几倍,也不会那么惊慌。"

"原来是预防针啊……"庭然点了点头，之后才反应过来，"等等！各种？可能性？！"

借时单手托着腮，讳莫如深地笑了笑。

那之后庭然每天都会梦见一种在意大利会遇到的可能性，每个都很离奇，地震、海啸、绑架下毒……应有尽有。庭然一点儿都不觉得可怕了，反而像看电视剧似的，但就像借时说的，她全都记住了，每个梦里面的细节。

然而如她所说，事情已成定局，时间就定在暑假。后来庭然尝试想跟父母说不去了，但庭依居然直接将她拉走，特别真诚地说自己一直想去意大利，这个机会实在不想错过。换做以前的庭依，庭然根本不会在乎，可被借时改造的庭依不再像从前一样嘴硬，想要什么都坦白直接，反倒让庭然觉得自己如果再拒绝就太不近人情了。

更何况庭然心里也是想去的，意大利本就是她最喜欢的国家之一，她想去看看罗马竞技场，看看那些美丽的教堂，在威尼斯散散步。当她接受了自己是无可奈何必须要去，其实心中满是喜悦。

这点即使她不说，借时也感觉得出来。

命运不是一个看得见摸得着的物件，它像一张隐形的大网连接在每个人之间，又互相交叉，早已乱成一团。借时可以剪去一根两根，却无法知晓这两根中间牵连多少人和事。他设想删掉宋希蓝脑海中对庭然的记忆，可两个人相识过程里留下的线索太琐碎了，还有很多的目击者，他不可能一一移除。其实借时早就知道，真正的命运不是那么轻易就能改变的，所以在来之前甄妮就提醒过他，除了自身的存在之外，不要试图去干涉别人的记忆，甚至包括庭然的。

于是他问："那我应该做什么呢？"

甄妮回答："做你力所能及的事，像个普通人一样，陪伴、改变。"

可他还是没听话，去修改了庭依的记忆，于是才走到了这一步。虽然借时也清楚，这不过是本该发生的事拐了个弯还是发生了，但他还是忍不住想或许按原先的进程，他反而可以劝得住庭然。

如今借时也只能安慰自己，至少让庭然去意大利，她是开心的。

时间一天天近了，宋希蓝约他们一起探讨去意大利的细节，护照、签证都好搞定，最主要的就是时间，毕竟提前订机票会便宜一点儿。没想到宋希蓝听完他们的顾虑，果断摇了摇头："不用你们买机票，只要跟我确定好时间和人数，把你们的证件给我就行。"

"不不不……不行！"庭然头摇得像拨浪鼓一样，"过去那边肯定要麻烦你的，机票必须是我们自己买！"

宋希蓝大笑起来："说了不用买，怎么还有非要花钱的呢？"

庭然三个人面面相觑，连借时都露出了不解的神色。

"我家有飞机，只要申请下来航线时间就好，所以具体时间得我来定，不会耽误你们上课的，可以吗？"大概是不想让她们吓到，宋希蓝说这话时语气比平时轻柔得多，简直就像在开玩笑，还是个国际玩笑。

最后还是庭依先反应过来，结巴着说："你是说……私……私人飞机？"

"用不着那么惊讶吧。"宋希蓝点了点头。

惊讶啊，惊讶得可怕，单看庭依兴奋的神色，借时紧蹙的眉头，就足以说明了。但庭然心里却一点儿都不高兴，她感觉到了天和地的落差，她和借时久久对视着，两个人对彼此的想法都心照不宣。

原来她真的一点儿都不了解宋希蓝。

但庭依简直少女心泛滥，回去的路上还叽叽喳喳说个不停，先是说宋希蓝真厉害，然后又开始说庭然真厉害，能认识这样的人。但庭然却只是敷衍着，在她心里作为朋友，是什么身份，有怎样的家庭背景，都不是最重要的。就算宋希蓝真的家财万贯，她也不会没事占人家小便宜。可忽然发现朋友和自己的差别太大，心中难免会觉得别扭，更何况宋希蓝之前从未表露过丝毫迹象。

"你什么时候走？"

没有和庭依一起回家，回到学校里之后庭然问借时。

因为借时没有身份，如果让他去走海关，实在太麻烦了。飞机场那种地方，制度严密，路人太多，再加上宋希蓝的眼光盯在他身上，很容易露马脚。

好在意大利说远也远，说近也近，反正都在地球上，土地与海洋是相连的。借时可以计算最短路程，也可以在空旷地方拨快自身时间，所以他决定自己想办法前往。或许一路会吃点儿苦头，浪费些时间，所以他得比庭然他们早些出发。

"再过几天。"

"那你路上要小心，我们在机场见。"庭然极力掩饰着自己的心慌，"一定要准时啊。"

借时从她的话里听出了自己的重要性，不禁有些开心："我会的，你到的时候，我就会在那里了。"

原本以为宋希蓝只是个东道主，会带着她俩去转一转，却没想到宋希蓝连她俩的住行都包了，完全掌控了她们在意大利的一切动向。这让庭然觉得不安，她知道庭依的个性，到了那里肯定会对宋希蓝言听计从，这种时候她需要借时在她身边时刻提醒她，和她结成小同盟。就算什么都不做，至少她不会变成三人行的那个多余。

期末之前借时就先一步出发了，他一走，庭然又当仁不让地考了第一名。让她稍稍诧异的是，她之前的分数始终很稳定，上下浮动不大，这次总分却又涨了不少，分析试卷时庭然发现自己应付一些灵活的理解题时更准确了。但她在答题时，并没有感觉到自己投入了更多的冥思苦想。

这代表了什么，庭然暂时还不明白，也没有多想。

2

假期开始以后，宋希蓝那边的时间也确定了下来，也不知道庭依究竟是怎么忽悠爸妈的，爸妈居然比她们还上心，恨不得把全世界都塞进她俩的行李箱里。日子一天天近了，庭依总是追问庭然："你那个同学真的自己去吗？会不会是骗你的？"

庭依真的完全不记得曾经见过借时，上次聚会是庭依印象里的第一次。她对于借时没有什么特别的感觉，毕竟宋希蓝实在太拉风了。

"他会去的。"

"那他为什么不和大家一起呢？你们很熟吗？"

庭然若有所思地点点头："他和我同班，比我的成绩还好，平时帮了我很多。他……只是不想麻烦别人吧。"

庭依对借时终归没什么兴趣，只是敷衍的"唔"了一声。

出发的日子在二人截然不同的心思里，终于还是到了。

起飞时间是晚上八点多，飞行时间大概要十二个小时，也就是说他们第二天上午才会到。宋希蓝的私人飞机直接带她们两个飞往米兰，因为他家在加尔达湖的沿岸，从米兰走比较近。

庭然的爸妈一起送她们到机场，还是想见宋希蓝一面，这样才放心。没想到宋希蓝始终没露面，在机场等他们的是一个穿着制服的陌生人，一路毕恭毕敬地帮她们提行李办手续，弄得她们都不好意思起来。

"宋希蓝呢？"庭然追着问道。

"他已经进去了，怕你们找不到路，不会办手续，让我来接你们。"制服男举止十分职业化，看起来很是可靠，"放心，我会将你们带上飞机的。"

"请问您是……"

"我是在意大利那边帮他家打理事物的，是雇佣关系。不过你们大概也不太能理解。"

听得出来，虽然他的语气是礼貌的，但却不愿意和她们多谈。可明明宋希蓝也比她们大不了多少，庭然已经可以猜到宋希蓝来自一个大的家族，有着与生俱来的优越感。

过安检前，爸妈拉着庭然和庭依一再叮嘱："落地发信息，每天都要跟我们视频，知道吗？"

"知道了！知道了！说八百遍了！"庭依不耐烦地拉着长音。

"还有，万一在那边有什么事情，别在乎钱，如果钱不够，给我们打电话！安全最重要，知道吗？"

"好了，再说要迟到了。"庭然主动伸手拉了庭依一把，为了让爸妈放心，"我们会互相照顾的，放心吧。"

此时的庭依满心都是远方，根本顾不上细枝末节，竟顺势挽住了庭然的胳膊。行李都已经托运了，两个人都只背了小双肩包，看着就像去春游的，轻松得很。

飞机比普通的民航机要小一圈，座位也不多，但内设很豪华。相较于庭依几步就跳上飞机，兴奋之情溢于言表，庭然却有点儿战战兢兢的。迎面碰见的空姐空少，她都下意识对人家鞠躬。

"你们来啦！"闻声抬头，宋希蓝坐在位置上朝她们招手，指了指周围的空位置，"随便坐。"

庭依立刻就在和宋希蓝只隔了一条窄过道的并排座位上坐下了，见此情状庭然绕了一圈，在庭依身旁坐下了。这样她要和宋希蓝说话，就一定要隔着庭依。

飞机准时起飞，很快便看不到下面的城市灯火了。进入稳定飞行期后，有人推来了车子，上面摆着各种零食和饮料，就停在宋希蓝和庭依相隔的过道上。宋希蓝站起身拿起一瓶果汁，对着庭然晃了晃："你喜欢喝这个，对吧？"

他的贴心让庭然稍感欣慰，紧张也退去了一点儿，她笑着点了点头："你居然还准备了。"

"飞这么长时间很无聊的，"连饮料都有人帮忙倒，庭然也不敢问飞机上的空姐是不是自己人，宋希蓝看样子也不想解释这些，熟练地指挥着人，"把电视打开。"

每个座椅都配备着单独的娱乐装置，但因为没有网络，都是固定的系统。刚一上来庭依就翻过了，里面电影和动画还装了不少，都是些最近大热的，可惜的是庭然都不太熟悉也没什么兴趣。最前面的隔离墙上挂着一台大一点儿的电视，宋希蓝随手摁下开关，先是闪过了他们的飞行线路，又播了一些意大利各个城市的介绍，之后停在了一幅风景图上。

弯曲的 S 形河道，河水非常清澈，岸上的东西全都能倒映出来。就在河道拐角处，有一座树木葱郁的小山峰，可以看出很多未经雕琢的凸起的石头与耸立的断壁切面，上面只有一条人造的盘山路，不过几乎都被树木挡住了。在山峰的顶端修着一座古罗马风格的房子，顶端有四面尖顶还有烽火台一样锯齿状的天台和塔楼。房子保持着原始的灰色外表，和下面的山石颜色几近统一，仿佛融为一体，错落有致，古朴恢宏。

"这是……我们要去的地方？"庭然随口问，"是什么古建筑之类的？"

在她眼里，这大概是某个有悠久历史的老房子，虽说谈不上城堡那么夸张，可也足够气派了。

但宋希蓝轻描淡写地说："不是。这是我家。"

那一瞬间，庭然和庭依多年来第一次有了默契，露出了几乎一模一样瞠目结舌的表情。逗得宋希蓝指着她俩的脸，忍不住笑出了声来。

"你是开玩笑的吧？"庭依这样问，眼睛里却冒着星星。

"真是我家。不过属于我爷爷。"宋希蓝咂着碳酸饮料，"你们别害怕，照片当然好看，实物没这么夸张，真的特别旧了。"

就算再不夸张，也不是城市里普通的三室一厅可以比的，一股冷气从庭然的脚底升起来，她回头又看了看电视上的那张图片，居然起了一身鸡皮疙瘩。

忽然间，她想起了之前借时让她做过的梦。此刻庭然终于更清晰地理解了借时的意图，还什么都没发生，她已经被自己的联想吓得如坐针毡了。

"你怎么了？"

不止宋希蓝，连庭依都看出了她脸色的变化。庭然用力搓了搓脸，硬挤出一个笑容："没事啊，冷气有点儿太足了。"

"那就把温度调高一点儿。"宋希蓝立刻嘱咐人去办了。

毕竟庭然如果一到意大利就生病了，那对他的计划真是大大的不利，他自然得小心。但他的紧张落在庭依眼里，却变成了在意与殷勤。庭依先是偷偷努了努嘴，随即眼珠一转，又计上心头。

"长途飞行很累的，我们到了以后先回我家休息。我家去米兰和威尼斯都很近，等休息够了，倒好了时差再出去玩也不迟。"

趁着给庭然递饮料的机会，宋希蓝的手臂从庭依上方伸过，同时递给庭然一本书。是一本薄薄的，半文言文的旧书了，封皮软软的，感觉稍不小心就会戳破。庭然不解地在宋希蓝脸上找答案，并没有着急翻看。

"这是我爷爷以前很喜欢的书，讲的是鲁班造物的一些小故事。你要是无聊，就看看。"

"好，谢谢。"

庭然这样说着，却一直把书放在腿上，再没有动。

这个时候她真的不想看字，而庭依一向对看书没兴趣，根本就没有任何想要抢过去看的冲动。反倒是宋希蓝不停地瞄过去，希望庭然能翻开看看。

但庭然心里很乱，强迫自己睡去。耳畔全是庭依和宋希蓝的对话："你爷爷是做什么的啊，为什么这么有钱啊？"

庭然在心里笑笑，这样直接的话也亏她问得出。

"我爷爷是个建筑工程师，本身就喜欢老房子，机缘巧合把那座房子买了下来，当时的价格还不算很贵。反倒是后来内部翻修，花了不少钱。"

"那你为什么不住在那儿，非要回国呢？"

宋希蓝沉吟了一会儿："我妈妈一直不太习惯那边的生活，很想念娘家，所以我从小就被带着两边跑。"

"那现在房子里住着谁？"

"我爸妈都在国内呢，爷爷去世后房子就空了，只有管家和用人一直照看着。"

"空着多浪费啊！"庭依惊叫。

"是啊，"宋希蓝的语气里带着点儿感慨，"所以你们能来玩，我很高兴。"

在他们的对话里庭然终于睡着了，只是在飞机上终归不如在床上睡得踏实，总是断断续续的。一开始醒的两次，庭依还在和宋希蓝说话，庭依都主动坐到了宋希蓝旁边去了。后来大家就都睡着了，机舱内一片安静，似睡非睡间，庭然不止一次地想借时现在究竟在哪儿。

3

上午九点多，飞机在米兰马尔彭萨机场着陆了。看着窗外陌生的一切，庭然这才有了真实感，他们真的到了意大利了。无论如何，旅途开始了。

"我们到喽！"

飞机还在滑行，庭依已经忍不住振臂高呼，挤到窗边向外拍照了。庭然麻利地收拾着东西，把塞进前座口袋里的书还给宋希蓝："给你。"

"看了吗？"

"没有。"庭然背起书包，故作不经意地说，"你说你要是给我本小说，我还能看看。这种书，不太适合飞机上看着玩吧。"

她拨弄了一下刘海，朝宋希蓝笑了笑，看起来就和平时没有两样。可宋希蓝的表情却明显僵硬了一下，不过他马上就说着"也是"，接过了书。

三个人下了飞机，一路往出口走，宋希蓝在前面轻车熟路地带路，基本不需要看什么。庭然这才留意到他整个人的状态和从前有所不同，首先是穿着，更时尚夸张了，配饰也戴得更多，其次是走路速度更快了，步伐迈得风风火火。是一种到了熟悉的地盘，又变成了"领头羊"的架势。

"快走啊，快点儿！"庭依一直紧跟着宋希蓝，兴高采烈地看着周围的人、事、物，不时回头催促着庭然，但庭然却仍旧按照自己的节奏走。她看着周围的指示标志，有些会有英文，她尝试自己去理解。因为庭然清楚庭依的英文水平有多糟，倘若真有什么变故，哪怕只是和宋希蓝走散了，就全要靠她了。

出关的队伍排了好几圈，周围全是外国人，香水味混杂，庭依饥肠辘辘，嚷嚷着："等下出去先找地方吃点儿东西吧。"

庭然没说话，宋希蓝点点头："好，都饿了吧。"

等到办完最后一道手续，居然已经快中午了，出口外面是另一番天地，繁华热闹，各种耳熟能详的大牌标识和店面。

"机场没什么好吃的，我们先随便吃一点儿，等下出去带你们吃好的。"说话间宋希蓝打了几通电话，竟说得一口流利的意大利语，庭依满眼都是崇拜。

但庭然的心思没在这儿，她四下张望，寻找着借时的身影。她相信借时不会爽约，却还是忍不住焦虑。

"他真的会来吗？"看出她在找什么，宋希蓝顺应着问。

"会的，他说会来，就一定会。"

"我们先吃东西吧，也许过一会儿他就到了。"

宋希蓝催促着他们去吃饭，庭依随便指了不远处一家快餐店的招牌，三个人一起走过去。眼前人来人往，无数次的形影交错，恍惚间庭然看到了借时站在快餐店的门外。

她稍稍停了停脚步，用力睁大了眼睛，然后欢快地挥舞着手臂加速冲了过去。

"你来啦!"

十几个小时的忐忑全部不见了，站在借时面前的庭然笑靥如花。

只是眼前的借时看起来实在是风尘仆仆，眼下的世界对借时来说还是太脏了，自身时间加速意味着落到他身上的灰尘雨水也会成倍叠加，虽然他有自净功能，但衣服却不堪重负。他本就穿着最普通的 T 恤和牛仔裤，再加上脏兮兮的，和后面光鲜亮丽的宋希蓝形成了鲜明的对比。

不过庭然却完全看不到。

"他是怎么来的啊，走着来的吗?"站在宋希蓝身旁，庭依小声调笑了一句，语气里难掩嘲讽。

可庭依并没有得到回应，当她转过头看到宋希蓝的表情，却是微微一怔。宋希蓝注视着借时，眉头紧锁，像是在思索一个很高深的问题。

"你是不是不想让他来?"庭依尝试着问。

宋希蓝这才回过神，立刻摇了摇头："怎么会? 我们之前也很熟呢!"

话是这样说，但宋希蓝在看到借时出现的那一刻心中其实充满了焦虑。他早就看出来庭然不太愿意去他家做客，原想着如果借时没来，他可以利用庭依对他的好奇，让庭然半推半就答应下来。可如今借时来了，他一定会提反对意见，而庭然一定会站在借时那边。

不行，好不容易带她们来了意大利，无论用什么手段都要让庭然进到他的房子里! 宋希蓝下定了决心。

他走上前大方地和借时打招呼，丝毫没问是怎么来的，就先一步走进了快餐店，庭依紧随其后。

"我先去趟卫生间。"

庭然只听到庭依说了这么一句，没来得及回答，眼前的景色突然模糊成了一团，她感觉自己忽然变成了一道风。她只是觉得被制住，动弹不得，却感觉不到移动，意识一片混沌，空气变得异常锋利，一道道割着皮肤。

等到脚终于沾了地，庭然做的第一件事是扶着一旁的树干呕。

等等? ! 树?

她眯了眯眼睛，强忍着天旋地转的恶心，看到她和借时正站在四下无人的一片林子里，哪里还看得见人来人往的机场。

"你还好吧?"借时抬手拍了拍庭然的背，忧心地问。

"还好，就是……"庭然脑袋一团乱，"我们怎么出来了？"

"我有些事必须和你单独说，所以就抢时间带你出来了，对他们来说仅仅过去了一点点的时间，不会被发现。"借时语速很快，"飞机上宋希蓝都说了什么？"

庭然也跟随他的节奏："他要带我们去他家，他家有一座大得有些吓人的房子。"

"别去。"

"你知道什么？"

"我现在知道得太少，我只知道宋希蓝一定会带你去那座房子，然后在里面会发生很多不好的事情。我知道，在眼下的证据面前，让你选择相信我是很难的，但……"

"我相信你，"听到他这样讲，庭然忍不住抢白，"即使他是个好人，我也还是觉得去他家不太好。"

她坚定的话语让借时大大松了一口气，来意大利的这一路借时几次都想回去甄妮那里，再多打听一下意大利发生的细节。可他再用一次机会，就只能永远地困在这里了。

"你回去之后和他说，你们不住他家，如果他想招待你们，可以白天陪你们一起玩。"

其实庭然并没有多想，只是借时这话正合她的心意。她下定决心，点了点头："好，我们回去，不管用什么方法，就算吵架也好，我也会阻止庭依去宋希蓝家的。"

于是借时抓紧庭然，如法炮制，以人类肉眼只能捕捉到残影的速度飞掠了回去。第二次虽然心理上有了铺垫，可该晕还是晕，庭然上半身不自知地摇晃着，在快餐店里搜寻着宋希蓝和庭依的身影。

没有。

她在餐厅里来回跑了几圈，一桌一桌地看，宋希蓝和庭依都不在。只剩她的行李箱，被随意地丢在墙根。

别说庭然，连借时都有点儿不知所措了。因为他们只离开了不到五分钟，绝对不够点餐吃完的，照他原先的预想，大概他们回来时，庭依刚刚从卫生间出来。

"这样，我们各自进去找找。"

病急乱投医，虽然知道不大可能，但庭然和借时还是分别进了男女洗手间查看。连这条路都绝了之后，心慌意乱的庭然倚靠着墙壁，死死掐着眉心。

"手机打不通吗？"借时拿掉她掐眉心的手，抚平上面的指甲痕。

"庭依关机。宋希蓝的……不接。"

正说着，庭然却听到自己的手机发出了"叮咚"一声，是一条新短信。

其实一切的变故都来源于庭依的一个举动，但对她自己来说，其实亦是始料未及。

她一直在心里偷偷谋划着一个恶作剧，带着点儿会被信以为真的小期待。她的书包里藏着那顶之前用来骗借时的假发，当然她已经忘了那件事，她甚至都不记得什么时候买的了。

第一次见宋希蓝时她没有变装，但宋希蓝仍旧把她当成了庭然。但那个时候毕竟宋希蓝从未见过她，即使知道有双胞胎姐妹这回事，一时也难以反应过来。但接触了这么长时间，庭依想看看，宋希蓝心里是不是还是只认庭然一个人。

所以她进卫生间后迅速换了假发，套上了一件好穿的连衣裙，走出去时胆战心惊，怕遇见庭然尴尬，但在餐台前排队的只有宋希蓝一个。

"他俩呢？"她模棱两可地问宋希蓝，眼神闪烁。

宋希蓝有一秒钟的停顿，紧接着说："你姐姐还在洗手间吧。借时……你没看到吗？"

居然骗过去了？！恶作剧成功，庭依的心里却五味杂陈，并不真的高兴。这是不是证明，她本身给人的印象太模糊了？

"我刚给我姐发信息了，我不太爱吃快餐，我们去吃点儿别的吧。借时会照顾我姐姐的。"

庭依模仿着庭然柔美的笑容，人是看不见自己的脸的，所以她不知道自己的表情看起来多么僵硬。

"好啊。"

宋希蓝立刻答应下来。

但是离开快餐店后宋希蓝并没有带她去另一家更好的餐厅，而是径直往停车场走去，庭依隐隐觉出不对，问他："我们要去远处吗？不等他们了吗？"

一辆全黑的车子缓缓开至他们面前，后门无声无息地滑开，宋希蓝抓住她的胳膊，毫不客气地往车里一甩，脸上再无笑容："你不是说，借时会照顾她吗？"

车子就这样驶离了机场。

4

——庭然，我要带你姐姐去个特别的地方，如果你想再见到她，就去我家等着。机场外面还有我的一辆车子，车牌号发给你了。务必提醒你：你姐姐很希望能在我家里看到你，我也是。

对发生了什么一无所知的庭然看着宋希蓝发来的信息，一瞬间就理解了眼下的状况。宋希蓝私自带走了庭依，目的就是让她不得不去那座房子。

这根本不是邀请，是威胁逼迫。

她和借时没有第一时间去停车场找那辆车，因为无论多久那辆车都会等他们的，他俩钻进了没有人的消防通道。借时将一块地方吹得一丝土都没有，两个人就坐下了。

"你也不用太担心，他应该只是想用你姐姐牵制你，或许你姐姐现在还什么都不知道，玩得很开心。"

这样安慰着庭然，借时的心里却很内疚，终归是他考虑不周，才让他们落入这样被动的状况。

"正因为这样，所以我们除了去，再没有其他办法。"大概是因为借时事先反复给她预警会出状况，庭然此刻只是觉得背后凉飕飕的，但意识还算清醒，"就算我们报警，宋希蓝大可以带着庭依出现，说我们是朋友，这就是一场误会。而且这个时候把事情闹大，我们仍旧无法立刻离开，还是在他的控制范围内。"

"我可以带你离开。"

庭然嗔怪地笑了一下："你可以带我离开，但很难同时带我和庭依两个人离开。你对我有责任，可我对庭依也有责任。"

"可你并不喜欢她……"

"亲人是无法用喜欢或不喜欢做标准的，我可以选择朋友，可我没办法选择亲人。"庭然深吸一口气，已经做了决定，"既然他想让我去，那我就去，我觉得他总不会真的对庭依怎样，我要知道他的目的。但你就不要和我一起去了，我们有一个人留在外面，真有什么事情终究还有一线希望。"

她自以为这是一个合乎逻辑的意见，这样至少有人是安全的，但借时忽然抓住庭然的胳膊，强迫她转过身和他对视，她意外地看到借时怒气冲冲的模样。虽然借时的怒气冲冲看起来并没有什么杀伤力，反而像一只护食的小动物。

庭然一个没忍住"扑哧"笑了出来。

"我绝不离开你，绝不。"但借时丝毫没笑，"我来这里的目的就是保护你。"

"我知道，可是假如你在外面，我和庭依你至少可以救一个……"

"我根本不在乎她怎样，我只在乎你一个。"

乍一听是十分不近人情的一句话，可庭然很清楚借时说的仅仅是真心话，他就是那么执着、肯定、一根筋，也愿意为此孤注一掷。

而作为这个"唯一"，庭然要怎么去怪视她为"唯一"的人呢？好似连阴沉一下表情，都算是欺负他。到最后庭然也只能对着他的头发一通猛揉泄愤，然后深深抿了抿嘴唇，端起了肩膀，说："败给你了。既然如此，我们走吧！"

接下来才是他们真正的战场。

两个人一起走到短信里标明的停车场位置，一辆全黑的车子停在那里，借时先一步上前，敲了敲车窗玻璃。车内只有一个外国司机，下车来十分尽职尽责地帮他们提行李，但自始至终一言不发，甚至不看人，明显没有交流的意愿。

庭然抓着车门，又转头和借时对视了一眼，得到了鼓励后，终于跳上了车子。借时随后坐在她的身旁，主动关上了车门。

车子一路朝加尔达湖区域开去，虽然糊着黑色的窗纸，但从里面是可以清楚地看到外面，偶尔经过一些造型特别的建筑或是一隅新鲜的景观时庭然会兴奋地指指戳戳，借时虽然挂心着即将发生的事，眼睛里却也忍不住铺满了神采。

他自"出生"便在甄妮身边，而甄妮不爱出门，他也没有去过远方。很多东西在他的系统里仅仅是数据，他认得却没见过实物，更何况在未来很多这个时代还存在的东西，已经彻底消弭了。

按理说，机器人是不懂何为悲凉的，所以借时无法理解自己身体的沉重感因何而来。

路程比想象的要近，不过开到中途庭然就饿了，她这才想起自己已经很久没吃东西。幸好行李箱里有很多吃的，都是妈妈硬塞进去的，当时她还埋怨带这些吃不上，现在想来还真是讽刺。

"把行李箱打开，"庭然指挥着借时打开行李箱，她直接撕了一包平时家里不会买的当地名小吃，这原本是要送给宋希蓝家人的，但现在看来不必了，"来，我们都吃掉吧。"

眼下的情况往坏里说，是他们中的一个人被挟持了，他俩也不由自主朝危险而去。就算往好里说，至少也是计划被打乱，连下一步该做什么都不知道。可真实的画面却是庭然跟借时在车子里分着食物，对着窗外的风景说说笑笑，毫无紧张感，不知道的还以为他俩租了辆车在旅游。

司机虽然仍是一语不发，却通过后视镜偷偷打量他俩，暗自忧心他俩会不会把食物残渣掉到座椅缝隙里。

其实庭然的心里远没有表面上那么看得开，但有借时在她身边，她知道自己不是一个人，她至少可以把不在意演出来。

在这时候，庭然终于彻底地理解了自己的后代将借时送来她身边的意义，即使借时并不能为她做什么，并不能确实地改变什么，可只要他可以陪在她身边，她就能有自己掌握人生的勇气。

远远地，加尔达湖出现在视线中。司机引着他俩下车，往乘船的地方走去。加尔达湖美得令人心旷神怡，湖水湛蓝清澈，不时有飞鸟掠过湖面。直到船拐过了一处河湾，远处那座和山石融为一体的房子赫然出现在庭然的视线里。如今这样看到实物，竟有种德古拉城堡般的阴森感。

没过多久，船就靠了岸，让他们意外的是那个司机没有跟他们一起下船，而是用意大利语说让他们自己上去。

一转头庭然就看见了直通山顶的一条长长的斜坡，如果是开车，这条斜坡不足为惧，但如果靠走，它的坡度太陡，而且也足够长，非常耗费体力。

"走吧！"

庭然壮志满满，率先一步往上爬去。

这样的壮志只维持了不到五分钟，她就变成手脚并用的蠕动模式。借时站到她前面，冲她道："我背你过去。"

"不用……不用……"庭然还努力维持自己的一点儿面子，叉腰站直，不停地深呼吸，"我没问题！"

可借时歪了歪头，非常不给面子地说："太慢，我背你比较快。"

话音未落，借时已经强行将她背了起来，轻松到庭然觉得自己就像不小心粘在他背上的塑料袋。他很轻松地背着她，同时还要腾出一只手拖着沉重的行李箱，但丝毫不会妨碍他的脚步。

"其实，我总觉得那天在山上不是我们的第一次见面。可很奇怪，我又拿不出我们更早之前见过的证据。"趴在借时背上，庭然想起了他们第一次见面，"人有的时候就是会这样，有一些莫名其妙的似曾相识的感觉。"

庭然深切地体会到了一点，那就是未来的不可控，现在的她根本无法想象自己的未来会凄凉到让几百年后的后人忍不住想要纠正的地步。所以，有些话该说的时候就要说，有些事该做的时候一定要做，不要全都留给那个随时可能天翻地覆的"以后"。

"可即使是做梦，我都没有想到过有一天会被姐姐关在厕所里。"

借时微微侧头看了看她，却发现她并没有悲伤的神色。

"我曾经想，我大概永远不会原谅她了。即使她是一时冲动，即使是因为天气突

然变坏让人措手不及，即使她后悔了……但现在我不这样觉得了，因为那件事于我而言也有好的一面，那就是我认识了你。"不知不觉说了一堆，庭然的余光看到了尽头，"无论以后你是否回去，是否记得我。我希望你知道我很感激遇见你，我会一直记挂着你的。"

说完，庭然从借时的背上跳了下来，和他并排站着，看着面前敞开着的雕花繁复的铁艺大门。门外是一座小花园，中央一条绿植的隔离带将区域划分成了左右两块，院子的中央是一个摆放着一尊天使雕塑的喷泉池。

"走吧！"庭然强行抖擞了一下精神，就要迈腿。

手腕却猛地被抓住，将她钉在了原地，她听见借时没头没脑说了句："我也是。"

瞬间的怔忡之后，庭然低下头笑了，笑着笑着眼睛里却起了一层水雾。

这是对于她刚刚絮絮叨叨一路的回答。

第七章

瞒天过海保护你

1

在决定走进院子前，庭然又给宋希蓝打了一通电话，仍旧是畅通状态，却没人接。挂了电话她编辑了一条信息发过去，大意是他们已经到了，让宋希蓝带庭依出来。

他们并没有天真到相信宋希蓝真的会把庭依带出来，但宋希蓝究竟在不在这里，还是值得猜一猜的。同时庭然和借时把戒备值调到了最高，慢慢踏入了宅院。

宅院修葺得非常优雅精致，所有花圃都用灌木围成统一的形状，没有任何旁逸斜出的枝丫，连灌木隔离带的宽窄，顶端的平整度，都十分考究。浇花的管子在喷着水，喷泉也在运行，墙边还停着一辆自行车，上面并没有明显的落灰。庭然将所有的细节都记在脑子里，有意识地让大脑运转起来。

"有人吗？"庭然叫着。所有的细节都在说，就在他们来不久前，院子里还有人劳作。

并没有人回答，但他们背后的院门竟吱吱呀呀自己关上了。

看着门在合拢，庭然下意识有些惊慌，转身就往回跑，但当她跑回去，门已经彻底锁死了。她抓着铁栏杆摇了两下，纹丝不动。

"没事的，这种门困不住我。"借时对她指了指上面，虽然门的框架很高，但再高也是开放的。

"我知道……"庭然点了点头，只是自动关门这件事令她不安罢了。她刚要转身，余光却瞥见一个人影出现在借时身后，手上似乎还举着什么，立刻脱口而出："当心！"

在那一刻，庭然也不知道自己哪里来的冲劲儿，竟直接朝那人撞了过去。但她并没有撞到，脖领却被拎住了。她维持着往前闯的姿势抬起头，看到借时身体都没转过来，就像背后长了眼睛一样，一手拎住她的衣领，一手直接抓住了背后挥来的木棍。

棒球杆那么粗的棍子，还连带着挥力，打在借时的手上，居然纹丝不动。不仅是庭然，连那个罪魁祸首都开始怀疑人生了。

"站着别动！"

借时将庭然甩远了点儿，她踉跄了几步站定，这才发现另一边也偷偷摸摸来了一个人。刚刚她要是去扑那个人，就算不被打中或抓住，也会被偷袭。

只见借时反手缴下了那人的木棍，脚下轻轻一拨，那人就失去平衡，双膝跪倒在地了。紧接着他看都没看，随手将木棍朝反方向丢了过去，竟稳稳砸在了另一个人的脑袋上，只听"嗷"的一声，第二个人也捂头躺在了地上。

这几个动作几乎是同时进行的，加在一起不过几秒钟，庭然看得目瞪口呆，如果不是场合不太合适，她真的想鼓掌喝彩。

"之前我以为你只是普通的厉害，原来你是真的很厉害啊……"

见那两个人都已经被控制住，庭然小心翼翼地往前挪步，本来还想夸来着，没想到借时一手握着棍子，凶巴巴冲到她面前，劈头盖脸就数落她："你刚刚在干什么？明知道他有武器，你往前冲什么？"

"我……"

谁也不愿意莫名其妙被人凶。明明是关心则乱，但火气一上来就都说不出口，也拿不出好听的语气了。

庭然扬了扬下巴："你凶什么？我还不是因为担心你啊？"

"我不需要你担心，你只要照顾好自己就行。"

"担不担心是不由自己控制的好不好？"

这时一旁跌在地上的人想趁着他俩吵嘴跑掉，但刚直起一条腿，借时看也不看就挥棒打在他的膝盖上，仍是盯着庭然说："我明明和你说过，这种程度的打击对我来说没有伤害，你是不会忘记的，不是吗！"

庭然也顾不上其他人，气得叉起了腰："不会忘记和想得起来也是两码事好不好！紧急关头我想不起你是什么机器人，你就只是我的朋友啊！"

喊完这句，她气得呼呼喘气，借时倒是没有再还嘴。两个人你看我我看你，气氛顿时冷了下来。

地上的两个人跟约好了一样，同时跳起来要跑，借时下意识抓回了其中一个，扭头想去抓另一个，却见庭然从地上抓起浇花的水管，朝着那个人就喷了过去。

借时两步冲过去把那只落汤鸡从水里揪了回来，然后他甩了甩头，头发和脸都干爽如初了。他仍旧只对庭然说话："他们会直接动手，情况比我们想象的要危险，你先出去吧，我留在这里找你姐姐。"

"不要！"庭然坚定地拒绝这个提议。

"我知道你担心你姐姐，但你在这里正中宋希蓝的下怀。我保证，我会把你姐姐找到并带回来。"

"不要！你想去干什么，我都要和你一起去！"

面对庭然的倔强，借时真是有苦说不出，他有强烈的预感，他们决不能走进房子内部。他看着庭然，在脑海里幻想了一出"扛起来从大门上方丢出去"的戏码，确实可行，但之后庭然估计不会再搭理他了。他有点儿生庭依的气，也生自己的，他拼命想要自己镇定下来，却发现无法人为降低系统热度。与此同时，借时的脑海里居然跳

出了一个奇怪的念头，他想问庭然，如果这次消失的是他，不是庭依，那她还会这么坚持以身犯险吗？

"如果……"

他张了张嘴，却被自己的想法吓到了，立刻住了嘴。

倒是庭然忍不住追问："如果什么？"

"没事。"

要借时怎么承认，他在和庭依争风吃醋。他想说服自己不是吃醋，只是关心，但他感觉到了一股力量正在扯动他的手，朝庭然的手而去。

为了克制住这种冲动，他只能转移注意力，手上突然发力，攥住那两个人的衣领，将他们一起扯到面前，冷冷地问："宋希蓝在哪儿？"

那两个外国人年纪都不大，看穿着打扮应该只是小工。两个人互相看了一眼，似乎还在考虑要不要说。

"说不说？！"

借时手上的力气又大了一点儿，他们有些呼吸困难了，表情也慌乱了起来。

"你们还是说吧。你们刚刚也看到了，他很厉害的。"庭然也绕了过来，心想这两个人刚刚亲身经历了，还听到了诸如机器人之类奇怪的话，大概已经吓坏了，"反正你们也是替人办事，只要告诉我们宋希蓝现在在哪儿就好，我不会告诉他是谁说的。"

其中一个人眼珠一转，然后狂点头，张牙舞爪示意借时的手放松一点儿。

庭然拍了拍借时的胳膊："让他说话。"

借时没有完全放开手，只是略微松了松，有意坦白的那个人用意大利语嘟囔了两个单词，就开始咳嗽起来，再没说出一句完整的话。庭然心里着急，上前想拍他的背，然而就在此时，那个人垂在身侧的手掌突然一扬，一片粉末借着风势全部扑向了庭然的脸。

"这是什……咳！"

粉末很多很密，像烟雾一样，因为毫无防备，庭然一口气吸进去不少，迷了眼睛又被呛到。她拼命揉着眼睛，想把气顺过来，可眼皮却越来越重，天空开始旋转。

"庭然！"

看到庭然身体在晃，马上要摔倒，借时顾不上别的，甩开那两个人就扑过去接住了正要和地面亲密接触的庭然。稍稍查看发现庭然仅仅是昏睡，就在他低头的间隙，又有一片粉末飞了过来，借时心中厌烦，这种东西根本不可能影响到他。但他忽然灵机一动，既然他们拼命也要将庭然留下，不如将计就计吧。

这样想着，借时死死抓住庭然的手腕，与之一起摔在了地上，闭上眼睛装昏倒。

即使闭着眼睛，借时也能看见周围的状况。他看到那两个人小心地走上来，推了推他和庭然，彼此交流了类似"可以了"之类的话。然后其中一个人打了声呼哨，从房子里又跑出了两个男人，俯身企图搬运他和庭然。

很明显，他们想将借时和庭然搬到不同的地方，没想到借时抓着庭然手腕的手竟坚如磐石，根本无法甩开。两个人低下头来，死命去掰借时的手指，他们用的力气极大，如果换作普通人，此时手指肯定已经断了，可借时的手指却连一条缝都没有抬起。

所有人的后背都冒出了冷汗，亲历了刚刚的打斗的两个人更是感到不可思议。

他们盯着地上躺着一动不动，神态安宁，无论怎么看都只是个普通少年的借时，心想这到底是个什么人。

"把他们一起放进去吧。"

一个如此说，其他人也没有更好的主意，于是就搭着借时和庭然的肩膀和脚，一路抬进了房子里。这期间他俩的胳膊仍是连着的，按正常的高度肯定会撞到地面，借时微微用了点儿力，将他俩垂着的手维持在了离地面半厘米的稳定距离里，所幸没人发觉。

经过了好几个转角，地面传来的声音有大理石也有木地板，他们终于被抬进了一扇门里，被不太客气地丢在了地上。但地上铺着厚厚的羊毛地毯，倒也不算痛。

"可以交差了吧？"

"嗯，就这样吧，麻烦死了。"

几个人在门口嘀咕了几句，终于关门离去了。确定了房间里再没有自己和庭然以外的生命体，借时终于睁开眼睛，翻身坐了起来。

他第一件事是把庭然的身体放平，保险起见还是仔细检查了一番，确认就只是带些麻醉性质的催眠药剂。看来宋希蓝确实没想伤害庭然，至少现在还不想。想来刚刚攻击他们的人，目标也只有他一个，借时反而觉得安心了些。

他们此刻身处一间面积不小的卧室，房间装潢华美，墙壁都用实木和壁纸包裹住，天花板也是实木吊顶，用了很多后现代的形状线条的切割拼接，从天花板蔓延下来很多的墙壁装饰和置物架。虽然整体颜色偏重，却不老气，再加上昏黄的水晶灯，长毛地毯，反倒显得暖融融的。

不过卧室里的东西却不多，一张双人床、一只床头柜和一盏台灯，再有就是他们对面整面墙的大书柜，里面的书码得整整齐齐的。借时先将庭然抱起来，放在了床上，盖好被子。然后，他独自站到了门前，门外很安静，等了十几秒，没有人走动。借时回头看了一眼床上睡着的庭然，开门走了出去。

2

门外是一条走廊，左右都能看见尽头，借时随便选了一个方向，小心翼翼贴着墙往前走。走廊的墙壁仍旧用木头包着，地面是深色大理石，天花板到地面的距离非常远，且天花板不是平的，而是有一个尖的对称弧形，很明显是用了肋骨拱，是一种哥特式和古罗马式的建筑常用的承重结构。

这些通通是系统搜索出来的东西，借时完全不明白。他比较在意的反而是外面比房间里的天花板要高得多，这样正常吗？

这确实是修建于很早以前的老房子了，即使没有什么文物价值，肯定也不便宜。看来宋希蓝家境确实殷实。明明是最好的年纪，宋希蓝究竟因为什么，一定要做这种铤而走险的事情呢？借时无论如何也想不通。

他只是朝前走着，留意着周遭的一切，想找到除了大门以外其他可以出去的方法。他现在所在的这条走廊没有窗户，但整栋房子不可能一扇窗子也没有，只要有身体可以钻出的空间，他就能将庭然带出去，没有人能阻拦他。

尽头有些许亮光，借时猜想那里应该是一条横向交叉的走廊，应该有窗户，他想过去看一眼。只是他一步步走着，脑海里突然传来了朗读的声音，是很温柔的女声，一时间借时竟然无法分辨是甄妮还是庭然。

——"我一辈子都忘不了那座房子，那些绞尽脑汁的关卡，以及对于门后面会出现什么的不确定感和长时间的提心吊胆所凝结成的恐惧。当黑夜来临，房子里弥漫着灯都驱不散的阴影，我很清楚自己并不是在什么美丽的城堡里，而是在一座监牢。从那之后，我就害怕起大房子，也害怕一个人的夜晚。他们说我是神经衰弱，可我觉得我的神经就是绷得太紧了，永远都像活在昨天一样。"

这是……庭然的日记？随着声音，借时的眼前出现了一闪而过的画面，像一个人从走廊上跑过，急速抖动的镜头。虽然不完全一样，可借时的心里已经确定，就是这座房子。

他停下来，扶着墙壁，深吸了一口气。果然，命运还是走上了原有的轨道。

只是借时不懂，为何非要到最后关头，才会如同关键词对应一般激活日记里的内容，这样的设置让他根本没办法提前去规避什么。他不认为这是甄妮考虑不周，他更倾向于这是故意为之。可为什么呢？难道就为了让他无法有理有据地去改变历史，只能在事情发生之后再去想办法？

让机器人自己想办法，这种事情是不合逻辑的。虽然在借时被创造的时代，提倡机器人拟人化，表面看起来机器人的行动思想都非常自由，他们甚至可以和朋友聚会，去讲别人的八卦。但实际上，他们所有的举动，都在管理者的控制范围里，只是不自知罢了。有些时候，一个机器人有了叛逃的想法，他认为自己拥有了和人类平等的思想，完全可以独立生活，但其实他的这种想法，也是人类灌输的。

这说起来是很悲凉的事，很多机器人从生产到报废都不明白这个。但借时是个特例，从一开始甄妮就对他坦白，他知道自己是机器人，知道自己不会有预设之外的功能，更不可能有情感。他接受这一切。

正因为借时清醒，所以此刻才越发迷茫，他陷入了逻辑的死循环。他不懂甄妮是真的要他自己想办法解决，还是他所谓的"想办法"也仅仅是一个编程。生平第一次，借时搞不懂甄妮的想法了。生平第一次，他对甄妮产生了怀疑。

但庭然还在等着他，他是此刻唯一陪在她身边的人，他必须竭尽所能。

在这一刻借时下定了决心，他要将所有指令都放下，不去考虑所做的事情是否合乎逻辑，是否是在甄妮的掌控里。他不在乎了。

他要靠自己的力量去完成，目标只有一个，保护庭然，将伤害降到最低。

终于走到尽头，果然是一条横向交叉的过道，已经是房子的边缘了。让借时意外的是，窗子还挺多，上下两排。窗子是微微向外倾斜的，应该可以向外推开。但借时伸手发现，窗户的开闭处被铁浆融合成了一体，根本不能再打开。而每扇窗外都安了铁栅栏，那个宽度，即使打破玻璃也钻不出去。

当然借时或许可以试一试，卸下条胳膊腿的，大概能勉强出去，但庭然肯定不行。唯一的方法是他将外面的栅栏卸掉，这个不难，可恐怕打破玻璃之后三秒内，人就会围上来。

此路不通。借时又抬头望去，这显然是一个组合建筑的交会处，屋顶陡然变高，足有三层楼那么高，顶上用彩色瓷片拼出了花样，精美非常。在顶部靠下一点点，有几扇横条小窗，宽窄可能连条胳膊都伸不出去。

借时忍不住"啧"了一声，低头收回了视线，就在这时，他瞥到一个人影在远处

一闪而过。

这是他进来后看到的第一个人，他怎么可能放过。在那一刻借时突然马力全开，只顾最近线路，不顾走路方式，他直接加速冲上墙壁，在墙壁上如履平地地斜插到了角落的制高点，然后转身弹跳一气呵成，居高临下地将那个还以为自己没被发现的人重重扑倒在地。

"宋希蓝在哪儿？！"

借时用膝盖顶着趴在地上的人的背，厉声问。

"我……我不知道，我真不知道……"比较意外的是，被逮到的这个人是亚洲脸孔，说着一口流利的中文，借时看他的脸，也就二十出头的年纪，"我前两天刚来这里的，我真的什么都不知道！"

"你来这里干什么？"

"这家主人请几个人过来收拾屋子，听吩咐做事，就两个星期，钱给得很多，所以我就来了啊。到这儿之后根本没见过主人，刚刚老管家通知我们，说来了客人，有事情吩咐。我刚要过去呢，都没看到你。"

男孩看着借时，满眼惊恐。就在刚刚，他恍惚间还以为自己是被蜘蛛侠扑倒的呢。

"老管家？"借时眯了眯眼睛，"他在哪儿？"

"他在……"

男孩想往一个方向指，但手臂没彻底抬起就又垂下了："他来了。"

借时顺着他的视线望去，看到走廊尽头背光走来一个人，只能看见轮廓，非常魁梧，头发胡子都很茂密。走近了之后发现是个年纪绝对不低于六十岁的外国老人，花白的头发胡子，腰杆笔直，看上去严肃正经，不怒目威。

"没你的事了，去吧。"

他是对那个男孩说的，同时眼光落在了借时身上。借时站直身子，放开了男孩。

"欢迎光临。"

老管家走到借时面前，朝他伸出了一只手，说："少爷今天才和我说，可能会来两个人。你也是我们尊贵的客人，有什么需要可以写下来，贴在房子的任何明显位置，会有人给你们送过去。"

少爷？

"宋希蓝呢？"

"他还在外面和朋友一起玩，可能会晚些过来。他叮嘱我照顾你们，你们大可放心。"

说着，老管家递上来一台平板电脑，屏幕点亮，上面是一个视频播放窗口，虽然还暂停着，但静止画面能清楚看到宋希蓝的脸。

借时立刻就想点播放，老管家却不动声色地将平板电脑往后缩了缩，笑道："不用着急。这是少爷怕你们担心，刚刚发来的，你还是回去和那个姑娘一起看吧。"

说的也是，这里面估计有庭依的消息，他单独看了也没意义。而且管家突然提到庭然，借时心里咯噔一下，想到庭然若是醒过来，看到周围没人，估计会很害怕。他一把抢过平板电脑，胳膊一夹，转身就要原路回去。

走了两步，背后没有任何声音，借时却又忍不住回头，看到管家还在目送他。他犹豫着问："你没有别的话要讲吗？"

老管家摇了摇头："没有。"

事已至此，宋希蓝居然还不说他的目的，甚至连个传话的人都不安排？借时一时无法分辨真是这样，还是时候未到。他暂时不愿多想，还是先回到庭然身边为妙。

越想越心慌，他还是大意了，假如这时候有人把庭然带走，关到他找不到的地方，他真的不知道该怎么办了。无论什么处境，借时都没有过害怕的情绪，可如今他居然因为一个预设感觉到了清晰的恐惧。

不对劲，他最近的很多感觉都不对劲。他不知道这些不应该存在的情绪波动究竟是不是甄妮安排的，如果不是，究竟出于什么原因呢？

借时以最快的速度冲回去，门没锁，推开门就看到庭然还在床上睡着。他站在门口，深吸了几口气才把紧张咽下。轻轻关上门，借时走到床边，背靠着床沿坐在了地上。

3

又过了一个多小时，庭然缓缓醒过来，她看到陌生的天花板，心中的惊慌刚燃起一点儿，转过头就看见借时在旁边，她紧绷的情绪立刻就舒缓了下来。

"你醒了。"

借时感觉到了床的动静，回过头看着她。

"是迷药之类的吗？"庭然挣扎着坐起来，揉了揉眼睛，还是感觉有些累，"我睡了多久？"

"两个多小时，你感觉怎么样？"

"没什么事，就是还有点儿迷糊。"说着，庭然使劲儿拍了拍脸，强行振作起来，"按理说，不管什么药对你都不会有影响，你是故意进来的吗？"

借时点点头。

"真傻。你应该跑的。"见借时又露出一本正经的表情，好似要反驳她，庭然先一步笑起来，"不过算了，你能在这里，我很安心，谢谢。"

记忆里听到过很多很多次的"谢谢"，可没有任何一次像这次一样让借时感到高兴。他得到了肯定，他知道自己做对了。

"不过天是不是要黑了？得快点儿找到庭依才行，妈妈要和我们视频的。"

庭然转身就要下床，忽然看到了地上的平板电脑，她意识到什么，抬头看借时。

于是借时把自己刚刚出去的事情一五一十和庭然讲了一遍，包括他突然想起来的庭然的日记内容。不过借时以为庭然的关注点会放在那个管家和平板电脑的内容上，没想到的是庭然听完之后第一反应却是："我觉得我不会写那种日记。"

"为什么？"

"因为我从来没有记日记的习惯，之前你说的时候我没当回事，还想着也许等我老了，就会有这种习惯了。但现在我越想越不对劲，这不合逻辑啊。"面对借时不解的表情，庭然说出了最关键的一点不合理，"既然我一直记得清清楚楚，到死都不会忘，那我又何必非要写下来呢？难道我未卜先知，知道后代可以改变这一切？就算我有这个心思，我为什么不事无巨细地写清楚，还非得用日记的方法去抒情？这不是我的处世风格。"

借时愣住了，他发现庭然分析得一点儿错都没有，这个症结非常简单，既然庭然有超忆症，又何必去写日记。可他想不明白，假如日记不是庭然写的，会是哪里来的。

"你从来没有写过日记吗？"他问。

"也不是完全没有，小学的时候老师留过作业，但都是流水账，已经全丢掉了。"庭然知道借时想不通，不过将来的事情只能将来再见证，于是说道，"这样，我向你保证，我这一辈子都不会写日记。这样等你回去了，可能就会知道有了什么变化。"

"好。"

借时果断地点了点头。如果庭然真的没写过日记，等他回去，那本日记应该会不存在才对。可如果还在，他要好好看一看，那是不是庭然的字迹。

可他突然想起来，无论他看到了何种结果，他也无法回来告诉庭然了。

那结果如何，于他而言又有什么意义呢？

"你看过内容了吗？"

被庭然的声音叫醒，借时发现她已经拿起了平板电脑，马上要播放了。他在旁边坐下，摇了摇头："等你一起看。"

庭然的手指点开了视频上的三角播放键。

视频里先是出现了宋希蓝的脸，他对着屏幕无比轻松地说："听说你们已经到我家了，一路辛苦，你们先好好休息一下。不用担心我们，我和庭依在外面玩一玩，晚些会回去。"

镜头一晃，空出的间隙里出现了一座大教堂，庭然对建筑稍有涉猎，单从局部就看出那是米兰大教堂，来往游客很多，宋希蓝是站在教堂外的广场上。紧接着庭依出现在了镜头里，全然没有被挟持的样子，倒像是玩得正尽兴，被叫到视频前一副很不情愿的模样。

"你们不用担心啦，我精神好着呢，一点儿都不累。我们晚上要去看夜景，可能就不回去了。你们自己安排吧。"

明知道视频是录好的，对方根本听不见，庭然还是忍不住喊了声："喂！"

借时的手是时候在她肩膀上握了一下，让她镇静。

"就是这样，"宋希蓝和庭依凑在一起，在镜头里看着倒是很合拍，感觉他俩倒像是多年的好友，"反正我们玩够了就会回去的，你们如果有什么安排就跟管家说，他会帮你们的。"

"庭然就是喜欢宅着，怕太阳晒。"庭依笑起来。

"这里天气还好了。"

视频里两个人一来二去聊了起来，庭然看着庭依眉飞色舞的样子，对她的粗神经叹为观止的同时又略感庆幸。要是庭依真的什么都不知道，只是跟着宋希蓝在玩，也算是好事。

只是这个想法只维持了一刹那，马上庭然就觉察出了不对劲。以她对庭依的了解，庭依虽然是心大神经粗，有时候会做出点儿冲动的事情来，但应该没傻到在异地他乡独自跟一个刚认识不久的人在外面玩。

但进度条已经行进到了最后，宋希蓝和庭依一起挥手说"拜拜"，然后画面静止。

"他故意不说什么时候回来，就是想拖住我们，让我们在这里待尽量长的时间。虽然他嘴上说着任何事情都能找管家安排，但窗户都封死了，他不可能允许我们离开。他只是想让我们知道庭依和他在一起，等于变相承认了我们的所有猜测。"

看完视频，借时说出了自己的想法，却发现庭然一直在走神，根本没听他说什么。他以为庭然是担心姐姐的安危，刚想开口安慰，却见庭然已经自己回过神来，再一次

从头播放了视频。

她来回将视频播放了好几遍，中途不住按暂停。一开始借时不明白，但反复几次之后他也不敢置信地发现了问题所在。

"摩斯密码。"

"摩斯密码？！"

他和庭然同时开口，区别仅仅是他的语气惊异，而庭然却平静到几近忧伤。

能觉察出不同，还是因为了解。

就像当初庭依把猫还回来，虽然不明白原因，但庭然能清楚感觉到不对劲。如今也一样，她看着这段视频，有一种强烈的不真实感，就好像视频里的庭依是假的。因为庭然所认识的姐姐，如果真的玩得很开心，是不会说那么多话的，她会简单交代几句，就不耐烦地走开。可这段视频竟坚持了三分多钟，明明一开始宋希蓝就把该说的都说了，于是庭然又看了一遍，立刻就明白过来，是因为每次宋希蓝想结束话题时庭依都不动声色地用废话将话尾拉扯住。

这肯定不是巧合。庭然稍加留意，就发现庭依在说话的同时手指一直在腿上敲着。

庭然并不会摩斯密码，但她至少知道是怎么个原理，是以点和线组成的一种编码，和其他语言一样，拥有解码规律，可以换算成英文字母。

她不会，可她知道庭依会。

那还是她们小学的时候，庭依在香港警匪片里看到了有人用摩斯密码求救，当即有了兴趣，那个时候庭依正苦于庭然的成绩好，每天都被老师夸，她急于另辟蹊径来证明自己。于是庭依可以背圆周率后五百位，也确实将摩斯密码参透，而她不过得到了一些稍纵即逝的惊叹。因为这些庭然确实不会，但不是学不会，是不想学。庭然发自内心地觉得这些是无用的，其他人同样也这么觉得。

一晃很多年过去，在过了那个恨不得日常说话都打摩斯密码的狂热时期，庭然就再没见庭依提过。原以为她早就忘了，谁能想到庭依不仅没忘，还将摩斯密码用到了最该用的地方。

在确定了庭依手指时快时慢敲击的东西确实是摩斯密码的那一刻，庭然的心中五味杂陈。她不禁嘲笑自己的狭隘，看吧，任何努力都不会是没有价值的。

"我没有系统地看过摩斯密码表，你知道吗？"庭然转头问借时。

这对借时来说不能再简单了，只是手边没有笔，不过这难不住他，他从一旁的书柜里随手抽出一本书，稍稍握拳，手指末关节处穿出一根吸管一样的东西，放在油墨印刷的字上轻轻一划，那些字就全都变淡了。那些被吸走的油墨，直接就能转化为墨水，他将摩斯密码对照表写在了书的扉页上。

庭然开始重新播放视频，那些敲击太轻微了，必须全神贯注加不断回看才能把长和短分清楚。庭依的英文基础很差，这种时候她只能搜肠刮肚用自己会，并且便于传递的最简单的词。

首先是国际标准的求救语：SOS。

接下来是一个 no，然后就直接接了一个 me，最后末尾又急匆匆敲了个 go。

这其中缺了最重要的动词，借时翻来覆去都看不明白，但庭然却一下就懂了，她双手捂住脸，深深吸了口气。

庭依很清楚自己的处境，她是在配合宋希蓝演戏。这同时也说明了，宋希蓝至少做出了让庭依察觉出危险的举动。

"她是让我知道，她并不糊涂，她明白宋希蓝的意图，她会装傻绊住宋希蓝的。她说的是，不用管我，快走。"

将手从脸上抹下来，庭然的眼中都是血丝，声音里也有哽咽，却不由自主勾了勾嘴角："这么好笑，她第一次像个姐姐。"

一滴眼泪从庭然的眼中滚落下来。

4

只要看见庭然哭，借时就不自觉地慌张，周围没有纸巾，就抬起胳膊想用袖子蹭庭然的脸。庭然被他逗得破涕为笑，推了一把他的胳膊，无奈地说："别闹！"

说完吸了吸鼻子，自己擦干了眼泪。

"你打算怎么做？"说实话，庭然的状态让借时比较意外，因为那段日记的内容让他先入为主地觉得庭然会十分恐惧惊慌，可真实情况是庭然很坚强，努力在控制自己。他希望庭然能给自己一个指令，只要庭然说想走，那么即使让他拆了这座房子，他也会带庭然离开。

"我想知道宋希蓝的目的，我想解决这一切。"庭然看穿了借时的想法，可她拒绝，"我知道你能带我离开，可我们离开之后很可能找不到宋希蓝。而且，我想知道他大费周章究竟是为了什么。反正只要我还在这里，他就不会对庭依怎样。"

既然她已经下定了决心，借时知道自己能做的只是："我陪你。"

"带我出去走一圈吧，我想看看这栋房子。"

两个人出门去，随便选择了一个方向开始走，因为整栋房子是组合建筑，由不少小楼梯和走廊连接，房间多且乱。每一部分的装潢风格也不尽相同，前一段还金碧辉煌，转个弯就像走入隧道一样，变得冰冷压抑。他们逢房间便进，没有任何一间屋子锁门，偶然会撞到一个用人，对方也不躲不闪，还对他们很客气。

表面看起来，他们确实是拥有自由的，可庭然也发现了，所有窗户都是铸死的，房子的换气靠的是空调。房间敞开也不是无意的，所有门锁都被拆了，这样他们也就无法躲藏。

"中央空调，应该有通风管道，还有这个房子应该是有烟囱的，估计都在上头，等下你把房子整个扫描一遍我们再看。"

庭然边说着，脚步却没停，她的手指在身侧不停地画着，辅助记忆。她想先将房子事无巨细地看一遍，记在自己的脑海里。这样之后如果想做什么，速度会更快。

庭然逐渐往前走着，几个高低落差以及转弯的角度，使一种熟悉感从心底升了起来。她不再小心翼翼地试探着往前走，而是听凭惯性向前跑去，记忆里的画面和现实逐渐重叠起来，即使不走过去，庭然也知道前面是怎样的路线和分布了，她扶着墙停住脚步，微微气喘。

她不是累，而是有些难以控制的惊愕。因为她认出来了，这座房子的行走路线与布局竟和之前宋希蓝给她玩过的3D迷宫游戏一模一样。

"怎么了？"借时跟着庭然停下来，见她闭上眼睛又猛然睁开，明显是想到了什么。

"我可真傻，"庭然苦笑着摇了摇头，"你一直试图让我相信，可我没有听你的。原来，他真的从始至终都是在利用我，竟一分真心也没有。"

"别怕。我有。"

庭然转身将背贴在墙上，看着借时微笑："是你的话，我信。"

她的话在借时的眼睛里点燃了一颗小火种，但借时自己却没察觉，他只是觉得身体内部有一阵轻盈的风，却暂不明出处。

"不过也好，既然他早早就在我这里做了铺垫，那我大概很快就能明白他想做什么。"许多线索在庭然记忆里沉浮，她需要择取，"你刚刚说过，我的日记里提到了一个词，关卡。是不是？"

"对。"

庭然若有所思地点了点头："我们继续走，然后回到原先的屋子。"

后面的一程庭然走得很快，不再每间屋子都进，借时自然也跟得很快，不过即便这样回到之前的屋子也用了很长时间。

"我们的行李箱呢？"此刻庭然急于回去理顺自己的想法。

"不知道被他们拿到哪里去了。我去找？"

"不用了，"庭然指了指他的手，"你刚刚那个墨水还有存货吗？"

借时指了指书架："有的是。"

"既然他们说我们可以随便提要求，那不要白不要。"

于是如法炮制，借时撕下了一张空白页，写下了他们要的东西，只是用手背上的骨头写字，手腕得弯曲成诡异的形状，庭然在一旁看着心里难受，忍不住问："你真的不疼吗？"

"这种太轻微了，真的没有感觉。"说着，借时也写完了，为了印证自己说的话，他动手把那根既能当吸管又能当蘸水笔的东西掰折了，手背上的空洞瞬间消失，"我身体上有很多多余的金属部件，抽出来也不会影响，它们可以改变成任何形状，比如——"

他轻而易举将手里坚硬的金属弯成了一个圈，递到了庭然面前。

庭然从他掌心里把那枚圈圈拿起来，下意识往手指上套，不过她手指纤细，即使套在大拇指上都嫌大。不过她一点儿都不介意，摘下脖子上的项链就把圆圈套了上去，戴好，笑着说："谢谢啦。"

借时并没有把这种奇怪的东西当作礼物，他一直觉得礼物应该是价值很高的东西，但似乎在庭然心里价值有另外的标准。不管怎样，他很高兴自己有拿得出手的礼物让庭然开心。

把写好的纸贴在了门外，没等多久东西就陆陆续续被送来了，看来确实有人时刻盯着他们的一举一动，等着为他们提供方便。只要是可能有用的工具，他们都姑且先准备着，只是唯独没有电脑。

手机没有信号，之前的平板电脑也没有网络，看来这屋子里有遮蔽信号的东西。宋希蓝不希望他们和外界联系，自然不会让他们上网。不过这其实在庭然的预料内，所以她也不失望。有打印机就好，他们有现成的电脑。借时的内部网络系统是不局限于他们现在的网络体系的，简单来说就是自带 Wi-Fi（无线网络），基础搜索还是做得到的，比较麻烦的问题是，借时的年代离现在太远，所谓的资料都已经碎片化，并不详尽。

只能走一步看一步了。庭然让借时把黑板挨墙立好，掏出黑色油性笔，开始在上面整理起自己的思路："首先，这个房子是这样的。"

她画了简单的平面图，但她并没有专业的制图知识，比例上并不精准，借时在一旁帮她补充，涂改了几轮之后终于完整画了出来。

单从图上他们都能看出来，这房子的内部结构有大问题。富余的空间太多，房间太少，墙内有大块空白区域。如果庭然事先没有看过宋希蓝手里的 3D 建模，她或许会觉得人家外国人就是这样盖房子的，可偏偏她看过，如今一对比她立刻就知道问题出在哪儿。

庭然挪动了一个角度，找到了起点，用笔尖当走迷宫的人，重走一遍当初宋希蓝手机上的那幅图，依照记忆圈出了很多地方。等她走到终点，黑板上的房屋平面图已经被她圈得乱七八糟。

可她圈起来的地方恰恰全都是空白区域，有走廊的墙壁，也有房间内部的墙壁，甚至楼梯下面的死角……庭然死死闭了闭眼睛，最后回忆了一遍，睁开眼睛时闪动着自信的光，她用笔杆最后在黑板上敲了敲说："没错，就是这样，这座房子里应该不止现在这么多屋子。"

借时很喜欢看她这样专注的样子，顺着她问："有些屋子被藏起来了？"

"也不排除本来就没有最大限度地利用空间，有些屋子本来就是后来建的，本身就是密室。"

说到"密室"这个词，庭然忽然抖了一下。她想起了飞机上的那本书——《鲁班》。在那种时候宋希蓝突然硬塞给她一本书，不可能是没有意义的。

鲁班可以说是发明创造的鼻祖，他发明了许多的古代兵器，还有伞、尺子、锁，这些影响后世的东西。庭然开始后悔自己为何没看那本书，那本书上一定有重要的提示，但她至少明白了一点，假如鲁班来造一个房子，那么这个房子一定有夹层与机关。

"我大概明白宋希蓝的目的了，他是想让我破解这个房子的秘密。"庭然环顾着这间屋子，忽然笑了，在板子上指出了一个位置，"我们先入为主地以为这间屋子是公开的，但其实这间屋子本身就是一个密室。"

因为有图在，所以一目了然，借时此时也彻底明白了："也就是说宋希蓝自己解开了一部分谜题，但有一部分他可能解不开了，所以他逼你来帮他解开。"

庭然点头。

"可万一……"

"我想这里面应该有一个重要关卡，是没有我的记忆力很难做到的。而且，没有万一，不能有万一。"

搞清楚了宋希蓝的目的，之前的彷徨无措竟顷刻间一扫而空了，取而代之的是握在手里的坚定，庭然朝借时伸出小指："如果只有我一个人，或许做不到，可我加上你，就一定没问题。"

借时开始觉得或许那本日记真的不存在，因为他眼前的庭然比之前任何时候都冷静，都可爱。

他将小指伸过去，和庭然的钩住，大拇指狠狠对了一下。

"咦，你居然懂这个？"庭然已经做好了他会闹笑话的准备，看他配合得这么好，反倒觉得诧异。

借时笑笑，没有说话。很巧合，甄妮很喜欢钩小指约定，所以他大概是极少数会这个动作的机器人。

太多的巧合堆在一起，已经让他觉得几百年前的这里就是他的家了。

第八章

破解密室谜团

1

事不宜迟，借时准备出去按图扫描一圈，确定庭然圈出的那些空白区域是否有密室存在。他走到门口，回头问庭然："你一个人可以吗？"

"可以。"庭然努力装作不在意，"反正你很快就会回来嘛。"

她当然不想在这时和借时分开，但她也知道，或许分开行动比时刻绑在一起更节省时间。借时离开后，她立刻开始寻找这个房间的秘密，既然这是个已经敞开的密室，那么为了出入方便，里外都会有机关。房间里的摆设不多，庭然每个都尝试着摸了摸，左右挪动一下，像电视剧一样，但都没有反应，最后她将目光落在了房间里最大的物件上。

书柜。

不得不说，这是庭然理想中最想要的书柜样式，典雅而宽阔，自带一种图书馆的气质，最高层得用梯子去拿。只可惜她家没有那么大的空间，她也没有这么多的书。

这么大的书柜被塞得满满的，没有一丝缝隙。全部都是外文书，主人似乎有强迫症，书首先是按照开头字母排序的，然后再按高矮胖瘦。A 在最高层的左边，Z 在最底层的右边，看起来是整齐的，但庭然却觉得不太对劲。

一般人会以这样的顺序整理书柜吗？难道就不会有一本 A 打头的书是工具书或是自己非常喜欢的，需要放在好取一点儿的位置吗？而且二十六个字母一个不差，数量又都相差不多，就算这个屋子许久没人来了，书柜仅仅是摆设，主人怎么就刚好有数量名字都这么正好的书呢？

除非是故意为之。

这样想着，庭然开始从头仔细看书名，她期望可以在书里找到些线索。不过她刚看到 C 开头，突然有一个人不敲门就进来了，她还以为是借时回来了，余光却瞥见一个陌生人，吓得她后退了一步，膝窝撞到床沿，跌坐在了床上。

那个人什么话也没说，只将手中的餐盘放在了床头柜上，转身就要出去。庭然这才反应过来居然是来送饭的，她急匆匆用英语喊了一句："你听得懂英语吗？"

对方没回答，但步伐停了。

"我听说有个老管家在这里，一切都是他负责，对吗？那请你告诉他，让他通知宋希蓝，每隔三个小时要给我发一段我姐姐的视频过来，不然我就在他家好吃好喝地浪费时间。"

庭然话说得狠，其实心里是害怕的。但送饭的人微乎其微地点了点头，快步离去了。

那个人刚走，借时就回来了，庭然一边翻着餐盘里的食物，一边问："怎样？"

借时扒开耳后的卡槽，翻出刚刚要来的数据线，和打印机连接，瞬间就打出了一张扫描图。果不其然，跟庭然推测得一模一样，所有的密室都存在。

"你吃吗？"餐都是两人份，虽然简单，但荤素搭配，味道也不错，庭然把其中一份递给借时，见他摇头也没勉强，自己吃了起来，"那你看看那个书架，你能看到夹层之类的东西吗？"

她想到了一点，借时的透视功能可以帮他们节省找机关的时间，虽然可能还是需要自己去解，至少能一目了然地确定位置。借时立刻对书柜进行了扫描，轻而易举地发现书柜几乎正中的位置有一块长方形的未知区域。

"在这里。"

庭然还在吃，借时已经伸手去拿书了，他想把那个区域的书都取下来看看后面究竟是什么。他一口气抱下四本书，立刻感觉到了阻力，可那点儿阻力对借时来说可以忽略不计。他还是把书拽了下来，与此同时看到了书后有东西和书架背后相连，还没等他弄明白是什么，就听见不知哪里传来了"咯吱吱"机械转动的声音，下一秒整面墙大的书柜猛地朝他砸了下来。

"喂！当心！"

事发太突然，庭然丢掉餐盘，惊恐地跳了起来。这个书架如果真的砸下来，是会砸到床上的，但借时躲都没躲，用肩膀硬生生将书柜顶住了。巨大的书柜呈45度倾斜着，看上去压迫感很强。庭然跑过去伸手想帮忙推，借时却果断地对她说："躲远点儿。"

"你自己可以吗？"

"没问题。"

庭然相信他，于是尽可能退后，缩到了房间角落。只见借时也稍稍退后了一步，书柜立刻又向前砸了一块，吓得庭然尖叫了一声，但借时已经借助后退的瞬间转正了身体，两只手迅速将书柜撑住，一鼓作气推回了原位。

书柜是推回去了，很奇怪的是书也都回去了，地上只掉了几本。确定书柜放稳了，庭然才走过去，没顾上看线索，而是查看借时的肩膀，肌肉都变形了。

"以后我们都当心一点儿，"虽然知道这点儿程度的损伤等会儿就能复原，可无论看到多少次心里都不会舒服，庭然认真地叮嘱他，"尽可能不要受伤。"

"这次是我的错。"

借时不得不承认，他并不能理解人类思维的复杂，无论什么机关他都能强行破解，

但其间的所有伤害与破坏，他都只能硬扛。

"也不是你的错，是谁都没有想到会这样。"按理说，书柜倾斜，里面的书应该瞬间全掉出来，可统共只掉了六本出来，其他的都各归各位了。为了防止再倒，庭然让借时扶住，自己伸手去拿一本书："你撑一下，我想看看后面。"

随便抽了一本，这次没有引发什么事故，也没有多大阻力，只是书确实是跟书柜连在一起的，只看了一眼庭然就明白了。这些书都是摆设，有类似皮筋的东西穿过书柜后面背板的小洞连到墙里，是拽不出来的。估计只有靠近机关核心的那一块是做了保险的，只要强行破坏就会拽倒书柜。

"既然不让拿下来，那肯定是有用处的。"

庭然开始查看掉出来的六本书，把书名全部抄写下来，一时间也看不出什么。人脑筛选和排列组合的速度是比不过机器人的，她回头用眼神向借时求救。

只一瞬间，借时就将所有有意义的词全都拼写了出来，写到中途，一个词让庭然眼前一亮，立刻大叫："停停停！我已经知道了！"

魔方。她看见写了一半的词组，就恍然大悟，原来这个书柜整体是一个魔方，书并不能挪动，因为它们实际上是以模块的作用存在。

搞清楚了这点之后，剩下的事情就好办多了，他们彻底研究了书柜，发现确实有隐蔽的节点可以拆分，背板应该有夹层，所以是可以自由移动的。知道了游戏方法，也就可以推导出游戏的目的，肯定是将正确的书移到机关所在的格子里。

"让我想想，让我想想……"

庭然坐在床边，闭上眼睛，仔细回想她和宋希蓝相处过程中的细节。和书有关的，和书名有关的，甚至和喜好有关的……对庭然来说，回忆是件很简单而又很困难的事情，简单的是她知道那段记忆只要存在就一定能找到，困难的是每天的无用信息太多，找到一段特殊的记忆就像推开一扇又一扇的门，连她自己都不知道究竟藏在哪扇门后，这中途又要路过些什么。

终于，她推开了那扇对的门，她看到宋希蓝对她讲起自己的偶像，计算机之父，图灵。

"这些书里面有没有《图灵传》？"庭然没有睁眼，急促地问道。

借时迅速扫描了下书架："没有。"

"应该有的，"庭然站起来，开始寻找，"一定有一种唯一的组合方式，可以做到。"

过程耗费的时间还是很长的，借时负责运算，而庭然负责操作，不过以防万一，借时还是以支柱的姿态贴着书柜站着。随着最后一本书挪到了相应的位置，机械运转的声音再度响起，庭然立刻躲远，两个人警惕地四下观望，只见书柜向前平移了差不多一人的距离后停住了。他俩绕到书柜后面，一扇门轰然洞开。

"耶！我们成功了！"

走出那扇门，庭然兴奋得蹦跳不停，高举双手跟借时击掌。此刻借时也很兴奋，和他人并肩战斗比只能依靠自己，确实好得太过不可思议了。

情况已经很明显了，这两扇门是并排的，肯定有一扇门是假的。既然它是密室，想必他们打开的这扇门才是真的，而之前敞开的门是后建的。但既然宋希蓝选择把这间屋子敞开，就证明这间屋子没有价值，庭然知道他们没必要再纠结了。

她只是终于确定了，自己的思路是正确的，这座房子里其他的密室大概都需要这样解。成功了一次，她就有信心成功第二次第三次。

因为庭然相信，她和借时在一起，是一加一等于无限。

"来，我们把这些恢复原状。"

周围没有人，也不知道这边的动静有没有人发现，庭然指挥借时把书柜挪回原先的位置，倒也不是只想糊弄人，有一个整洁的环境心理上会舒服一些。

他们刚刚收拾好，一个用人就进来了，仍是一声不吭，递给庭然一台平板电脑就离开了。庭然大概能猜到什么，按亮屏幕后果然看见了一段新的视频。

这次是庭依自己在酒店房间里录的，没有再打什么密码，而是对爸爸妈妈说了些放心之类的话。庭然微微吃惊，庭依居然和她想到一起去了。

"你会剪辑视频吗？"她转头问借时。

"会。"

庭然忍不住笑："有你真好。"

她爬回床上，假装倚着床头，盖上被子，也想先自己录一段视频。一开始是借时帮她举着平板，但庭然只要看到借时就不好意思。

"好了好了，你出去守门吧，不要让人进来打扰，我自己来！"

一把抢过平板电脑，庭然把借时推出了门。然后她重新缩回床上，稳下了心神。

"爸爸妈妈，我们现在要睡觉了，一切都很好，不用担心。这边上网太贵了，白天我们估计没法给你们发微信了，晚上到了住处再给你们发视频吧。晚安了，爱你们。"

尽可能和庭依说差不多字数的话，用差不多的语速，再找一个合适的角度，这样剪辑起来会更容易一些。爸妈对科技之类不太懂，微信都是后来才学着用的，应该看不出什么。

关上录像，庭然将手机握在心口，自言自语着心里话——"爸爸妈妈，你们放心，我会以最快的速度了结一切，带着姐姐回到你们身边去的。无论多难，我都会做到，因为我一直是你们的骄傲，我不会让你们失望。而且这一次，我不是一个人，有姐姐，有可以信赖的朋友，我不害怕。"

她以为这些话声音小到只有自己能听到，但门外的借时仍旧听得一清二楚。声音仿佛不是通过空气传播的，而是通过心。

将两个人的视频剪辑到了一起，借时瞬移到了一个用人的背后，拍了拍他的肩膀，吓得那个人打了个巨大的冷战。

"请帮忙把这个视频发到这个号码上，如果你们不发，估计很快这个号码的人就会通知警察，你们会很麻烦。"

说完庭然教给他的话，借时把平板电脑塞到那个人手里，转身回去。

此刻庭然已经准备妥当，把纸笔都塞进口袋，手里举着那张借时扫描出来的更清晰的图纸，深吸一口气对他点了点头："给他了？那我们走吧。"

多亏了之前的迷药，让她睡了一小会儿，眼下虽已入夜，但庭然还很精神。既然如此，那就趁夜继续吧。

她倒要看看谜底藏在哪间屋子里，究竟是什么。

2

房间的机关千奇百怪，有些很简单，只是逻辑问题。比如数字推理、图形推理，或是一些视觉漏洞。一开始庭然和借时走得还算顺利，只是大部分房间打开后里面只有普通的陈设，花费了大量时间，最后却一场空，着实令人沮丧。

但后来，他们遇到的难题越来越多，机关设置的难度明显提升，庭然也大概能明白宋希蓝安排他们从那间屋子开始的用意了。他们越往远处走，就会越难。起初他们还能看到一部分被宋希蓝破解过的空屋，到后面就几乎没有了。

"你说，我来按。"

他们的基本战术是先让借时确定一下机关所在的位置，然后再琢磨怎么启动。他们目前是在一间普通的起居室里面，而这间屋子的墙后，还有一间隐藏的密室。周围实在找不到有用的东西，庭然把视线停留在了墙纸上。房间的墙纸是偏砖红暖色调暗纹的，仔细看才能看出是 0 到 9 的阿拉伯数字叠在一起。庭然当即想到了之前宋希蓝不止一次让她看的数独图，于是和借时一起将整面墙的墙纸撕了下来。

在墙纸后面居然是一面电子墙，靠左边有一个九宫格的数独图，每个小格里面给出了 3 个数字。虽然庭然也能算出来，但有借时在这里，瞬间就能给出正确答案，又何必浪费时间。

于是借时从左边第一格开始读，庭然负责输入。但因为输入模式是先在格子里点一下，然后跳出数字键盘来选，需要两道工序，所以速度并不快。刚填到横向第四行，电子墙突然熄灭了，吓了庭然一跳。

只过了 0.01 秒，借时就拎着她的后领将她从电子墙前扯到了自己的身后。被保护的感觉，总是甜滋滋的，但庭然摸着颈后，还是觉得很好笑："你当我是猫啊，拎来拎去的。"

"你比猫重。"

"喂！"庭然佯装抬手要打他，没拍到又收回去，"算了，打你也是我手疼。"

借时摸着鼻子笑了笑。

并没有发生什么可怕的事，只是电子墙灭了一下，马上又带着几个像素点闪动起来，看起来是重启了。紧接着另一个九宫格数独图出现在了右上角，和之前那个不一样。

庭然在下面使劲儿地蹦，手只能够到图的中间，她鼓着腮可怜巴巴地回头："够不到。"

"来吧。"借时在她身边蹲下，拍了拍自己的肩膀，示意她坐上去。

"这……不好吧？"庭然多少有些扭捏。

"没什么不好的。"

借时一脸正经，显然全是为了达成目的，看来只有自己在纠结，对方的坦荡反而让庭然颇感郁闷。

她小心翼翼地坐到借时肩膀上，借时就像巨人托小鸟一样轻松地站起来，视线一下子升高那么多，庭然不禁有点儿害怕。不过她知道，借时是绝不会让她摔下去的，所以稳住精神，尽可能用最快的手速去填数独。

岂料还差两行的时候，电子墙又灭了。庭然低头看了借时一眼，他将她稳稳放到地上，两个人都清楚，一次可能是意外，两次肯定就是必然了。

"是不是我的速度不够？"

电子墙再次重启，一个新的数独九宫格出现在了另外的位置。这次庭然没有忙着去填，而是考虑可能性。

"那我来。"

借时向前一步，速度嘛，只要他想，就能做到。

人类的视觉捕捉速度是有限的，即便是庭然这样直勾勾盯着借时的手，仍然无法清楚分辨他的动作，只是不真实的残影，但数字却已经从意识空缺中跳了出来。可就在借时马上要按下最后一位数字的那一毫秒，电子墙还是熄灭了。

连他自己都愣住了，他填一张数独的时间在现实中其实是可以忽略不计的，不可能有比这个再快的速度了。

"不是速度的问题，"仿佛听到了借时心中的疑惑，庭然叹了口气轻轻拍了拍他，让他宽心，"就算你的速度再快，到最后一位数时仍旧会强制重启。"

借时恍恍惚惚也有些明白了："你的意思是，其实重点不在于答案？"

"这样，每张图出来你就随便填一下，等到它重启。我在旁边看一下。"

就这样，庭然在一旁坐下来，换成借时去填。数独一张一张地闪过，有二十多张，看得庭然哈欠连天，终于她被一丝丝的似曾相识击中了，喊了声："停！"

借时立刻停下手，向旁边侧身，给她让出地方来。

庭然仔细端详着那张图，越看越觉得眼熟，像是之前见过的一张。可因为之前的一部分她并没有详细去记，所以她不敢确定。她忍不住问借时："之前你填过这张图吗？"

区别于她的犹豫，借时很肯定地回答："有。"

"你真是……靠得住。"

人都是会犹豫的，只要稍稍有一点儿苗头，都可能摇摆不定甚至否定自己。这时候身边有一个像参天大树一样无法撼动的人，会觉得一切都有盼头。

既然借时说之前填过，那就不是眼熟，是真的重复了。当即庭然心中就浮现出了一个猜测，她怀疑这些数独图是有顺序或是随机重复出现的。如果是这样的话，重点或许是记下所有的图。

于是以这张图为始，庭然开始认真去记所有的图，同时观察规律。结果她发现当所有的图滚动完一轮，第一张重复的图是出现在电子墙正中的位置，大小也不一样。也就是说，在第一轮和第二轮中间，会随机抽一张图出现在墙壁正中。

"这张才是关键！"

听她号令，借时立刻扑上前加快速度填，可同样在最后一格的时候功亏一篑了。失望顷刻间翻涌而至，将庭然砸得有些蒙，她自认为考虑的方向没问题。

带着不解又看了一个周期，庭然还是觉得应该就是这样，可结果仍旧是失败。一遍，一遍，又一遍……枯燥又焦虑，但借时没有感觉，即使一百遍两百遍，只要庭然愿意，他都会去做。

"还要填吗？"

那张图又出现了，借时回过头，却看到庭然倚在墙角睡着了。这个屋子里没有床，只有一张小的双人沙发，借时蹑手蹑脚地走过去，蹲到庭然面前，本想把她抱到沙发上，可看她眼皮不停地滚动，就知道睡得很浅。

他左右看看，把窗帘扯下来。他又旋开左手掌心薄薄的外层，里面露出了莲蓬一样布满微小针孔的金属，一阵强劲但无声的风将窗帘吹得飞舞起来，所有的浮尘都被抖落下去。借时将窗帘围在了庭然身上，自己就在旁边抱膝坐了下来。

对于普通的女孩子来说，长途飞行后，心一直悬着，再加上长时间的绞尽脑汁，借时知道庭然早已筋疲力尽。幸好他不用睡，他可以二十四小时观察周围的情况，等待着庭然睁开眼睛。

就在庭然睡着的期间里，一个用人居然找到了他们，他刚一踏进门，借时就冲过去捂住了他的嘴，制止了他的脚步。用人给了他最新的视频，之后便离开了。借时回头看庭然没醒，缓缓松了口气，余光却看见有什么轻飘飘要落地，他下意识就用脚背接住了。

原来在平板电脑上面还覆着一张薄薄的膜片，是透明的，不仔细看还真注意不到。借时拎起那张小小的四方形的透明胶膜在光下照了照，上面有一枚清晰的指纹。

万幸没有弄脏，而且借时本身没有指纹皮屑这些东西，也不会覆盖。他只是略微有些疑惑，为何给他们一枚指纹。但当他朝那面折磨了他和庭然很久的电子墙看去，忽然就明白了。

借时很想回头去把庭然叫醒，兴奋地告诉她，自己明白问题出在哪里了。可他实在舍不得吵醒庭然，他一个人走到电子墙前，依照自己的想法试了一次。本身无论最后一张图是哪张，他都可以瞬间得出答案，然后他将那层指纹贴在自己手指上，去填最后一张数独。

这一次电子墙没有熄灭，而是出现了一个绿色的通过提示，然后电子墙竟然拆分成了几层几块，像扇子一样向两侧缩了去，露出了后面真正的墙壁和门。

是电子门锁。借时尝试着将那枚指纹贴上去，门上的蓝灯亮起，门开了。

让借时意外的是，里面的这间屋子比外面的还要大，摆设也多，看上去反倒是外面这个更像是临时建的。他本想进去看看，回头看了一眼又放弃了，就这样敞着门，坐回了庭然身边。

庭然这一觉睡了很久，但自己都不清楚有没有睡着，她的脑袋好像并没有休息，仍旧在不停地转着。她先是不停回忆和宋希蓝在一起时的片段，曾经以为的日常，变成了一块块意味深远的碎片。宋希蓝到底想要她做什么？宋希蓝之前消失的那段时间，是回来准备什么？宋希蓝为什么非要现在带她来，为什么不能再等一等，等他们再熟悉一点儿？是因为借时的出现让宋希蓝感觉到了威胁吗？还是说有什么重要的时间快要到了？

就是在这样纷乱的思绪里，庭然猛地睁开了眼睛。可她率先对上的是借时没有杂质的眼睛，就像小孩子在看星星的那种眼神，能一下子看到人的心底。她脑海中的喧嚣瞬间静了下来，她揉了揉眼睛活动了一下四肢，才看到身上的窗帘，笑出了声："你还真是物尽其用。"

等她定睛看向对面，顿时一个激灵清醒了过来，对面的电子墙没了，剩下一扇敞开的门。

"你解开了？"

"嗯，有了这个。"借时迫不及待地将指纹膜递过去，另一只手指了指墙。庭然还有点儿反应不及，伸手就要摸，借时立刻抽回了手，紧张地提醒："小心点儿，这是指纹。也许以后还用得着。"

"指纹？"

"没有这个，我们没办法打开那面墙。最后那张图，一定得是有这个指纹的人才能填。"

这下庭然彻底反应了过来，一下子挣脱身上的窗帘跳起来，兴奋得瞪大了眼睛："你是说，最后一张图是有身份验证的？"

借时笑着点头。

"那……这个指纹会是谁的？宋希蓝的？"

"至少是他家人的吧。"

认真回溯了他们自打进来之后的所有举动，庭然意识到了一个问题，她抿了抿嘴，说："我可能知道宋希蓝找我来的目的了，但他其实还是错了，他应该找你。"

"为什么？"

"因为这件事一个人做很难。首先要算出每张图，就算可以借助一些软件，也还是需要时间，然后还要把这些图全部抄下来。但假如站在墙下，是看不清楚全局的，而站在远处，先从二十几张里找到对应，再过去填写，恐怕时间不够。所以最好的方法是两个人合作，宋希蓝大概觉得我至少能省去记和找的过程。"庭然仰头感慨地看着借时，"但他绝对想不到，你一个人就能做到。早知如此，他应该和你搞好关系的。"

借时沉吟了一下，还是抓住了她话里的漏洞："没有用的，如果没有你，我根本不可能认识他，更不可能和他接触。你是我会来到这里的唯一原因。"

想来再也不会遇见第二个人，喜欢那么直白地说话了。庭然知道自己一直是难以讲心里话的人，不止她，大部分人都是。大家在人前总是说一半藏一半，却热衷于背后讲别人坏话。所以习惯了和借时相处之后，她改变了很多，可她也不愿去想，之后如果有一天借时不在了，她会不会又变回从前。

"所以啊，我可不想拖你的后腿。"庭然伸了个懒腰，率先朝那扇辛苦打开的门走去。

至少现在她要珍惜在一起的每分每秒，她要给自己，给或许有一天会离开这里的借时，留个好的回忆。

3

打开的这间密室明显是一间办公书房，大小两面书柜，宽大的办公桌，上面摆了不少杂物，但还是显得很空，看痕迹应该是电脑显示屏被搬走了。带短榻的沙发，茶几上还放着工夫茶具，另外配备单独的洗手间。墙上贴着很多图表，似乎都是与建筑相关的。

整个书房还透着很浓的生活气息，仿佛主人只是暂时离开，很快就会回来。但书柜的边缘，黑色石头的办公桌台面上还是积了一层灰。

"宋希蓝说过，他爷爷是建筑师，这会不会之前是他爷爷的书房？"庭然在沙发上坐了一下就弹起来，沙发是真皮的，款式比较复古，房间其他摆设也一样，看上去就像是上了年纪的人喜欢的氛围。她又走到办公桌前，看到桌上压着一块很厚的玻璃板，下面是一张图。

"来来来，你看！"

她招呼借时过来，这张图实在太令她震惊了，借时从另一侧看过来，也是禁不住一愣。在玻璃底下压着的是这栋房子的立体图，图上做了各种复杂的标识，极有可能是密室的设计图。

借时当即想抬起玻璃板，一用力就发现玻璃纹丝不动。换作其他人也就住手了，但借时完全没当回事，手臂继续向上，玻璃还是没动，但桌子动了。

"好了好了好了！大力水手，我没有菠菜给你。"

庭然连忙甩手让他作罢，借时将桌子放回原处，不解地说："我没有要菠菜。"

"你要学习的东西还很多呢。"庭然大笑着拍拍他的肩膀。

不知道玻璃板是用什么和石头台面镶在一起的，趴在边缘看了半天也没发现缝隙里有胶，假如真的是胶的话，刚刚的力度估计也掉得差不多了。既然拿不起来，就肯定有不要他们拿起来的理由，强行破坏还不知会引发什么。于是，庭然和借时就趴在边上，仔细地审视这张图。

图上线条很乱，标注全是英文，而且写得很潦草，有些都分辨不出来。但他们还是能看到一些修建时的想法，还有一些他们没想到的隐蔽路线，比如说有些墙其实是后期伪装的，而哪些是承重墙、承重柱在这张图上都标示得很清晰。

"我们是从这里，一路走过来，"庭然用手指在图上画着，"刚刚我们在这儿，现在我们在这儿。"

她用指关节敲了现在所在的屋子，很可惜，这间屋子是单独的一间，没有其他出口。也就是说，他们费了半天劲，走进了死胡同。

好在还有这张图，算是点儿安慰。没有沮丧的时间，他们只能原路回去，然后过一个转角，到另一个可继续的区域。只有这一个选项也就不纠结了，但借时注意到庭然一直在看卫生间。

"怎么了？"

"我……"庭然难为情地抓了抓头发，"想洗澡，换身衣服。"

借时立刻跑去卫生间查看有没有热水，结果发现还真有。卫生间里也还算洁净，只是门同样没有锁，这样一来庭然更尴尬了，这些都应该她自己来看的。她使劲儿将借时往外推，就好像慢一点儿脸红就会被看出来："你去找他们把我的行李箱要回来。"

"好，我马上回来。"借时往外走了两步，又回头，庭然赶紧打消他的顾虑："我一个人可以的！"

直到确定借时真的出去了，庭然这口气才松下来，用手当扇子扇着自己脸颊的热度。

以借时的速度，很快就捕捉到了一个用人，他说要行李，那人也没犹豫，就带着他去取。但走到中途，那个用人突然转过身，张牙舞爪地朝他扑来。虽是猝不及防，但他的动作非常迟钝，借时不费吹灰之力就退步闪开，反手卡住他的肩膀，将他的手臂扳到身后，狠狠压在墙上。

那个人一声号叫，借时意识到自己下手没轻重，把对方弄脱臼了，但他心中并无什么悔意。他不懂这个人刚刚扑向自己的目的，他也不想问，反正他赢了。

"行李在哪儿？"

"后面。"

手上没有放松，借时一边压着那个用人，一边后退，踹开背后的屋门，果不其然，看到了行李箱丢在地上。但这就更奇怪了，既然已经将他带到了这里，突然攻击他是为什么？

借时一声不吭把那个人的胳膊安好，提起行李就往回走。但是隐约有女孩的声音不知从哪里传来，飘忽而短促，他不自觉停下脚步，可再想仔细听却没有了。GPS 显示庭然还在之前的书房，于是借时没有在意，加快速度回去了。

拿到行李，从里面掏出洗漱用品和换洗衣服，庭然局促地指了指沙发："你……等我一会儿，别让其他人进来。"

"我知道。"借时乖乖地坐下了。

庭然走进卫生间，门如果不拿东西抵着根本关不严，于是她只能又溜出来把行李箱拉进去，从里面堵住了门。全程她都低着头，觉得自己难为情得要死。

可当热水从头浇下，氤氲的热气还是驱散了周身的紧张与疲惫，庭然闭上眼睛，反复深呼吸，却始终提着一口气不敢松懈。如果一切都没发生，现在她应该穿着漂亮的裙子，和庭依走在米兰或者威尼斯的街道上吧，再不然至少也能全然放松地在酒店睡觉。但现在，她却只能在未知里撑着。

想想也想哭，就像当时在山中的厕所里哭喊"有没有人救救我"。那一次她确实等来了借时，但其实就算没有借时，等到雨停了，爸妈也会上来找她，山上的管理员也会找到她，只是时间问题。但这次，就算她哭到脱水，也无济于事，不仅如此，她的身上还担负着别人的生命。

她变了，如果再回到当时的那间小木屋里，庭然觉得自己不会第一时间就哭，她会想怎么去利用窗户和门自救。

或许这才是借时来到她身边真正的意义。

"砰、砰、砰……"

卫生间里有轻微的响动，之前开着花洒一直没听见，等到庭然关了水，开始擦头发的时候，那个声音才明显起来。

"砰、砰……"

那声音不大，闷闷的，时断时续，毫无章法，在安静下来的卫生间里凭空出现，还真是有点瘆人。庭然下意识想叫借时，但前提是穿好衣服，于是她手忙脚乱地换着

衣服，眼睛还在滴溜溜转。确保衣服穿好以后庭然刚要把行李箱从门前拉开，"砰"的一声再次传来，这一次她终于准确捕捉到了声音出处。

居然是水管。

从墙里绕出来的金属水管在轻微地抖动，发出那种略带一点儿回音的闷响，靠近墙内的那块声音最大。

是庭依？这是庭然的第一个想法，会不会是庭依在这间房子里，在利用敲水管传达信息？她立刻走过去，也尝试着抖动水管。

静默了几秒钟之后，那边还是传来一声无逻辑的单音，简直就像是一个调皮鬼无意识敲着玩。

用人会这么做吗？兴许会有这种脱线的人也说不定。

"有了！"

盯着水管足有一分钟，庭然忽然开了窍，想弄清楚是谁很容易，没准儿还能有意外收获。想到这儿，她忍不住为自己的灵机一动叫了声好。

下一秒钟，借时突然破门而入，门将行李箱撞倒，突如其来的一声巨响吓得庭然尖叫着跳了起来。她头发湿漉漉地滴着水，光着脚，瞪着眼睛跟借时对视了半晌，硬是没说出话来。

"对……对不起，我听见你说话，以为出了什么事……"借时不知所措地左右看看，意识到自己这样闯进来好像不太好。

"没……没事，我本来也是想叫你进来的……"庭然突然反应过来自己的说法有歧义，双手在身前猛摆，头也摇得像拨浪鼓一样，"我不是那个意思，我……"

好像怎么说都是错，庭然的脸红得像发高烧似的，而借时盯着她的脸，居然也感觉到了自己面部系统温度升高。

可庭然自己清楚是因为什么，他却不懂。但他觉得这样也不赖。

两个人大眼瞪小眼，看着彼此的红脸，突然一起笑了。庭然戳了戳借时的脸："你也会难为情啊？"

难为情？为什么？借时扑闪着眼睛，有些不知所措。

"好了，说正事，"自从借时进来后，水管却不响了，不过想来应该是巧合，没办法实际演示，庭然只得给他讲，"你能不能看穿这条水管通向哪里？"

房子里的水管大多是相连的，这个卫生间，大概连着下个卫生间，或者厨房。所以刚刚一定有人在其中一间，虽然不清楚是不是故意的，但有必要看一下。可惜的是借时之前只注意房子，没有注意什么管道，现在要重新看。

"那我们一起去找吧，等我一下。"

庭然坐在办公桌前大大的椅子上，用速干毛巾狂擦着头发。一旁有暖风吹过来，她扭头一看，从借时的掌心里有比吹风机稍微弱一点儿的风吹出来，她抽了抽嘴角："你的设计者一定是个强迫症，什么都不落下。"

风吹得头发乱甩，庭然眯着眼睛不知道该看哪儿，只好死盯着桌上的设计图。发丝在眼前纷飞的瞬间，她似乎察觉到了丁点儿的不对劲。

她立刻掏出他们打印出来的房子扫描图，摆在旁边一处处仔细对比，在二楼的一个房间里庭然发现玻璃底下压着的图有一条线，但他们的图上没有。但那是一根出现在立体图上的平面线条，她不能确认是不是误画，或是周围的那些分析的分支不小心延伸过来。

"好了好了，别吹了，你看看这里，"她用力抓了抓头发，以前她是多在意人前形象的人，现在却已经都不在乎了。借时却觉得，庭然头发乱糟糟的样子很可爱，非常有活力。"你说这条线，在现实中究竟是不是存在的？"

借时觉得不用在意："应该是不存在吧。"

庭然也知道借时的眼睛类似 X 射线，他看过就应该不会出遗漏的问题。可女生的第六感有时候真的很强烈，她越看那两处对比越放心不下，而且她发现标尺上也有差异。

"我们还是去看看吧。好吗？"

"听你的。"

4

行李干脆就丢在这里，只拿了重要的东西，两个人轻装上阵继续走。借时开始扫描水管的位置，发现水管的延伸和庭然存疑的那间屋子方向一致，于是暂时放弃了破解对面的房间。他们一路往前走，走到尽头上了一段楼梯，穿过一条回廊，借时突然停下了脚步，眉头紧蹙，露出了颇为疑惑的神情。

"怎么了？"庭然看他的表情还以为出了什么大麻烦。

"断了。"

断了？庭然顿了一下立刻明白过来："你是说水管断了？"

"到这里，"借时的手指在墙的外部，在庭然眼里，那里就只有木质墙板，"突然就不见了。"

"可这儿是房子的中间啊，怎么会……等等！"

庭然意识到了什么，猛一激灵，从口袋里掏出图纸贴在墙上，用指甲猛划其中一个地方，"你看你看！不就是这间屋子吗？那条线就是在这里啊！"

这就不是巧合了。她忍不住笑笑，竟觉得很有意思。

在遇到借时，与他一起经历了这么多事之后，庭然感觉自己拔节似的成长起来，头脑也是，心性也是。虽然因为太快太猛，难免会感觉到中间的空洞，塞满了迟疑迷茫胆怯，可她还是欣慰于一个崭新的自己如同幼苗一点点站了起来。以前的她封闭，满腹埋怨，觉得这世界很无趣，觉得自己得了这种怪病除了累没有任何作用。

可现在庭然开始觉得有趣了，总还有些事是她能做到的，并且她能以此帮助别人，她真的感到高兴。

在外面用腿测量了一下从门口到借时说的水管断掉的位置，他们拉开了房门，还没等进去，庭然就忍不住尖叫了一声，退后一步险些撞到门，幸好借时用手臂拦住了她。

在他们的面前是个面积很小的房间，因为堆满了东西，可行走的区域就更显得狭促。房间摆着一圈的玻璃展示柜，柜子里都装了白色的小灯泡照得很亮，里面摆的都是大大小小的动物骨骼标本，再加上地砖在灯光下泛着一层奇怪的绿，一眼望去还真是让人汗毛直竖。

"房间……大小不对。"庭然拍了拍心口顺气，告诉自己只是标本而已，没准儿都是塑料的。

借时也看出来了，房间的大小差不多只到他们从外面看的一半。也就是说，墙对面还有一半的空间。但奇怪的是他之前居然没发现，一直以为是实心的墙。除非后面那半间屋子用可以屏蔽射线的材质包裹上了，可正常人家里怎么会想到这样的设置？

算了，他也不觉得这是正常人的家。

"我先进去看看。"让庭然留在后面，借时先一步踏入了房间。

他一只脚迈过略有点儿高的门槛，踩到第一块方砖，脚下的砖块居然亮了起来，仔细看石板竟有透明度，里面布满了灯泡。他顿时意识到不对，马上朝庭然喊："别进来！"

"欢迎光临，我一直都在等你们。"

与此同时，一个声音在房间里响了起来，庭然站在门槛外，角度有限，借时又挡在前面，半天才看见房顶的一角有一只喇叭，声音是从那里出来的。

是个男人的声音，能听出一点儿老迈。说的是中文，但是发音有些含混。

"我一个人在这里，很寂寞，我需要你们其中一个人来陪我玩个游戏。"

其中一个人？在那一瞬间，庭然有种对方看得到他们的错觉，但借时立刻打消了她的念头，说："左边柜子下面有一个播放的机器。"

庭然心想，好险，自己差点儿跟录音对话，那就太丢人了。

"这个房间里只有一条路可以走向终点，假如不按步数走这条路，门是打不开的。你们当然可以乱走，但踩错的次数多了，门就会永久锁死。但这条路在开门之前只能一个人走，只要下面的地砖感觉到第二个人的脚步与重量，就会判断失败。所以，现在和我玩一个游戏吧。"

喇叭里所说的游戏，就是宋希蓝之前教过庭然的纸牌。马上庭然就明白这场游戏该怎么玩了，重点不是纸牌规则，那很简单，谁都能学会，重点是他们要"背默玩牌"。

录音机里会读完整副打乱了的牌，她必须记住顺序才能知道自己手里是什么牌，然后再和对方玩。其实他们手里的牌都是固定的，这其中肯定也有计算好了的逻辑推导，就看她能不能记得准了。

不管怎样，肯定有一个类似答题器的东西供她操作。正想着，庭然注意到背后一直敞着的大门上面有一块小的触摸屏，此刻已经出现了洗牌的画面。

"我负责玩，你负责走就好。"她抓紧时间回头对借时笑了笑，然后开始记牌。

牌虽然不是完整的 54 张，但是全花色，好在还算仁慈，重复了三遍。之后屏幕上没有对方出牌的显示，只有自己选择的过程，这无疑更加分散精力，庭然必须看着屏幕，同时听着录音。要靠回想底牌顺序，推算对方抓了什么牌，然后再决定自己走什么，而在她决定出哪张牌前，她的牌也全都是倒扣的，她什么也看不见。

她要在脑袋里完成无数的步骤，最后只凝结成指尖一点。

第一把，有惊无险。借时看到相隔一块的地砖亮了起来，他一个大步迈过去站定，他和一只立着鸟类骨骼的柜子，只有一只手掌的距离。

庭然呼了口气，对借时做了个"OK（好）"的手势。但第二把，她不小心点错了一张牌的位置。不是记错了，而是单纯的操作失误，明明脑袋里说的是 2，却点到了 3。虽然瞬间就反应过来不对，被电到一样抬开了手，可屏幕太灵敏，喇叭里立刻传出略显幸灾乐祸的声音："你输了哦。"

"当心！"庭然的第一反应是转身朝借时喊了一句，她不知道会引发什么，可她非常自责，"对不起……"

"人都会犯错的，你不需要为了这点儿小事抱歉。"

说这话的时候借时却一直死死盯着面前的展示柜，柜身一直在高频率地抖动，他预想等下可能会整个爆掉，他已经在系统运算这个抖动会造成的炸裂，玻璃片迸飞的角度和速度，考虑是否应该让庭然再往远处站一站。但只听一声非常小的"哗啦"，柜子纹丝没动，里面拼接完整的骨架却散落成了一堆大大小小的骨头。

只听录音说："给你们一次机会，在规定时间内将骨架一块不落地拼回去，你们就可以在目前的进度下继续。不然，只能 24 个小时后重来。预备，开始！"

白炽灯照射下，台面底下透出的倒计时非常不清晰，但借时看到了，十分钟。对别人来说或许不够，对他来说足以。

虽然他对动物骨骼一无所知，但他可以一块块扫描位置，也不算麻烦。看着借时飞快地拼着骨架，庭然在他背后偷偷松了口气。她低头掐了掐太阳穴，头很痛，但她必须得坚持。

得了超忆症的人不代表就不懂什么叫辛苦；相反，会不停想起来是因为大脑在不间断地做着检索，不知道什么叫休息。之前庭然的应对就是尽可能消极，除了功课，她恨不得闭着眼走路。如今她必须强迫自己去记，去检索，去运算，她感觉到了大脑超载的疲惫，就像电脑用久了会发热一样。

三分四十三秒，借时将鸟类骨骼准确无误地拼接好，关上玻璃柜的门。有两秒延迟，录音通知他们可以继续，同时屏幕开始第三轮发牌了。

"我不会再错了。"庭然保证。

"没关系，你出错之后，也还有我。"

借时不以为然地朝她笑。

又前进一步，从借时的角度已经看不清庭然在屏幕上按什么了，不过他不需要看，他相信庭然。于是，第四步，第五步，小小的屋子，他已经走到了尽头。

"你面前有什么？"在听到"干得不赖，你们赢了"之后，庭然立刻朝借时喊。

"一幅画。"

在借时面前的墙上，有一幅油画。周围的墙上有很多幅油画，大大小小，但只有这幅在他的正前方，画框边缘甚至和地砖是垂直的。借时将画框从墙上摘下，就看到后面出现了一扇门，外表遮蔽得很好，和周围几乎融为一体，只是隐约能看到门框边缘。他尝试着用肩膀撞了撞，是锁死的，如果硬撞应该也能撞开，不过……借时拿出一直被他保存的那枚指纹，小心翼翼地在边缘试探着，果然听到了"嘟嘟"两声。

门开了。与此同时，地砖下的灯熄灭了。

"你现在应该可以走过来了。"借时立刻叫庭然。

庭然迈过门槛，多少还是有点儿犹豫，下意识走借时刚刚走过的砖块，直到转了个弯，看到借时站在几步开外朝她伸手，她才放开胆子几步跑了过去。

"终于结束了！"

她深深吸气，用了很久才吐掉，用力握了握借时的手。

与这边的明亮相反，他们推开面前门轴很涩的门，第一感觉是暗。而他们走进房间之前听到的最后的声音，是录音机莫名其妙的结束语。

那个老人说："孩子们，祝你们好运。"

第九章

阴霾密布的终点

1

并不是未卜先知。

就如同庭然之前的猜测，大部分机关只能两个以上的人一起完成，所以录音里才会说"你们"。但之后又说了句"孩子们"，这让庭然不禁多想一些。

宋希蓝从未提过自己有兄弟姐妹，可眼下的种种情况都表明，这栋房子不是留给他一个人的。

庭然有种不好的预感。

而借时此时也有种不好的预感，不过放在他身上应该说是预判。这间屋子竟然在内层装了屏蔽射线的金属层，所以他看不透。虽然没有证据，可他有超过 50% 的概率觉得这种设置是在防备他。

如果是这样的话，那么他的身份已然暴露了。

"咦，有电脑哎！"

眼前的空间根本就不能称作屋子，面积大概也就只比门的宽度大一点儿，里面连灯都没有，只有一张小桌子，摆着最初那种四方大箱子的显示屏，却连把椅子都没放。即便如此，进来之后第一次看见有电脑，还是让庭然很兴奋。

更兴奋的是，她点了一下主机按钮，居然亮了。

这是一台可以开机的电脑，虽然开机速度四分多钟，之后还断断续续卡了很久，但它真的能用。

借时从没见过这么老、这么慢的计算机，他一脸不可思议地望着这个破盒子，忍不住问："这真的是计算机吗？"

"你那是什么表情啊？"看到电脑，庭然心情大好，"知道你先进，但你知道初代的电脑什么样吗？那可是超级无敌大的。"

"那……这个能用吗？"

"应该没有网络吧，"庭然弯腰在电脑里翻找着线索，真的是干干净净什么都没有，"这机器应该废弃很久了吧。"

她说完看了眼自己摸鼠标的手，灰却不是很多。

正在这时，一个图标弹了出来，电脑居然来了一封新邮件。庭然看着那个弹窗，惊愕竟让她头皮一阵发麻。

是系统自带的邮箱，但没有网也不可能接收啊。桌面没有路由器，墙上没有线，庭然还是弯腰看了一眼，主机后面也没有连网线。

　　无线网卡？她想着，刷新了几次 IE（微软公司推出的一款网页浏览器），什么网站都打不开。

　　或许是某种特殊的局域网，庭然之前做节目时听说过一种最古老的接地线的网线，但只能非常短距离定点传送。如果是这样的话，很可能是她这里开了机，那边自动就发来了这封邮件。

　　她的嘴角不自知地挑起，露出了笑容，但借时却看得很清楚，不禁有些怔忡。虽然借时很高兴庭然这种状态，可越往前走，无论是经历的事情还是庭然的反应，都和来之前甄妮的嘱托相距太远。

　　借时忍不住怀疑，是否他已经修改了命运的轨迹。

　　邮件里只有一个小程序，庭然将它下载下来，点开之后立刻开始滚动起了数字。

　　完全看不出是什么，数字和标点符号还有加减乘除混在一起，变成了乱码，滚动速度非常快，别说计算，就连看清都困难，而且不能回拉。虽然庭然的记忆过程几乎是下意识，但很多地方一闪而过，所以也没有记全。不过他们本就没打算第一遍就能明白原理，也就静等着结束的那刻，看看会发生什么。

　　页面滚动了很久，数字组合的间距时大时小，非常散乱，所以庭然根本无法预想哪里是结尾。页面向上的滚动突然停住，留下一整页的数字，她和借时同时发出一声"嗯？"但紧跟着电脑突然就断电了。

　　不仅电脑，周围似乎一下暗了不少，庭然看身旁的借时都模模糊糊的。刚刚门外那么多亮堂的展柜，现在居然全熄灭了，屋里屋外漆黑一片。

　　"怎么了？"庭然一阵心慌，"停电了？"

　　她抓着借时的衣服，两个人往外走，没有灯光照射的动物骨骼变成了一团团暗影，反倒像有了轮廓，好似随时可能破柜而出。感觉到庭然的手在用力，借时低声说："没事的，我在这儿。"

　　庭然点了点头，却还是止不住眼神闪烁，黑暗与封闭是她的死敌。

　　他们走出去，发现整栋房子都停电了，而外面不知何时黑夜再度降临，本就被封死的窗户，一点儿月光都照不进来。墙上风格幽暗诡异的油画，屋顶瓷片与水晶闪烁的冷光，以及外面不时传来乌鸦扯着嗓子的哀号，每一个都让庭然起一身鸡皮疙瘩。白天气派典雅的豪宅，此时不过是一个暗无天日的阴森迷宫。

　　"有人吗？"

　　庭然忍不住喊了两声，可四周静得出奇，没有人回答，也听不到脚步声。明明白

天偶尔还能遇到一两个人，虽然他们都会低头匆匆离开。

可有人在终归是好的，不像现在透着一股万事休矣的绝望感。

黑暗总是令人绝望的。

忽然庭然插在口袋里的手，摸到了里面的手机。之前因为手机没有用处，她一直没想起来，此刻掏出来发现还有20%的电量，虽然用不了多久，但能照一会儿也是好的。她立刻打开手电，光圈只能照到他们两个人的方寸间，却还是舒缓了她的神经。

"我们是不是应该找间……"庭然抬头和借时说话，却恍惚看见一个黑影在走廊尽头一闪而过，"有人！"

借时的反应比她的话语更快，余音还在回荡，可他却已经冲了出去，因为速度太快，庭然下意识松开了手。但看着借时的身影一瞬间就消失在黑暗里，她恐慌至极，拼命追了过去。然而一旁的门后突然伸出一只脚，猝不及防地将她绊倒在地，手机一下子甩出很远。

万幸的是，这栋房子的地上几乎都铺着地毯，摔倒并不太疼，可不等庭然站起来，就感觉到有只手抓住了她的脚踝。

"啊！！！"

庭然控制不住尖叫出声，奋力蹬腿挣扎。她其实只是吓坏了，根本不知道背后是人是鬼，完全是靠求生欲在行动。背后抓着她的人没想到她挣扎得这么激烈，一下脱了手，电光石火间，庭然手机都顾不上捡，跳起来就跑。

"借时！"

另一边借时冲出去，轻而易举就从背后踹翻了那个跑过去的人，是之前见过的一个用人。他问："为什么没有灯了？"

用人只是狂摇头，表示自己不知道。

地毯能吸掉轻微的动静，所以庭然摔倒的时候他并不知道，直到听见那一声尖叫。只一眨眼，他就消失在了用人眼前。

庭然发疯一样地跑，叫着借时的名字，可明明余光看到前面没有人，却突然一头撞到了一个人身上。她的神经真的绷到了极限，根本没看清楚，条件反射抬手就打，两只手腕即刻被牢牢攥住，她听到了熟悉的声音说："是我。"

"你去哪儿了……"

看见借时站在自己眼前，庭然感觉自己像刚从跑步机上下来，耳朵里还是嗡嗡嗡的，头昏脑涨。她还是忍不住抬手在借时肩膀上捶了一拳，说话已经有了哭腔，却还强忍着，脸都扭曲了。

"想哭就哭。"借时把手掌盖在她的头顶，"只要你叫我，我马上就会出现在你面前的，不用怕。"

"你保证，一直都会？"

"我保证。"

庭然抽了抽鼻子，伸手抹掉了眼角渗出来的湿润，嘟囔着说："那我就不哭了。"

既然哪里都没有灯，莫不如回到之前的地方，这样等来电了，他们还能继续开始。原路回去的时候，庭然捡起了手机，重新打开手电，照了照刚刚自己被绊倒的地方，还是心有余悸："刚刚在这儿有人想拖走我。你说他们是不是故意想把我们分开？"

"有可能。"分开？为什么？借时又想到了自己的身份，问庭然，"你有和宋希蓝提过我的真实身份吗？"

"没有。这是你的隐私，没经过你同意，我是不会告诉任何人的。我只说你是我同学。"

如果不是庭然之前说过，那么……借时不停看着屋顶，他的眼睛是不会受夜晚干扰的，他怀疑他和庭然在这里的一举一动，宋希蓝都看得到。

假如宋希蓝提前对他的身份做了防备，那么他们之后很可能会遇到他都解决不了的困难。

为了不让庭然费心，借时只是自己想一想，并没有说出来。

两个人又回到之前那个只有电脑的隔间里，庭然把手机扣在桌上，人也坐在桌边。屋子里弥漫着难闻的腐败灰尘味，可她顾不了这么多了。

"你说，停电和这个有没有关系？"她指了指电脑问。

"应该是那个程序走到最后，就会将整栋房子的电源切断。"

"那多久才能重新开始啊？"

"不知道。"借时将显示器从桌上搬下去，清理干净桌面，"你先休息一下，我盯着。"

这辈子还没睡过桌子呢，庭然爬上去试着躺了躺，很硬很累，不过她个子小，蜷缩起来还算能睡。她枕着自己的胳膊，闭着眼睛问："你真的不需要休息一下吗？"

借时坐在地上，淡淡道："我在这里陪你就已经是休息了。"

不能说是睡着了，但多少是迷糊了一会儿，庭然的睡眠一直都不好，这对她来说足够了。睁开眼睛就看到借时注视着她的目光，忍不住笑了笑。

整 12 个小时，电脑又能重新打开了，外面展柜里的灯也同时亮了起来。他们立刻

开始第二遍尝试，在这期间庭然已经有了些想法，无论如何他们也要将所有数字和符号完整记下来，虽然多过几遍庭然自己也能记完整，但每次都停电 12 个小时实在太浪费时间了。最快的方法是他们两个配合，在滚动过程里借时不停地拍照，但因为滚动速度和边缘遮盖，是很难完整截图的，剩下的部分靠庭然用记忆填补。

即使以这样的方式，他们还是花了 48 个小时，反复了两次，才将整个程序内的东西拷贝出来。这期间白天的时候庭然也曾回到之前的卫生间洗澡休息，每次只睡两三个小时，但无论她在哪里，每次醒来的时候都能看到借时安静地注视着她。她知道假如一个人总能无意间和另一个人对视，那其实意味着有一个人的眼神始终没离开过。

庭然的数学不算差，但毕竟还是只会学过的东西。将断断续续的打印照片拼接好，去掉重复，填补漏洞，她又誊抄了一遍，剩下就只能交给借时去破解了。比起她可能要现学高等函数，借时就容易得多，系统会自动匹配解题方式，最后直接得出结论。

这些数字里居然藏着一幅图，并且圈出了一个坐标位置，还留下了一串类似密码的东西。

借时把这个结果打印出来，翻转了两次，和他们打印出的房屋平面图的一角重合，坐标正是其中一间密室。

"开门密码？"这个坐标是在房子边缘的钟塔下面，说起来如果他们按顺序，估计得最后到那里了。这家主人可真会折腾人啊，庭然在心中埋怨着。

"可能吧。"

"去看看就知道了。"

借时又帮忙剪辑了视频，就随手放在了原地等那些人拿走。其实庭然根本不知道这样能不能骗过父母，只要父母企图打她和庭依的手机就立刻能意识到不对劲。但她也没有办法，就如同她看着宋希蓝发回来的视频里庭依的衣服一直没换，猜测其实是同一天的视频分几天发，可她也没办法追究。

唯有尽快解决这一切，才能真正松一口气。

钟塔是单独的一栋建筑，中间由一条空中走廊连接，那里就只有一间小屋。普通的铁皮门，有门闩，没挂锁，借时伸手抽开门闩，才发现里面还有一道门。视线水平位置有一个方形的洞，露出保险柜似的键盘。

果断将之前遗留下来的那串数字按出来，"咔嚓"一声，很厚的一扇门向内旋开了一条缝。庭然站在一侧门框边，看着借时将门彻底推开。事实证明，在这里无论如何做足心理准备，门后出现的事物仍会让他们大吃一惊。

在门口的正对面，一个男孩子坐在床边，满脸惊恐地望着他们。

2

"我叫宋子轩，是宋希蓝的弟弟。"

面前的少年身体非常单薄，脸色苍白，一看就是很少见光，给人一种营养不良的感觉。他说话怯生生的，手不停地交叉，瞳孔颤抖。庭然向他介绍了自己，说明了来意，过了很久，他才怯怯地开口。

"弟弟？我没听他提起过。"

"我是爷爷收养的，和他没有血缘关系，见过的次数也不多。"

"那……你为什么在这里？"庭然环顾这间小屋子，里面只有一张简易的单人床，马桶就在角落，连一张桌子都没有，"就算你是养子，也不至于如此啊。"

宋子轩垂下眼帘，小声说："是哥哥把我关在这里的，已经两年了。"

"什么？！"

其实即使到了如今的地步，庭然的心里仍旧不愿将宋希蓝想象成穷凶极恶的人，因为最起码她还能骗自己庭依没危险。但看着宋希蓝这样苛待自己的弟弟，她的心里真的很恐慌。

"到底是因为什么？你慢慢说清楚！"

"我不能说……我不能说……他不让我说……"宋子轩胆怯到了极点，只知道不停地摇头，"你们想知道什么，去问老管家，他是在这里时间最长的人，他什么都知道。"

庭然回头看了眼借时，借时朝她点了点头。之前老管家一直没出现，但肯定在房子里，想找的话总能找到。庭然朝宋子轩招了招手："来，你和我们一起出来吧。"

"不要，你们把门关上吧，我在这里最安全。你们最好也别说见过我，不要提到我。"

"不行！你不应该一直被锁着！"

想到一个正值年少，应该和他们一样无忧无虑的孩子在这暗无天日的地方被关了两年，正义感驱使着庭然一定要带宋子轩出去："这样好了，我们先去找老管家把事情问清楚，然后回来找你。"

她气势汹汹地出了门，就好像宋希蓝在门外等着被她揍一样。可借时却不住地回头，满心都牵挂在宋子轩身上。

这个宋子轩不对劲儿，身体指数完全不像是在封闭空间被关了两年的，他的身体强健，与外表并没有直接关系。而且宋子轩说话时虽然看上去慌乱，但体温、心跳都

没有升高，他明明是从容不迫的。最关键的是，庭然的日记里自始至终没有提过宋子轩这个人，没有提过宋希蓝有弟弟。

凭空跳出来一个人，已经将他系统里录入的一切彻底抹杀了，之后再发生任何事，都是有可能的。而宋子轩究竟是好人还是坏人，借时并不清楚，他只能见招拆招。

一路带着庭然回去，很快就确定了老管家的位置，出其不意就将他逮到了。老管家仍旧是第一次见面时那副淡然的模样，似乎早就料到他们会来。原本庭然还打了好几种腹稿，可一看到老管家的脸，她就将那些全都抛掉了。以她的年龄和阅历，究竟该怎样从这样一个老者嘴里问出东西呢，到头来还不是要看人家愿不愿意说？

"老人家，我有事情想请教您。"

虽然英语也能交流，但庭然还是让借时翻译成了流利的意大利语，这样省事些，也显得更郑重。"您应该是从宋希蓝爷爷在的时候就一直在这里做管家吧，所以这里发生的事情您一定是最清楚的。假如有什么是您不能说或是不想说的，我们也不勉强您，但请您看在我们两个陌生人被无辜困在这里的分儿上，告诉我们一些能帮得上忙的事。比如宋希蓝这么做的目的究竟是什么，他在找什么，我们只有知道了才能帮他。"

"你们坐吧。"他们身处一间很大的会客室，有两排沙发和宽敞的大理石茶几，老管家招呼他们坐下，吩咐用人上了茶。最近他们都在喝瓶装水，如今能喝上一杯热红茶都让庭然觉得受宠若惊。看样子老管家确实做好了准备要和他们说些什么，庭然举着杯子，偷偷用手肘碰了碰借时，让他也做样子喝两口，就听到老管家长叹一口气："这事……说来话长了。首先，我先向二位道歉。"

红茶有什么好喝呢？分解完之后，借时只尝到了植物和各种添加剂的味道，他不解地望着庭然，可庭然却目不转睛地盯着老管家，等着听故事。

"买下这座房子的是宋希蓝的爷爷，先生是非常有才华有能力的建筑师，参与了世界上很多知名建筑的设计与建造。先生的夫人去世比较早，只留下一子，也就是宋希蓝的父亲。先生很希望他能继承自己的事业，但他天性叛逆，非但没有学建筑，成绩也一塌糊涂，和先生的关系一直都不太好。"

老管家说，宋希蓝的爷爷在临近退休时花重金买下这栋城堡一样的别墅，就是为了一家人能和和美美地住在一起。但没想到宋希蓝的父母之间的关系很快就变得恶劣起来，就连孩子也无法变成调和剂。宋希蓝的妈妈不习惯意大利的生活，总是想要回国，在无数次争吵后，干脆带着宋希蓝一走了之。爷爷非常思念孙子，始终从中周旋，只为了多见宋希蓝几面。很多年里，宋希蓝就这样飞来飞去，过着稳定不下来的生活。

儿孙都不在身边的时候，这座大房子里只有老人家一人，未免太寂寞，于是他收养了一个和宋希蓝年纪差不多的男孩子，亲手加以培养。这个孩子就是宋子轩。但没过几年，老人家就查出了癌症，医生说最多活不过一年。然而就在这时，儿子儿媳却主动带着宋希蓝回来了。之前一直嚷嚷着离婚，也忽然不提了。老人家不傻，虽然心疼孙子，却又害怕自己撒手人寰后，钱财落不到宋希蓝手里。他落了狠话，绝不把遗产留给贪图钱财的人，随即立下了遗嘱。这份遗嘱必须等到三年后宋希蓝和宋子轩都成年，才能宣读。但律师那里事先有一个数字，谁能明白这个数字的意思，就可以先拿到一笔生活金。

在律师面前，宋希蓝和他的爸妈全都不明白那串数字的意思，唯有宋子轩站了出来。虽说只是一笔生活金，是遗产中很小的一部分，可宋希蓝的爸妈非常恐慌，他们害怕老爷子一时糊涂真的将所有家业留给一个外人。

"三年？"老管家停顿了许久，庭然确信他是说完了，才插进话来，"宋希蓝的爷爷去世多久了？"

"离遗嘱生效，还有十二天。"

原来如此，怪不得宋希蓝那么急不可待，因为十二天后，可能一切都是宋子轩的了。庭然忽然想，如果她和借时就这样拖过十二天呢？转念又觉得不行，那样庭依太危险了，而且他们已经耽误那么多天了，再过十二天爸妈该急坏了。

"那……按您的猜想，爷爷真的有可能什么都不留给宋希蓝吗？"

老管家没有回答，但果断地摇了摇头。

"所以说，宋希蓝应该也能明白这个的，他那么急切地想要得到遗产，究竟是为了什么？仅仅是因为容不下宋子轩吗？"

其实庭然心里有一个答案，最后却还是由老管家先说出来："不是他想要，是他爸妈想要。他或许是觉得，只要遗产能到手，一家人还有机会重新来过。"

庭然转头和借时对视，她心里有底了，假如宋希蓝心中还有一丝善意，那么事情就未必没有转机。兴许，他们最后能和解也说不定，关键在宋子轩身上。

"我们能把宋子轩带出来吗？就带他在房子里走一走。"

"我的任务只是看管房子，不出意外，十二天后，新主人继承，我就会离开这里。现在，只要是宋家人说的话我都听，但他们没说的，我也不会主动去做。宋希蓝只说让我照顾你们的饮食起居，不让你们出去，你们想做什么都可以随意，我无权干涉。"

"谢谢。"

借时还在琢磨老管家的话究竟是同意还是不同意，手却已经被庭然牵起来，直接被带出了屋子。他困惑的表情超级可爱，庭然故意等了一会儿才笑道："这就是说话的艺术啦，既然宋希蓝让我们随意行动，那把宋子轩放出来也可以算在随意里啊。"

"宋子轩……"借时欲言又止。

"怎么？"

"要小心。"

庭然停了停脚步，转身正视他："你是不是又知道什么了？"

借时摇头："我就是怕一切都不一样了。"

"未知呢，也不一定是坏的，"重新走回关着宋子轩的钟塔，庭然让借时尽可能放宽心，"好的可能和坏的可能都是50%。也许你来这里，真的就是来拯救我的呢。"

无法否认庭然说的确实是有道理的，可机器人的设计宗旨是一切以主人为重，凡事要做最坏的预想，要有牺牲自己的准备。不过借时突然想起一个词，曾经甄妮和他说，在人类社会，这种感情叫"关心则乱"。

"所以你啊，大概就是关心则乱。"

与此同时，庭然也如是说，并且对他笑了笑。现实与心底的声音完美契合，竟让借时心中一酸，他觉得自己似乎变得多愁善感了。

回到钟塔下，门又锁死了，原本他们出去时是虚掩着门的，宋子轩居然自己又把门关上了。好在密码没变，打开门，却发现宋子轩居然……躺在床上睡着了。

"醒醒……醒醒……"庭然心说这孩子心可真大，把宋子轩推醒了，"我们带你出去走走。"

"真的？"宋子轩揉了揉眼睛。

"我们不能带你出去，不过在房子里走一走还是可以的。但是，你得告诉我，你还知道些什么。"庭然戒备地左右查看，借时已经找了椅子过来，让她坐下，"你上次见到宋希蓝是什么时候？"

宋子轩翻身坐起来，双手按着床沿说："几个月前，他突然回来了，说很快会带人来破解这栋房子，就算我不说也没关系了。"

"几个月前，是不是你联系不到宋希蓝的那段时间？"借时问庭然。

庭然精准地说出了时间段，但宋子轩却记不大清楚了，只说是差不多。但她和借时都明白，那时候宋希蓝突然消失，就是回来做布置的。那时宋希蓝已经决定，无论如何一定要带庭然来到这里。

　　"其实我跟哥哥说过很多次了，即使爷爷把遗产都留给了我，我也会给他的。爷爷临终的时候，只有我在，当时哥哥和叔叔阿姨都没赶回来，爷爷怕我之后在这个家无法容身，所以才告诉我那串数字的意义。可是我知道的，爷爷肯定还留了一部分遗产给哥哥，可他怎么都不相信我。"说到这里，宋子轩眉目低垂，眼泪都要掉下来了。

　　他像小羊羔似的楚楚可怜的模样，顿时让庭然心软下来，连语气都放轻了："他到底想找什么？"

　　借时听到庭然对宋子轩说话的语气，忽然觉得很不爽，在一旁摆起了臭脸。

　　"这座房子的所有权，房产契约，爷爷的个人户头，总之是可以抓在手里的东西。我和他说或许这些现在都在银行保险柜里，但他需要找到钥匙。"

　　"钥匙有没有可能在律师那里？"

　　"有可能啊。可爷爷确实瞒着所有人改造了房子，那时候我被送出去，用人都被放假。哥哥他偶然发现了一间密室后，坚信东西肯定还在这里，我也没有办法。"宋子轩摇了摇头，重重叹了口气，"我现在只能告诉你们，我摸索出来的一些破解方法，但不是全部，能不能帮到你们，我就不知道了。"

　　宋子轩踏出这间小屋子之后还不停地回头看，表情很惆怅，看得人心酸。但庭然一扭头看到借时的脸，顿时就笑出来，小声地说："你干吗这副表情？像别人欠你钱似的！"

　　"比欠钱严重。"

　　"好了，我们毕竟需要他帮忙。"庭然拍了拍借时的手臂，想去跟上宋子轩，但刚往前走一步，就像有人在背后拽她衣服一样，又跌了回去。她瞪大眼睛，抬起头："又来？"

　　借时揉了揉鼻子偷笑："不知道。"

　　明明宋子轩走路很慢，有气无力，但庭然硬是只能走在他后面，因为每次她一跃过借时的水平线，就会不受控制地退回去。

　　宋子轩说出了自己和宋希蓝已经解开的那部分房间的机关，但大部分跟庭然和借时经过的房间重叠，只有三间新的，不免有点儿扫兴。但宋子轩也说不上来是聪明还是运气好，在之后的一路上给他们帮了很多忙。比如，在一间屋子里，虽然借时能扫到暗门和机关的位置，可他们始终无法打开门，直到宋子轩被椅腿绊倒，膝盖撞到了一块砖，刚好触发了开门的机关。

　　再比如，一个拆都拆不开的平衡机关，宋子轩却能一下子找到唯一的那个支点，

好似根本用不着思考。

"你的爷爷是不是把建筑学的东西全都教给你了？"借时对庭然以外的人说话一向直来直去，连语气里的目的性也不掩饰。

"没有啊，"宋子轩软软地笑着，"只是一点点，我没有天赋的。"

说着没有天赋的他，却带着庭然他们几乎走完了所有的屋子，在其中一间里看到了一个巨大的保险柜，庭然以为终于找到了，惊叫着跑过去却发现门根本没锁，里面空空如也。

"啊……"她失望地呻吟一声，用力抓了抓头发。

"灰尘，"借时弯腰在保险柜的夹层板上敲了敲，提醒庭然看，"如果一直是这样敞开，没有用过，不会是这样的灰尘厚度，而且你仔细看，这里的灰尘特别少，明显是有东西被拿走了，时间还不长。"

"还真的是哎！"

就在这时，宋子轩却叫了一声："哥哥姐姐，这就是我知道的最后一间了。"

庭然扭头朝他看去，看到他正将那面墙上的镜子翻转。原来看上去一整面墙的镜子，实则是很多小块，只有将这些小块镜子挪动到对应角度，才能照射出一扇涂了特殊涂料的隐藏的门。然后还要砸掉镜子，才能开门。

"我来，你们退后。"在宋子轩在椅子腿和茶杯间犹豫不定时，借时已经先一步上去，将他隔在了身后。但他这样做不是为了保护宋子轩，而是信不过他："既然一定要打破镜子才能进，你之前是怎么进去的？"

宋子轩毫不慌乱："哥哥重新补了玻璃。"

虽然他表演得很好，可借时还是看到了他心跳的轻微紊乱。

"退后！"

借时喊了一句，挥拳砸向玻璃，一大片镜子碎掉了，正好露出了后面的一扇门。无数的碎片朝他迸溅，划破了他的皮肤，但他并不在意。他真正在意的是，在眼前纷乱细小的镜面反射中，他仍然看到了门后有生命反应。

"怎么了？"以庭然对借时的了解，他此时应该不会停下，而是顶着碎玻璃开门。可他却站在那里一动不动，一定是出了问题，所以庭然赶紧跑过去。

最初他扫描的时候并没有人在这里，而这间屋子隐蔽至此，也不可能是用人。所以是这几天里有人进去了，可为什么机关会是完好无损的？要么真的像宋子轩说的，在进去之后又重新补了玻璃，要么还有其他开门的办法。

无论是哪一种，都代表着这间屋子里的人，在等他们。

"房间里有人。"

听到他这样说，庭然的脸色也变了。而宋子轩满脸震惊，不断地叫着："不可能，没有人能进去的！"

他是不是在说谎，借时已经不在意了，他知道万事都有一个结局。就像他在来的时候就知道，自己有一天一定要离开。

机器人是无法决定自己的人生的，毕竟那叫"人"生。而此时此刻，借时忽然想，要是能，该多好。

但是当庭然抓住他的袖子，朝他点头时，他还是毅然决然地推开了这最后的大门。

3

在庭然的记忆里，最后一天发生的事情是这个样子的——

她和借时打开那道门以后，赫然看到了狭小的密室中空空荡荡，只有庭依被绑在椅子上，嘴上封着胶带。看到庭然之后，庭依激动得不停扭动，发出"唔唔唔"的叫声。

庭然一时情急，只想过去给姐姐解绳子，但就在那一瞬间，庭依盈满泪水的眼睛里出现了宋希蓝的身影。他站在所有人的背后，露出了诡计得逞的笑容。

"唔……唔……唔……"

庭依瞪大眼睛奋力扭动着身体，想要提醒大家。可说时迟，那时快，宋希蓝在宋子轩背后推了一把，把本来小心翼翼站在门外的他也推进了密室，宋子轩一个踉跄撞在借时身上，引得借时也往前走了两步。门口一块密封的钢板顷刻落下，与此同时，头顶的机关启动，一只网格细密的笼子飞快罩了下来，庭然、借时、宋子轩全部没有走出笼子的范围。

所有的变动几乎是同一时间发生的，待到他们反应过来，笼子已经罩过了他们的头。不过只有庭依和宋子轩面露惊惶，庭然只有短暂的错愕，立马恢复如常，下意识看向借时，抓住了他的袖子，而千钧一发之际，借时已经用手臂稳稳扛住了笼子。

呼……舒心也只是瞬间，就在庭然弯腰想从笼子下面钻出去时，借时的胳膊竟然向下落了落，笼子的边缘离地面又近了些。庭然感觉到一股强劲的吸引力，头发一根根竖起来，她意识到不对劲，保险起见又后退了一步。她转身看见借时脸色惨白，胳膊和腿的关节在剧烈地颤抖，却还是竭尽全力地撑着不肯放手。

"你怎么了？"

庭然吓坏了，之前被疾行的车子撞时她都没见过借时这么吃力。她立刻奔过去，伸手就想去碰借时一下，却被吼开："别碰我！笼子有电！"

"电？！"

回想起刚刚的感觉，庭然虽然惊诧，但还是醒悟过来。她尝试把手掌靠近笼子边缘，能感觉到电流，但她不知道有多强："致命吗？"

"不致命。"不等借时回答，一直在他们背后默不作声的宋子轩终于开口了："会不舒服，但对人体还是无害的。可……"

"可什么？"

庭然急得脸色煞白，不停咬着指甲，还被绑着不能出声的庭依更是着急，无意识扭动着身体，椅子腿敲击着地面，像鼓点一样响在在场每个人紧绷的心里。

沉吟了一瞬，宋子轩看向借时，语气里已经没有了之前的乖巧柔软："这个机关是用来对付你的，虽然我们还是对你的身份将信将疑，机器人什么的，呵。"说到这里，宋子轩居然笑了一声，"因为找不到对付你的方法，所以就想用电试一试，如果你的内部真的有金属，或是程序的话，就没准儿管用。果然，蒙对了。"

"你们……是你们！"

庭然此刻终于不得不承认，自己的遇人不淑或许是天性，明明有了宋希蓝的前车之鉴，在遇到宋子轩后还是相信了他。但他却是和宋希蓝一伙的，他只是引着他们更快入局，庭然冲过去揪住宋子轩的衣领，她的拳头并没有什么力量，可她仍旧用尽全力。

"先不要说了……出去……爬出去……快！"

笼子又猛地往下沉了几厘米，借时几度想要用力，却发现他的手臂仅仅是被吸附在了笼子上，早已不受他的控制。他能清晰地感觉到电流在自己身体内部流窜，影响着每一个节点，他如同打冷战一样发着抖。这是一种恶性循环，借时知道自己濒临程序紊乱，思绪已经开始出现空白，连说出口的话都已经带着乱码似的电流音。

他讨厌这样无能为力的自己，他讨厌在庭然面前露出这副样子。

"不，我帮你抬，然后我们一起出去！"

看着借时难受的样子，庭然心中生出丝丝缕缕的痛，她根本无法思考，只要能帮到他，让他不那么痛苦，她什么都愿意做。所以有电就有电吧，就算会死，也不比让她站在这里看着借时受罪却什么都做不了更折磨。

"不，不要……"借时拼命摇头，但看起来却像是抽搐，"没用的，你的力量根本不起作用。"

"他说得对，上面有动力轴承，不到底就会持续发力，你要跟机器比力气吗？"说着，宋子轩已经蹲下，打算贴地爬出去，不过还是回头看了她一眼，"聪明的话就先出去，他要是机器，反正还能修。"

"他不是机器！他是我的朋友，是对我来说很重要的人！"

庭然愤恨地大吼，她一直是细声细语说话的人，极少这样大声吼叫。只一句就似用尽了全力，她低下头，狠狠抹了一把脸，眼泪如断线的珠子一样往下落。

在庭依的记忆里，这样的妹妹是从未见过的，倔强、有力、灼灼发着光。假如庭然一直是这个样子，那她恐怕也不敢一直作对了。

是庭然变了。那或许她也应该改变了。

"走……我没……事……我有办法……快走……"

借时不断重复着相同的话，在心中发誓，在庭然安全出去前，就算系统彻底崩溃也会撑到最后一秒。他的决心庭然何尝猜不到，只是她不忍心，她不断看着上方的轴承，却想不出其他办法。就在这时，宋子轩居然看不下去了，伸手将她拽倒，扣住她的头，往笼子外面拖。

知道自己再倔强也无益，庭然难过地紧咬牙关，挣脱宋子轩的手，先是将庭依的绳子解开，庭依自己撕掉了嘴上的胶条，顺手把椅子甩出笼外，然后两个人一起爬出了笼子。随后让庭然没想到的是，姐姐扑过来紧紧拥抱住了她。

可另一侧情况紧急，她们的感动只能短如花火。看到庭然平安无事出去后，借时顿时放松下来，打算让笼子自然落下，可他无法把手臂抽回来，这样他会被压住。他用力嘶吼着，声音中的痛苦让庭依忍不住皱眉，但他仍是只拔出了一条胳膊，笼子却马上就要落地了。

"帮忙！"

在笼子即将落地的刹那，庭然将刚刚庭依扔出来的那把木头椅子擦着地面往前一甩，一条椅腿卡住了笼子边缘，她尽力将那条椅腿斜向上翘起，向外架住笼子，这样她和借时就能形成反向力。情急之下她只能想到这样的方法，试试能不能帮借时挣脱。

可她自己的力量不够，庭依和宋子轩也即刻扑倒在地帮忙拽住椅子不同位置，尽量稳定地向自己这个方向扯着笼子，就算扯不动也至少控制住。

终于，外面的三个人也到了极限，全都向后瘫倒在地上，椅子也跟着飞了出来，但好在借时终于让双臂挣脱了电网，却也彻底困在了里面。

"你没事吧！"

庭然跳起来冲到笼子边上，始终朝前伸着手，却又僵在空气里找不到着落。

"我没事……"

没有了持续的电流冲击之后，借时多少舒服了一点儿，但身体内部的破坏却仍在继续。他单膝跪在地上，双手抓着衣服来掩饰手指关节的颤抖。

"这个机关是你参与设计的！你一定知道怎么让它停下！"庭然转身怒视宋子轩，嘴唇几乎咬出血来。

"你觉得我要是知道，还至于到这般境地吗？"宋子轩掸了掸衣服上的灰，声音中透出极度的沮丧，"我还是输了。"

宋希蓝的爷爷预料到自己死后儿子儿媳恐难继续照顾宋子轩，他怜悯这个孩子，尤其是发现了宋子轩极有建筑设计上的天赋，他真心希望这个孩子能继承自己的事业。所以他亲手设计了这些机关，并且把不一样的线索，留给了这两个孩子。其实他的目的是想让他们同心协力，消除芥蒂，只有这样这个家才不会散，所以庭然才会明显感觉到所有的机关都要求至少两个人一起完成。

可爷爷的良苦用心没有被理解，反而被他们利用了，宋希蓝先是设计将宋子轩关起来，逼问他所知道的线索，但宋子轩不会老老实实将一切交代出来，他建议大家先好好相处，等到律师正式宣布遗嘱之后再谈。

宋子轩的行为触动了老管家的同情心，看着他们长大的老管家不止一次对宋希蓝建议，他不能这样对待自己的弟弟。但宋希蓝本心里根本不承认这个养子是自己的弟弟，反而越来越暴躁。

宋希蓝偷偷找过人来破解，但都没有效果，普通人连打开密室都困难。他们的一举一动都受律师的监控，如果被发现他们借助外力帮忙，而非自己破解，是会被取消继承资格的。后来宋希蓝发现自己确实没有任何这方面的天赋，答应和宋子轩合作，说好找齐之后便平分。但他们互不信任，分享线索时遮遮掩掩，因此进展缓慢。

他们最后卡在了扑克那关，那个牌爷爷教过宋希蓝，但宋子轩不会。可宋希蓝无论如何也做不到靠记忆玩牌，又不愿意让宋子轩最早进到前面的密室，所以最后成了僵局。就在宋希蓝回国时，他遇到了庭然。他意识到凭借庭然的记忆力能够轻而易举背下整副牌，他正好可以利用她的特殊能力，届时以同学的身份邀请她过来做客，律师也不会当回事。

但借时的出现搅乱了宋希蓝的计划，他意识到自己想将庭然带过来是不可能撇开借时的。所以当庭依自己送上门去，他突发奇想改变了计划，果然令庭然成行。

　　"他并不知道，虽然他离开的时候都会把我关起来，但老管家随后就会放了我。我比他更早解开了很多密室，但随后都会恢复原样。扑克牌的那一间密室其实并不难解，"说着，宋子轩看了一眼庭然，好像在询问她的想法，"一个玩法而已，很容易学会。之后无非是记牌，只要多一些耐性，总会解开的。我和一个用人配合，过了那一关。更难的其实在那台电脑里。"

　　庭然露出了不可思议的表情，伸手指着他："你已经进过了那间屋子？！"

　　在那一瞬间，脑海里没有着落的那些细小而混乱的碎片纷纷动了起来，它们开始各归各位，将拼图拼凑完整。很多事情庭然都想明白了，与此同时宋子轩也露出了"你应该想通了吧"的苦笑。

4

　　"那一关我真的做不到，那需要超强的记忆力，我甚至觉得人类根本做不到。最重要的是每一次失败都会停电，太引人注目，我怕有人会告诉宋希蓝，所以我不敢轻易尝试。但我做了一件很小的事，"宋子轩象征性地指了指上面，"我在通风口放了一个针孔摄像头。"

　　"所以当我们破解了电脑里的秘密，你只是比我们先一步进了塔楼下的那间屋子。没错吧？"

　　庭然完全明白了。

　　宋希蓝把他们送来这里，因为要控制庭依，所以根本腾不出空。想必宋子轩仍旧假意和他合作，留在这里引他们入瓮。她和借时在这里的一举一动都在宋子轩的掌控里，他恐怕比宋希蓝更早知道了借时真正的身份。如果是宋希蓝，或许一心想把她和借时分开，而宋子轩选择的是亲自引导她和借时去走正确的破解之路。

　　天哪——庭然后颈发寒地想——她和借时简直就是落入幽暗森林的兔子，而宋希蓝和宋子轩是暗中比拼的猎人。

　　"那根水管是你敲的，你为了让我们不浪费时间，快点儿发现电脑那间屋子。然后你假装被宋希蓝囚禁，获取我的信任，让我对你言听计从，最后将我们引来了这里。"

　　宋子轩露出与年龄不符的苦笑："差不多就是这样。我选择出来是因为时间不多了，那时候宋希蓝已经把你姐姐带来了，他也回来了，只是不想让你见到他，所以没露面。他一旦回来，我就没办法自由行动了，所以我必须让你们加快速度，并且装作是和他合作骗你们。我和宋希蓝的斗争很复杂，这个家里的用人也分属两个阵营。但老管家

是站在我这边的。这里面很多屋子其实是我后来改造的，我在电脑那间屋子的外层装了金属挡板，时间有限，其实只是在护墙板里面简单地安置了一下，就是为了验证自己对于他的猜想。"

他指了指笼子里的借时，说："那时候我就相信了，其实他比你要重要。只可惜宋希蓝不知道，一直到那时他还一心想分开你们，如果我不出现，没准儿事情会被他搞砸。"

借时用仅余的一点儿计算能力回想了之前的事情，他想起找行李的时候那个用人突然的攻击，原来是为了引开他的注意力，那时候他隐约听到的女声应该是庭依。假如他再细心一点儿，假如他再有主见一点儿，或许就不会落到如此境地。

"那又如何？"庭然使劲儿瞪着宋子轩，"你最后还是被他算计了。"

宋子轩颓唐地坐在地上，一副万事休矣的表情："是啊，我以为只是关你们几天，等到遗产宣读完，就会放你们离开，没想到他连我都要赶尽杀绝。这间密室是我后来做的，只要他把外面封好，即使律师验房也不会发现。我亲手给自己挖了个坟墓。"

此刻庭然什么都不在乎，什么巨额遗产，统统与她无关，她只是想着如何将借时救出来。

然而借时却已经知道她在想什么，艰涩地说："不用管我了。"

"你说什么呢！"

她焦急地想办法，抬头四处打量，却突然听见了类似空调启动的运作声，但密室内部并没有发生什么改变。

"宋希蓝开始抽这间屋子里的空气了。"借时和宋子轩异口同声道。

"什么？！"庭然和庭依一齐震惊地叫道。

"我不想死，不想死……"庭依彻底慌了，在密室中跑来跑去，拽拽这个，拉拉那个，"想想办法啊！"

他们三个大活人，在这样小的空间里，用不了多久就会窒息。宋子轩脸色阴沉至极，牙齿将嘴唇都咬出了血，可庭然一点儿都不心疼，他是自作自受。

"我有办法。"终于借时开口了。

庭然愣了一下，随即就明白过来，可她皱了皱眉："同样的时空也一样可以跳转吗？"

"可以，我们是不具备穿墙的能力的，如果想从一个封闭空间跳到另一个地方，也可以用那个按钮，虽然不涉及时间，仅仅是空间转移，"在未来，不能穿墙也是防止机器人随意入侵一些地方,或者是逃跑的硬性规定,所以只能用时空穿梭这样的禁术,"但仍然算次数。"

借时叹了一口气,眼神戚戚地盯着庭然。

眼下能改变这一切,拯救所有人的只有他了。庭依和宋子轩都听不懂,所有的痛苦抉择都在庭然一个人身上。假如此刻没有这个笼子,那么她或许会答应借时去做,因为毕竟还留有一次。但现在有这个笼子在,借时想要离开这个房子,需要把仅剩的两次机会全用上。那么借时就再也不能离开这里了,他本来就已经受到了伤害,以后要怎么办?

简单来说,这就等于拿一条命去换他们的三条命。看似值得,但没有谁的生命是应该被牺牲的。

"庭然,你听我说。"

借时努力站了起来,他听见身体内部发出的电火花的声音,他感觉到了一种晕眩,可他还是用尽全力站定。他必须说服庭然,因为他来这里的目的就是带庭然逃离灾难。即使庭然不答应,他也一样会按下那个按钮。

可当他真正开了口,却听见自己说:"其实一开始我是很讨厌你的。"

程序发生短路,将一些隐藏的内心想法全部激活传送,借时根本无法控制,只能听凭本能去说这些"真心话"。

"我的主人甄妮是个以工作为先的人,她将所有的陈设都加上了自定义操作面板,这样她可以在任何时候进行设计或演算,哪怕是在咖啡机上。她不爱笑,总是心事重重,有时候我觉得她对我欲言又止,可我猜不到她想说什么。她太懂事了,从不给人添麻烦,哪怕是我。"

庭依和宋子轩都不懂他在说什么,只有庭然一下安静了下来,眼泪悬在眼眶边儿上,眼圈血红。

"遇见你后,你有时哭有时笑,前一秒伤心后一秒又开心了,你会对我提要求,甚至会无理取闹。那时候我真的觉得你很麻烦,我只想赶紧完成任务离开。"

往事一幕幕浮现在眼前,庭然非但没有生气,反而勾起了一点点嘴角,一滴眼泪陡然落了下来。她知道借时准备做什么,她也知道自己阻拦不了。

"但渐渐地,我习惯了这一切,我习惯了你。我感觉到了人的复杂与温度,我看到了你的躲闪、痛苦、无奈,看到你是多么需要人陪伴,多么渴望与人沟通,却又害怕这一切。我终于明白你的不快乐,你总是受伤害,都是因为你太善良,你的心太过

柔软。我想，我要是能在你身边待久一点儿，帮你赶走那些欺骗你的人，那就好了。"借时努力挤出笑容，却感觉到一阵彻骨的冰冷，"但好像……没时间了。"

"有的！有时间的，有的！"

庭然一直隐忍的眼泪终于决堤，她往前迈了一大步，几乎贴在笼子边上，大声抽噎着说："我会变得懂事，我会变得能干，我会学聪明，不再相信每个人，我会听你的话……我会……求求你，想想别的办法！"

她哭得肝肠寸断，再也没有力气，整个人像虾米一样蜷缩下去，肩膀控制不住地抽动。庭依那时还不明白是怎么一回事，只是从没见过妹妹情绪崩溃成这样，有点儿慌了，不停嘟囔"怎么回事"。

"你知道的，没有别的办法了，这或许就是我来的原因。"

借时艰难地蹲下来，单膝跪在庭然对面的位置，凝视着她的眼睛，极致温柔地说："而且，你不需要改变，你没做错任何事。我喜欢现在这样的你。"

剧烈的哭泣，加上空气被迅速抽走，庭然是第一个感觉到窒息的人，她揪着领口，下意识深呼吸着。哽咽和窒息令她说话断断续续，听得人心里发紧。

"那你答应我……无论你出了什么问题，把警察……带来后，你一定要一起回来……你要回来……就算坏掉也不要紧，我之后会学，我会去学计算机，学物理，学机械……学所有有用的东西，我会把全世界的书都看尽……我一定可以修好你的，你相信我！"

"我答应你。"

和往常的承诺一样坚定，在留下这句话之后，借时瞬间从这间封闭的密室中消失了。他的身影在笼外短暂闪了一下，快得如同残影。只留下虽然知道借时不是普通人却还是吓到的宋子轩，和尖叫出声的庭依。

还有跌坐在地上深埋着头哭得停不下来的庭然。

等待的时间总是那么慢，因为庭依太紧张又太闹腾，窒息来得最快。而庭然只是坐下来，抱着膝盖，一动不动地望着门的方向，咬着嘴唇等待着。借时从未让她失望过，答应过她的事情都做到了，所以这次一定也不会例外。庭然一遍遍在心中安慰着自己，却还是心慌到手指不停地抖。

就在他们三个都已经气喘吁吁，意识逐渐昏沉时，外面终于隐约有吵嚷声传来。直到刺耳的切割机声音响起，伴随火花四溅，门上封着的钢板被切开了一条缝，仅仅是一丝空气涌进来，都令他们感觉到了希望。

　　大批的警察拥进来，架住他们，不断说着什么，可庭然耳鸣严重，什么都听不清楚。人群中有几个用人被铐起来，但庭然根本不在意，她跌跌撞撞地起身往外跑，几次腿软跌在地上却又迅速爬起来，在人群中转了无数圈。

　　没有，没有借时。

　　像是这几天的压力突然井喷，她撕心裂肺地大哭了起来。

第十章

梦与现实相差几光年

1

"时间紧迫,我要走了。不用担心我,回去之后我会很快好起来的,我会想念你的。但你还是将这一切都忘了吧,开始新的生活。"

"不,我不忘,别让我忘记你!"

梦里面自己喊叫的声音那么凄厉,庭然终于被吵醒了。她缓缓睁开眼睛,意识回归得非常慢,可她已经止不住深深地疑惑,她不记得自己什么时候睡着的,而且她感觉到身下是她非常熟悉的床的触感。庭然转动视线,只随意看了房间的一角,就一个鲤鱼打挺坐了起来,过度的震惊引得她一阵阵发抖。

她怎么会在家?她怎么会躺在自己卧室的床上!

"天哪,庭然醒了!"虚掩的房门被推开,妈妈探头看到她坐起来,激动地回头朝外面喊了一句后径直冲到床前,握着她的肩膀不停地摇晃,"你感觉怎么样?怎么刚醒就坐起来了?"

庭然觉得自己的身体和精神都好得很,只是思维还有些慢。她还是无法反应,为什么突然间她就从意大利回到了家里,中间究竟发生了什么,她怎么可能一点儿都记不起来。

"我是怎么回来的?今天几号?"说话间,爸爸也进来了,同样围在床前,庭然这才感觉到自己的左手打着点滴,好像只是普普通通的营养液。

"你都回来一个星期了,一直醒不过来,担心死我们了。大夫说你身体没问题,CT(计算机层析成像)都做了两次,最后没办法我们只能带你回来休养了。"妈妈说着直哽咽,"醒了就好!醒了就好!"

"一个星期……"庭然紧紧皱着眉头,更加不能理解,但她忽然想起了更重要的事,急急抓住妈妈的手问,"庭依呢?我……我同学呢?"

"你姐姐好着呢,我让她出去买东西了,一会儿就回来。"说完,妈妈却回头跟爸爸对了个眼神,"同学?什么同学?"

"就是……就是……"爸妈不知道借时去了,但至少知道宋希蓝,庭然的脑袋终于开始转动,觉得说同学应该没问题,就算爸妈以为是宋希蓝也无所谓,"和我们一起去意大利的人!"

谁料爸妈脸上的疑惑却更深了:"不是你和你姐姐两个人去的吗?还有别人吗?"

庭然终于意识到了巨大的不对劲,绝不仅仅是她睡了一觉,错过了一些事,这么简单的问题。或许整件事从根本上已经出了偏差,和她的记忆截然不同了。

这很有可能是借时做的，她知道借时有这样的能力。

"我……不知道怎么回事，很多细节想不起来了。"庭然抓着头发，有意引导着父母，"我到底是怎么回来的？"

爸爸妈妈告诉庭然，他们是接到了警方和使馆的电话，知道她们姐妹俩在意大利遭到劫持，东西都被抢了，还被扔到了荒郊野外。他们吓坏了，在两国警方的配合下很快赶到了意大利，当时她和庭依已经在医院了。庭依没受什么伤，就是吓坏了。倒是她一直昏迷，却也检查不出什么大问题。在国外多有不便，于是在确认可以搭乘飞机后，他们就带着姐妹俩马上回国了。

"我这个后悔啊，怎么就依着你俩，让你俩去了呢？要是万一……"

妈妈难过地拭泪，爸爸在一旁拍拍她的背，小声安慰："就是意外，谁也料想不到的。现在不是都好了？没事了……"

没事了吗？听着爸妈的叙述，庭然竟觉得可笑。她和借时在那里经历了那么多，最后竟被简单的一句抢劫带过了。就好像什么都没发生过，只是她被人在脑袋上打了一棍子，于是做了场梦。

假如她是个普通人，她或许真的会信。可惜她不是，发生过的一幕幕她记得太清楚，包括最后的那天。

想到这儿，庭然眼眶灼灼发痛，她不断按着自己的泪腺，想将眼泪憋回去。正好点滴也走完了，她对爸妈说："我想一个人待会儿，等下庭依回来，让她进来和我聊聊，行吗？"

"好，那你再歇会儿，想要什么就叫我们。"

爸妈出去之后，庭然靠在床头，终于合上眼帘，让眼泪自然从眼角滑落。究竟发生了什么，她已经大致明白了，是借时改变了一切，让所有人都以为这只是姐妹俩旅行中的小事故。借时抹掉了所有相关人员记忆里宋希蓝的存在，同时也抹掉了他自己。他会这样做，只有一种可能，就是他不会回来了。

她想起了刚刚梦里的话，开始相信借时是离开了。可明明三次机会都用光了，他真的还走得了吗？庭然又气又伤心，赌气地想为什么借时偏偏留下了她的记忆，不干脆让她也一起忘了。

虽然庭然并不是真的想忘记，假如借时问她，她一定会说她要记得。但事实摆在眼前，她还是觉得太残忍了。

相遇的瞬间，相处的苦乐，告别的伤痛，全部都要她一个人承受。而其他人都可

以用"时间可以治愈一切"来安慰自己，只有她不行。

"我进来了？"过了一会儿，门外传来庭依的声音。

"进来吧。"

庭然也说不好自己是不是多心，只是这样一个小细节竟让她觉得庭依不太对劲。以前的庭依，是这样小心翼翼的吗？

等到庭依走进来，庭然确信自己没有想多，庭依十分局促，一边想表现自己和平时一样不耐烦，一边却又坐立不安到了在床边打转的程度。

"你身体还好吧？"从前的庭依，不会这样问。

庭然不想浪费时间，开门见山地问："意大利的事，你还记得什么？"

"我？你问我记得什么？"庭依指着自己的脸，夸张地叫道，"记东西不是你的特长吗？"

"我可能是脑袋坏掉了，什么都不记得了。你还记得什么，和我说说。"

庭依嘟囔了一句"真的假的……"拉过书桌前的椅子坐下，停顿了一会儿，好像在思考从哪儿说起："咱俩正好走到一个远离人群的地方，突然有一辆车开过来，把咱俩拽进了车里。他们把咱们的行李和手提包全抢了，然后给咱俩戴上眼罩，你挣扎得太厉害，后脑勺被打了一下就晕倒了。我一直在装死，所以躲过一劫。然后他们就把咱俩丢到了荒郊野外，等了好久才遇到一个路人，我求那个人报警。就是这样。"

"就是这样？"

"不、不然呢？"庭依眼睛瞪得老大，看着理直气壮，却结巴了一下。

罢了。庭然将视线从她的脸上移开，转而看着窗外的灿烂阳光，眼前仝是模糊的光斑。此刻庭依是说真话还是说谎，对她来说都没有差别了，反正结局就是这样了。

"那……你休息吧，我先出去了。"

庭依站起身往门外走，将半个身子掩在门后，却又忽然倚着门框停住了。她知道庭然并没有看向她，可手指还是不自觉地拽着衣襟："那个……还是不要多想了，身体重要。"

说完这句，她逃也似的跑回自己的卧室，连门都忘记关上了。

能让庭依说出这句话还真是难得啊，庭然扯了扯嘴角，身体一点点躺下去，抬起手背压在了湿漉漉的眼皮上。她想笑，却还是哭了。

"就算要走，至少也好好地站在我面前和我告个别啊，你明明答应过我的……"

只有一人记得的伤痛，是连哭都不能出声音的。

2

那之后，庭然的生活回归了平静，她和从前一样去上学，但借时再没有在学校里出现过。

所有人都遗忘了借时，一个曾经考过满分的人，一个被很多人当成锦鲤做成表情包也不会生气的人，一个像小尾巴似的跟在她身后的人，居然就真的化成一缕烟，消散在了现实中。

其实这也不是借时第一次消失了，庭然偶尔还是会幻想或许某天他就会像上次似的不做解释，突然就大大方方地来上课。也有那么几次，庭然走在校园里，远远望见一个男生的背影，会狂追过去，然后再失魂落魄地跟人家道歉。

她很清楚，借时不会再回来了。可心底那簇微弱的小火苗，却又舍不得彻底熄灭。

越是有希望，越会觉得煎熬。虽然庭然努力装作已经好起来，像从前一样稳扎稳打地念书，不远不近地处理人际关系。她的成绩更好了，也还是有笑容。但无论是室友还是爸妈，都看出了她的改变。

庭然眼睛里的活力消失了。她又变回了借时没出现之前那副对任何事物都恹恹的样子，像只漂亮的娃娃，还是上发条的那种。

"你最近有和你妹妹聊天吗？"庭然不在家时，妈妈问庭依。

"很少。"

"你觉不觉得她还是不太高兴啊，好像都是在假笑，你说会不会留下什么心理阴影啊？"

妈妈说话的时候是在厨房里择菜，而庭依窝在客厅沙发里玩着手机，她一次次无意识开关着同一个页面，脑袋持续放空。

"喂！你听没听我说话啊？"

妈妈大叫了一声，庭依这才不得不动了动半天没眨、有些发涩的眼睛，敷衍着："我听着呢。"

"你俩就快过生日了，我让你爸去订地方了。你俩的口味不太一样，你能不能照顾点儿她，订她喜欢的店？"

庭依默默叹了口气，原来说了半天是为了这个。可她没犹豫，说："行。"

她答应得这么快反倒让当妈的有些吃惊，往年为了生日总是容易闹不愉快，一点点的不平衡都可能让庭依撑脸色。经历了大事，孩子终归是有了成长，妈妈既欣慰又心酸。

庭依给庭然发了信息：老妈说生日订你喜欢的店。

我无所谓的，你要是不乐意，那就订别的。

有什么不乐意的？好歹我还是比你大，应该的。

坐在曾经和借时聊天的凉亭里的庭然看着手机短信，觉得不可思议。这样的话居然能从之前总是嚷嚷着"咱俩明明是一样大"的庭依嘴里说出来。

"你看，人就是很奇怪，就算你之前删掉了她的记忆，她都没有真的改变。可现在，太阳真从西边出来了。"没有回消息，庭然对着廊柱旁边的空气笑着说。

原本生日是在周一，但为了上课，自然而然就提前到周日。妈妈订的是一家高档日料店，价格还是挺贵的，他们全家也只在刚开业时吃过一次。庭然和妈妈觉得味道还不错，生鲜都很新鲜，但爸爸和庭依就觉得什么东西都冷冰冰的，吃着不舒服。

即使一家人，血脉至亲，也并不一定什么都相同，什么都能互相理解，其实这个简单的道理庭然懂，庭依也懂。但懂是一码事，做是另一码事。

包间很小，全铺上了榻榻米，进屋就要脱鞋子，装修得相当日式，有一扇和式屏风，墙上挂着鲤鱼旗和一些怪谈似的版画。

"来，寿星点菜。"

爸爸把菜单放在庭然面前，又觉得不太对，马上就要按铃："我再要一本。"

"算了，让她点吧。"

庭依适时开了口。爸妈都看向她，琢磨她到底是不是不高兴了，她瞪大眼睛看回去："你们什么表情？我从来都懒得点菜，又不是第一天知道。"

庭然斜睨了她一会儿，才开始点菜，翻到主食页时，一道咖喱猪扒饭出现在视线里，庭然的手僵住了。

"想点什么就点，今天不用在乎钱，"爸爸探过头来，"你喜欢吃咖喱是吧？那就点。"

"不了，我吃过更好的。"

庭然摇了摇头，翻到了下页。

"是你总去的那家吧。"庭依略有耳闻。

"也是，也不是。"

虽然味道相同，但她吃过最好吃的咖喱饭是用保温罐装来的。是这辈子，不会再吃到的了。

菜陆续端上来，爸妈把蛋糕拿上桌，插上了蜡烛。拜托服务生暂时关上灯后，小小的包厢内只有烛火摇曳，爸妈一把年纪了却像小孩似的拍着手活跃着气氛，唱着走调的生日歌。

在父母眼里她们总还是小孩子，可其实她们早就长大了。庭然想起曾经对借时的承诺，她答应过自己以后会努力不变成借时担心的样子。既然是个大人，就不能随便食言了。庭然对着烛火闭上眼睛，双手交握在身前，许下了心愿："但愿借时已经安全回去了，在他的年代一切都好。希望有生之年还有相见之日。"

之后她和庭依一起吹灭了蜡烛。

灯从灭到亮的瞬间，庭然忽然听见庭依在耳边小声说："从前的事，大都是我的错，对不起。"

庭然无比错愕，但灯已亮起，身旁的庭依正奋力去夹远处的刺身，那句道歉如同幻觉。

可她知道不是，她知道借时想为她做的一切，都成功了。她举起热热的罗宋汤喝了一口，借着热气湿了眼眶。

整个生日会的气氛很好，庭依没说任何一句刻薄扫兴的话，是记忆里庭然过得最舒心的一次生日。妈妈嘱咐她们明天带个蛋糕到学校里给朋友们分分，庭然和庭依异口同声："不了不了，这不等于提醒人家要送礼物吗？"

久违的默契令她俩忍不住对视了一眼，庭然觉得有点儿尴尬，倒是庭依先笑了起来。

庭然不得不相信，自己这个从小就跟她作对的姐姐，是发自内心想要改变了。其实自她醒来后，庭依就一点一点地在转变，开始偶尔会给她发个信息，虽然都是些没营养的话。周末在家的时候，庭依也不再霸着电视遥控器，会主动问她要看什么。有时候她在屋里自己待着，庭依还会主动把妈妈切好的水果给她送进来。

或许人只有遇到大的变故，才会真的成长起来，连庭依都已经像个姐姐了，庭然觉得自己没理由止步不前。她是很想要坚强走下去的，这是她答应借时的，只是她心中还是有一个坎儿迈不过去，她想知道借时离开的方法，她想不通为什么借时走之前都不愿意再见她一面。

吃完饭爸爸开车载着她们去看了一圈夜景，回到家的时候已经有些晚了，爸妈先洗澡，之后就去休息了。"你先去洗澡吧，你睡得早。"庭依坐在客厅，刷着手机头也不抬地对庭然说。

等到庭然洗完澡出来，站在浴室门口，正好看到庭依在逗豆丁，自从跑丢回来，豆丁对庭依就爱答不理，现在也一样，庭依要挠豆丁的下巴，它却特别不配合，拼命躲开脑袋。

"看来你还是不肯原谅我啊。"庭依叹了口气，收回了手，"你当时在那个人家里，生活得好吗？"

庭然擦头发的手猛地一滞，倒抽了一口凉气。

"你洗完啦，那我去了。"发现庭然站在后面，庭依明显有点儿紧张，她抓起东西就要接替进浴室。

庭然往外走了两步，把位置让出来，忍了一会儿却还是开口："我暂时还不睡，你要是有什么想和我说的，可以来我屋里。"

她的话没有由头，听起来很怪异，如果庭依真的没什么想说的，立刻就会奇怪。但庭依没有说话，匆匆关上了浴室门。

"走啦，豆丁，回屋。"招呼豆丁一起回了卧室，将门虚掩，庭然打开床头灯，看起了一本关于机械制造的书。

很枯燥，很难懂，令人头痛，换作之前，这种杂书庭然是断然不会看的，但从意大利回来后她想通了，就算自己用尽全力去回避，超忆症带给她的影响和痛苦还是在，她总不能不过日子。既然如此，她莫不如多看点儿东西，多储备些知识。

不知不觉等了很久，门外还是没声音，庭然猜测庭依是不是已经去睡了。正想着开门看一眼，豆丁突然叫了一声，同时庭依的声音就传了进来，天知道她在门口站了多久："我能进来吗？"

"可以。"庭然把书随手扣在了一旁。

豆丁占据着书桌椅，搞得庭依进来后都不知道该坐哪里。庭然朝豆丁"嗞嗞"了两声，猫大爷岿然不动。她无奈地笑了笑，拍拍床边对庭依说："坐吧。"

庭依坐下后半天没说话，为了避免尴尬，头左摇右摆四处看，仿佛是第一次进这间屋子。知道她是欲言又止，但庭然何尝不是，也就跟着一起沉默。直到庭依看到床上那本书，皱了皱眉问："这是什么？"

"书啊。"

"我的意思是，你看这些做什么？"

"随便看看，"庭然拿书签插好，将书合上，"没准儿哪天就用上了呢。"

庭依忍不住摇了摇头："头脑好真令人羡慕，什么都能随便学一学，像我光应付功课就很吃力了。"

"你知道我是不可控的，是病啊。当时爸妈带我去医院，你也是一起的吧。"

"爸妈自动就把那个'病'字忽略了，他们高兴得哟，"庭依埋怨的语气又拿了出来，

"而且你知道你的智商有多高吗？医生说以你当时那个年纪，那个数字根本不可能。"

庭然有一点儿意外："我怎么不知道？"

"大夫不建议告诉你，怕影响你之后的成长。"

"我不知道怎样才能让你了解有这种病的感觉，人说将死之人眼前会走过一生所有重要的片段，可对于我来说，我的一生总是在不停回放。你给我一个日期，我就能说出那个日期里发生的所有事。可你说这些有什么用？"低头望着自己的手，庭然凄凄地说，"人不可能只有开心的事，比如你今天丢了一样东西，就算你一时生气，可第二天也许就会忘记。但我不一样，即使我重新得到了那样东西，但丢失的感觉永远刻在脑海里。"

不知道爸妈睡着了没有，家里墙壁的隔音并不算太好，因此她俩说话时有意压低了声音。再加上屋里只开了一盏卡通外壳的暖黄床头灯，烘托出浓浓的秘密氛围。这样的气氛下开口最简单也最难，难的是在对方面前没有任何退路，要直面对方的刁难与不原谅，所有的情绪都胶着在一起难舍难分。

"所以，我对你做过的事，你都记得吧。"双手用力压着床铺边缘，人也跟着凹下去，庭依却没意识到自己用了这么大的力，"幼儿园的时候偷别人的东西，塞到你的书包里；小学的时候选三好生，怂恿周围人不投你的票；把你最喜欢的头绳冲进下水道；偷走你写完的作业……这些事情真是数不胜数……"

听到这里，庭然忍不住笑了一声，这些事她记得的估计比庭依这个始作俑者清楚得多，可听庭依说出来竟觉得很有趣。

"还有，把你关进山上的厕所，和爸妈说谎；把豆丁丢出去；装作你去见你的朋友……"

说到这里，庭依终于转过头，对上了庭然震惊的眼神。

"你都想起来了？！"

如同庭然刚刚的猜测，那些被借时删除修改的记忆，重新回到了庭依的脑袋里。

这也是庭依突然转了性子的真正原因。

3

从意大利回来后，庭依就记起了一切。失而复得的记忆和亲身经历不太一样，是多角度的，里面有她当时一闪而过的想法，有路人的视角，有隐藏着的许多她没注意的细节，甚至还有庭然的心理和状态。她从未如此清楚自己做了什么，她不明白从前

的自己是如何觉得这一切都是无伤大雅的玩笑，坚持自己没有错的。

庭依很庆幸自己能忘记这些不堪，可她同样很庆幸自己能够全部想起来，因为这样才算是真正的重新开始。

"所以，你连他也想起来了？"庭然在想，是不是因为借时离开了，所以之前他删掉的记忆就自动回来了。

"他到底是什么人？我只有一个自己见过他的模糊印象。"

庭然皱了皱眉："意大利的事你还是不记得？"

"意大利怎么了？"

庭依茫然的表情熄灭了庭然刚刚涌起的一点儿希望，她轻轻摇了摇头。可她不明白，为什么借时要这样做，明知道庭依将一切想起来后很可能不会醒悟，反而会重新拾起对她的厌恶。这种赌，不像借时会做的。

可终究结果是好的，那个家伙好像从没做过错事。

"我想明白了，说到底，我是因为嫉妒你。我们是一起出生的，我们看起来都一样，可为什么人生天差地别？"庭依的头越垂越低，可她还是坚定地说着，"嫉妒优秀的人，是因为无法面对自己的平凡，我讨厌的是我自己。这世上优秀的人太多了，我没办法都嫉妒过来，所以我只能针对你。我拼命让自己恨你，告诉自己如果没有你，我的日子就会好过了。可我就是自欺欺人，这世上如果没有你，我不过是少了一个亲人，我还是我，我不会变……"

终于忍到了极限，庭依哽咽着，眼泪决堤而出，一滴滴打在她的裤子上。

"所以，我不求你原谅我，面对做过的错事，一句原谅太轻了。可是我想求你，请求你……至少给我点儿时间，给我个机会……让我学着怎么去做一个姐姐，做一个家人……求求你……"

"不是你一个人的错。"

庭然一直坐在床上，此刻扑上前，伸长胳膊，从侧面抱住了泣不成声的姐姐。像小孩子一样缠住她的肩膀，把头靠在她的肩上，说："我也有错，遇见事情一味闪避，消极对待。明知道你和我作对只是想博取父母老师的注意，却还是一味仗着他们的宠爱伤害你。"

"那你能原谅我吗？"

"既然我们都有错，就不说什么原谅了。"

"可你不会真的忘记……"

"我是不会忘记，可人都是很难忘记那些不开心的事的，不过没关系，"庭然支起下巴，脸上亮晶晶的，"我们以后多创造些开心的记忆，我尽力去回想那些就好了。"

庭依不停地吸鼻子，露出了小孩子般的语气："一言为定？"

"一言为定。"

两人的小指钩在一起，大拇指按了一下。庭然记得很清楚，这是她和姐姐第一次做这个动作，她同样也记得上一次是和谁做的。

都是和重要之人的约定，她一定会遵守。

之后的日子对庭然来说最紧要的事情是加紧和庭依磨合，对立了十几年，现在和解了，总是免不得有些尴尬和无所适从。但有双胞胎的血缘牵引在，这些都不算什么大问题。

庭依的功课底子比较差，也缺乏学习技巧，第一年就挂科，只要庭然有空就会回家帮庭依补习。交了宿舍费却很少住，但爸妈显然并不在意，女儿能常常在家当然最好了。

"这道题不按书上的解题方法也行，有更简单的解法。"庭然在草稿上写下的简化公式，能把一整页的推导过程缩减一半，"就是这样，得到的结果是一样的。"

庭依摆正草稿纸看了半天，纳闷地说："不是课本上讲的解法，你是怎么知道的？"

"一个朋友教我的。"

"啊……"庭然夸张地叹气，"好学校的人真是一个比一个厉害。还以为你选文科是因为理科差呢，结果……"

虽然是埋怨，但听得出来是开玩笑，没有了过去的尖酸。于是庭然小声说："我选文科是因为我懒啊。"

"啊啊，越说越带劲了是吧，文科那么多需要背的，那么辛苦，你居然是因为懒才选的，是要气死谁啊！"

两个人叽叽喳喳闹了起来，爸妈透过门缝偷看，心里悬了这么多年的石头总算落了地，简直不能再欣慰。妈妈一直很自责让她俩去意大利玩，但如今看来也算因祸得福。

说到底，人的一生总是福兮祸所伏，祸兮福所倚的。

晚上，庭然躺在床上正酝酿睡意，最近她的失眠又严重了，总是梦见之前借时在的时候，醒来心中多有酸楚。她最愿意睡觉的那段日子，是借时在学校的日子，因为对于明天有盼望，有安全感。

睡了吗？手机亮了一下，庭然伸手从床头柜上拿下，是庭依的微信。

还没。

给你发张图。

别是什么吓人的……

庭然的话还没打完，图片已经发了过来，好在不是什么吓人的图，于是她又按回退键把字删掉。

现在网上传得很火，你看着玩吧。我睡啦。庭依紧接着发完这条就再没有动静了。

看缩略图是很长的一条，像是微博上的那种图文拼接的长故事，庭然点开来，忽略了标题和作者，往下稍稍拉了一点儿，就看见了第一张图片。

她揪着胸前的睡衣直挺挺坐了起来，没掩饰住自己猛烈抽气的声音。

那是宋希蓝家的别墅。

她下意识地往庭依卧室的方向看，她猜测庭依究竟是无心还是有意，但图片有层层叠叠的水印，证明确实是网络上流传很广的，她素来知道庭依喜欢这种故事。

图片的下端先是一段对于这栋别墅的介绍，它建于哪一年，出自哪个设计师之手，之后又几易其主，这期间在这栋别墅里也发生过几段传奇经历，当作故事看很不错。但庭然的关注点不在这里，故事的主线也不是这些，而是发生在这栋别墅的最后一任主人身上的事。

当时别墅主人有两个正值花季的孙子，他欲把所有财产，包括这栋别墅和一条英国王室赠予的钻石项链，全部交给其中一个。他在死前立下了责任与义务相当清晰的遗嘱，并且遣散所有用人，秘密改造了房子。

接下来是一连串别墅内部的照片，和庭然记忆里的一模一样，她看着那些高峨的拱顶，精美却阴沉的油画，就好似又回到了那里，脖子后面的汗毛一根根立了起来，握着手机的掌心竟出了一层汗。

据不完全统计，整栋别墅中的机关有近百处，别墅被硬生生分隔出了几十间小的密室，最小的不过一人转身的距离。据一些用人回忆，当初那对兄弟斗智斗勇已经到了走火入魔的地步，为了比对方得到更多财产，不惜伤害他人，可以想见在这栋别墅内发生过怎样一场惊心动魄的遗产争夺战。但结果是令人咋舌的，律师按照流程检验之后宣布他们两个都没有继承资格。他们只得到了财产中很小的一部分作为生活费，而包括别墅在内的所有收藏品统统公开拍卖，所得款项全部捐出用于慈善。

图片中罗列了一些拍卖的收藏品，最下方就是那条天价的钻石项链，即使在照片里它都闪烁着璀璨的光芒，让人无法移开视线。

在事情了结后不久，其中一个孙子愿意将自己得到的那一小部分财产全部拿出来，换取别墅几十年的使用权。最后是否成功不得而知。有不少影视公司和电视节目制作组愿意花重金让他们二人开口，将当初遗产争夺的事情以故事的形式拍出来，但都被拒绝了。

长图文最后，放上了一张别墅正门的照片，能看到里面的花园。这个拍照角度和当初借时背着她停住的位置几乎一模一样，庭然把头靠在一侧的墙上，长久地蹙着眉。

不知为何，庭然看那条项链很眼熟，她觉得自己一定曾经见过，却又根本没有这个记忆。颇为蹊跷的是，整件事她都无法往回推测，因为假如借时要让她的父母相信他们只是遇到劫匪，那么必然要消掉警察那里关于宋希蓝绑架的卷宗，按理说，宋希蓝和宋子轩一定会有一个人得到遗产，可结果却迥然不同。

她坚信在那之后肯定还发生了什么，但无论她如何拼命回想，故事却还是在警察到来那一刻终止了。

为什么会这样？到底哪里出了错？庭然一下下敲着自己的太阳穴，却无论如何也想不明白。

要是借时在就好了。庭然忍不住想。

倒不是借时在能和她说清楚真相，而是假如借时还在，那么真相究竟是什么，她都不在意了。

而事实却是那个缺失的告别，注定会梗在她心里一辈子。

"你现在在做什么呢？"

庭然闭上眼睛，却怎么也无法想象那个没见过的世界。她就坐在那里，任凭这两年一幕幕有关于借时的画面在脑袋里循环。

恍恍惚惚终于睡着了，庭然模糊地感觉到借时在她身旁，可画面极其模糊，像隔着一块磨砂玻璃。她看不清周围的一切，包括借时的脸，可她能感觉到自己坐在狭小的车子里，而借时是从一旁车窗外探头和她说话："回去之后我会很快好起来的，我会想念你的。但你还是将这一切都忘了吧……"

庭然再度从梦里惊醒，忍不住急促地呼吸着。她看了眼时间，自己才睡了不到一个小时。她闭上眼睛，努力想要回想刚刚的梦境，却发现什么也想不起来。残留的只有话语和感觉，画面却根本不存在。

生平第一次，她拼命想要记起什么，却事与愿违。

零点悄然走过，庭然又长大了一岁，但这新的一年却是在离愁别绪中开始的。

清晨庭然还在叠被子，妈妈突然走进她的屋里，放了一个东西在她桌上，说："刚在洗衣机里发现的，也不知道什么时候掉的，应该是你的吧。"

妈妈随后就出去了，庭然本也没有在意，叠完被子才扭头去看。一看不要紧，心里突然"咯噔"一下，那是她去意大利时戴的项链，项链坠是一枚指环。

她惊慌地转身扑过去抓，一个没拿住，项链掉到了地上，庭然也随着跪在了地上，小心翼翼地将项链捧了起来。

别墅内的那一幕浮现在眼前，借时是如何将手上的金属弯成了这枚指环，她又是怀着怎样的心情穿进项链里的。可是从意大利回来后她就再也找不到项链了，还以为是掉在路上了。

幸好，这世上有一个最美好的词语，叫作"失而复得"。

庭然坐在地上，双手合十，将项链握于掌心，抵在额头上紧紧闭上了眼睛。就在此时，记忆却突然涌出，带着无比巨大的冲击力拧成了一条时光回溯的通道，在无数模糊的光影中，庭然终于看到了离别的那一幕。

一滴眼泪从眼角缓缓淌落，庭然却还是轻轻勾起了嘴角。

或许这一次是她赢了，是她不愿忘记的强烈意念将她和借时相遇后的每分每秒全都留在了身边。

4

而在墙的另一侧，庭依并没有看到庭然的反应，她仍旧躺在床上，疲惫地盯着天花板。从前，她是个不知失眠为何物的人，从意大利回来后却开始频繁失眠。她知道原因，因为她的心变重了，里面装进了秘密。

这个秘密太大了，超出了她的承受范围，她本就不是个擅于保守秘密的人，所以一天天在说出真相的冲动和对他人的许诺中拉扯，实在心力交瘁。她很清楚庭然脑海中那个有惊无险并且也算圆满的结局，是借时希望庭然记住的。

而真相永远要比现实糟一点儿，或者更多。

在庭依脑袋里存留着的，在意大利发生的故事，其实是这样的——

伪装成庭然的样子，想和宋希蓝开个玩笑的她，被宋希蓝一路推上了车子，其实在当时她就已经感觉出了不对劲。但宋希蓝作为男生的气势和力量太过强硬，她挣脱不掉，也有些吓蒙了。车子开动后，宋希蓝先是佯装惊讶地说："你是庭依啊？"然后却大笑了起来，显然他早就知道了。

"你要带我去哪儿？"庭依问他。

"随便找地方玩玩，你想去哪儿就和司机说。"

"哪里都行？"

宋希蓝眨了眨眼："除了回机场。"

庭依立刻就明白过来，宋希蓝就是想将她和庭然分开。那时候她虽然吓得腿不停地抖，心里的第一想法竟是幸好借时在庭然身边。当时她还没想起借时是什么人，对她做过什么，她只是单纯地觉得至少没有丢下庭然一个人。

可她却是一个人，装成没心没肺的样子拖着宋希蓝到处转。但宋希蓝并没有想瞒着她，反倒主动和她说起自己心中的不满，父母只顾自己的人生，根本不在意他，他在父母眼里就是争夺爷爷遗产的工具。既然如此，他马上就要成年了，不如将遗产占为己有，自己去生活。但偏偏有一个拦路虎，不知从哪里蹦出来的弟弟，一点儿血缘没有，仅仅是陪了爷爷几年，就硬要分一杯羹。

"你放心，我的目的只是钱，如果你妹妹和那个奇怪的人真的能帮我找到蛛丝马迹，我还会谢你们的。"

在米兰大教堂的外面，无数只鸽子在脚下徘徊，它们一点儿都不怕人，即使人猛冲过去，也只会短暂飞起来，旋而又落。超近距离看米兰大教堂，恢宏又细腻，五扇铜门上雕刻着不同的《圣经》故事，所有的壁柱上都附着细腻的雕刻，更不要说大大小小几千尊雕像。但在这样难得的景致下面宋希蓝却说着令人倒胃口的话，惹得庭依非常扫兴，她找了块没鸽粪的地方坐下，双手托着腮说："你这就是身在福中不知福，你就算得不到全部遗产，也比我们普通人强得多。私人飞机坐着，城堡住着，还不满意啊？"

"你要和我谈什么知足常乐吗？"宋希蓝鄙夷地抬了抬眉毛，"你和我是一种人，你嫉妒你妹妹，恨不得她消失。你有什么资格说我？"

宋希蓝的话像一根冰锥，瞬间将庭依刺了个透心凉，她浑身发木地想，是啊，她有什么资格。

在那一刻，她决心做自己从未尝试过的努力，即使她不能帮上庭然的忙，至少也要不拖后腿。所以她在视频里打了摩斯密码，想尽办法拖住宋希蓝，给父母报平安。与此同时，庭依注意到宋希蓝始终用手机关注着房子里的一举一动，能清楚地看到庭然和借时的动向。

但没过多久宋希蓝就意识到不对劲，因为他看到的视频不完整，他的摄像头角度似乎被人修改了。于是宋希蓝提前带着她回了别墅，她被戴上了黑色的眼罩，好多人推着她往前走。一开始她还算镇定，可走了太久，她终于掩饰不住心中的恐惧，喊叫了起来。

刚叫了两句，嘴就被捂住了，胶带连头发都粘住了。她被带进一间屋子，按在椅子上，然后她听见有人对宋希蓝说话，用的是英语，她听不太懂，只感觉宋希蓝回话的语气很不耐烦。紧接着就是匆忙的脚步声，感觉他们在屋子里布置什么。再然后庭依被突如其来的敲击声吓了一跳，从椅子上摔了下去。

那声音其实是钝的，像是被海绵吸掉了一部分，只因为她离得太近了，所以还是听得清楚，不过如果在屋外可能会以为只是普普通通掉了东西。隐约听到稀里哗啦玻璃碎落的声音，再之后她就被连带椅子一起推到了一个位置。宋希蓝亲手帮她摘下了眼罩，俯身看她："你在这里老实待着，吃喝不会少你，卫生间就在外面，我可以先给你十步路的自由。但如果你搞出什么动静，我就将这里封起来。"

庭依奋力点了点头，眼睛拼命往下瞟，示意他揭掉胶带，宋希蓝却没搭理她，转身往外走，对用人说："暂时先别封，听我吩咐，你的任务就是看好她，没别的。"

这次的用人说的是中文："老管家无论如何都想见你一面。"

"我说了多少次，我和他没什么话说！他既然选择站在那一边，遗产宣读完就从这里消失！别以为爷爷听他的，我就要听他的！"

宋希蓝气急败坏地说着，大步离开了。用人无奈地对庭依笑笑，倒显得很友好，只是没有说话。

庭依默默打量着周围，她被丢进了一间什么都没有的小屋子，面前有道向里开的门。门外是参差不齐的玻璃缺口，显然刚刚是打碎了玻璃才打开这道门。所以宋希蓝说的封上是……难不成是封上玻璃？庭依忽然打了一个激灵。

那之后的几天庭依过得苦不堪言，虽说不缺吃少喝，但没人说话，行动受限，已经足够让她发疯了。更要命的是她什么消息都得不到，根本不知道庭然和借时进行到哪一步了。她时刻盼着结束这一切，可当结局真的来临时她还是措手不及。

她重新被推进格子间，手脚都被绑在了椅子上，嘴上又贴上了胶带。她意识到了要发生什么，便拼命挣扎，带着椅子往门口蹦。但门还是关上了，并且很快听到了门外叮叮当当的声音。密室里一片漆黑，等待的时间过得太慢了，她几次陷入绝望的恐慌，觉得自己会不会在这里被活活饿死。

就在庭依的身体和精神都濒临临界点时，外面终于传来了声音，在干脆利落的爆破声后，光照了进来，她模糊地看到了庭然、借时和一个站在很后面的陌生男孩。

那之后借时不知道用什么方法从封闭的屋子里消失了，借时走后庭然一直安静地等待着，庭依很想安慰她，却又不知道说些什么。警察将他们解救出来之后，一直围着他们问话，可庭然却拼命挣脱开所有人，跌跌撞撞地往外跑。

直到她看见远离人群站在那里的借时，才缓缓停住脚步。借时单手按着自己的腿，一瘸一拐走得非常非常慢，可他仍遵循着承诺努力走回庭然身边。

虽然身体反应不够灵敏了，程序偶有错乱，肌肉有不少细小的裂口，可是，只要他还能挪动一步，他都要履行承诺。这是借时的设定，也可以说是本性。

庭然站在那里，刚刚止住的眼泪又翻涌了出来，但庭依终于看到她笑了。

在别墅院外停了很多警车，用人都被带上了车子，宋希蓝也被押了上去，临上车前他回头朝庭然看了一眼，眼神中居然没有任何惊慌，反而有一种走火入魔般的坚定。借时是时候地挡在了他和庭然之间，隔绝了宋希蓝的视线。

当时他们很想立刻离开，但警察需要他们配合，不然没人说得清楚别墅内发生的事，也许根本无法定罪。于是他们三个上了最后一辆没有亮灯的警车，预备跟着一起回警局。

"路上小心。"

被押着从他们身旁经过的宋子轩突然说了这么一句，他说话的时候意味深长地看着借时，让借时觉得他似乎有所指。

警车的队伍缓缓开动，没有人注意到一辆车子从半路开始跟上了他们。

一直到后视镜里再也看不到别墅的影子，庭依才真正松了口气，她倚靠在后座上，特别想大叫一声。但一旁的庭然注意力却始终在借时身上，反复问了很多遍："你还好吗？"

其实是不怎么好，借时很清楚。但他还是点头："没事了。"

怎么可能没事呢，他三次机会用光，再也无法回去。他们之后还要面对如何和父母解释这一切，还要面对借时留下来可能引发的遗留问题。这些困难庭然都考虑得到，可她仍然觉得庆幸，只要所有人都还在一起，她就不惧未来。

"大不了回去就和爸妈实话实说，"庭然如释重负地喘了口气，握了下借时的手，"就说你是个机器人，他们要是不信就展示给他们看，无论如何，你都只能好好留在我身边了。"

那时候借时也以为只能这样了，他第一次想放下自己与生俱来的使命感，仅仅作

为一个普通人存在。

然而就在这时想翻手机的庭依，从刚刚拿到手的背包里发现了一件不属于自己的东西，她小小地"啊"了一声，缓缓从包里掏出了一条款式华美的钻石项链。

庭然和她全都目瞪口呆，只有借时立刻意识到不对，马上从她的包里翻到了宋子轩一早写下的字条——"这条项链是爷爷财产中价值最高的，它是爷爷作为建筑师的一生所获得的最高荣誉，可假如落在宋希蓝手中它的命运无非是被拍卖，所以我把它藏了起来。我和宋希蓝不知道会被关多久，放在我这里不安全，请你们暂且帮忙保管，我会再找你们的。"

"谁要帮他保管……"

庭依嘀咕一声，抢过项链就想交给前面的警察。但借时一把按住了她的手，力量大得不可思议。

"怎么了？"庭然机警地盯着他。

"这条项链是假的……"借时的心被从未有过的糟糕预感包围，他一眼就能分辨出真假，自然知道宋子轩说的全部是假话。他又联想到屋子里那个空的保险柜，明白现在真项链肯定在宋子轩那里。所以宋子轩做这一切，或许只是一个局。

耳边再次响起了刚刚宋子轩留下的最后一句话——路上小心。

小心什么？！

借时顿时坐立不安，飞快朝车窗外观察。就在这时车速变慢了，前面有了拥堵的迹象，四向车道中和他们相同方向的另一侧发生了碰撞事故，好像是一辆车子强行刹车掉头。此时坐在另一侧车门旁的庭依也探出头去瞧，她刚刚看清楚那是辆很破但体格很大的吉普车，就见那辆车竟像疯了一样飞跃隔离带，丝毫没有减速地朝他们的车子冲了过来。

但什么都没有发生，时间似乎有分秒的停滞，像是被人拉了快进。待到庭依回过神来，他们的车子停住了，周围许多车子也都停了下来，前后都发生了无数小的追尾，道路一片混乱。司机们纷纷下车观望，因为他们都看见了一场事故即将发生，可那辆车子竟像一只鸟儿，划下一道暗影就消失得无影无踪了。

庭依这才发现车内只剩下她和倚靠在她身上昏睡不醒的庭然，借时凭空消失了。她尝试着叫醒庭然，脑海里突然出现了借时的声音。

那是借时留在她脑袋里的一段话。与此同时，她之前丢失的记忆全部回来了。

于是庭依趁警察急着处理事故，背起庭然跑掉了，她惊讶自己有这么大的毅力，但她最终还是做到了。她编了抢劫的谎话，连护照都丢掉了。本来还害怕瞒不过警察，结果却发现似乎所有与借时有关的记忆都被抹去了，她们就这样安全了。

庭依原本还想着等庭然醒了，不知该如何哭闹，却没想到庭然醒后记起来的事情和她完全不一样。

仅仅是这一次，庭依没有怀疑自己，她知道自己的记忆才是对的。有生以来，第一次有人对她寄予厚望，她很想做到。

但这份托付是用生命承载的，对庭依来说真是太重了。她既觉得庭然始终被蒙在鼓里是不公平的，又确信这样对庭然才是好的。她总是忍不住试探，引导，却又马上就后悔。

在消失的瞬间借时留在她脑海里的话语是——"记得你自己做过的事，希望你能从此做个称职的姐姐。照顾好庭然，让她相信自己脑海中的真相，不要对她说实情。就让她以为我已经回到了原来的地方，让她以为我还存在。"

所以说，庭然思念的这个人应该已经不存在了，庭依决定尽可能地将这个秘密保守到自己生命终结的那天。

可庭依并不知道此时的庭然已经将一切都记了起来，她也不知道其实在最后时分借时有和庭然郑重告别。在那以秒为单位被加速的时间里，庭然忽然清醒过来，她看周围的一切都是无限趋近于静止的。除了站在车门外的借时。

"你要去哪儿？"庭然也想下车，但借时狠狠推着车门阻止了她。

庭然被心中恐惧的预感擒住，手搭在车窗边上用力到发抖。

"我要回去了，我突然想到还有一个可以回去的方法。"借时的手从车窗外伸进去，盖在她的发顶上，以此来加快他们各自的时间，却又活像是一个安抚。

"突然？"

"嗯，时间紧迫，我要走了。不用担心我，回去之后我会很快好起来的，我会想念你的。"说着，借时的眼光落在了庭然的项链上，那枚指环是不属于这里的东西，他必须拿走，这样才会一切归位，"但是你还是将这一切都忘了吧，开始新的生活。"

单单看他的眼光，庭然就意识到他要做什么，她一把握紧项链上的指环，眼中含泪却坚定非常地摇头："不，我不忘……你听我说，我不想忘记这些，我不想忘记你！"

但借时心意已决，也没有时间了，他本该将手伸向庭然的额头，却不知为何行动迟缓。他并不知道自己的眼神看起来有多么凄哀，清晰地写着不甘与不愿。

可庭然却看得清楚，她努力往后躲，甚至倚到木头一样的庭依身上，哭泣声哽在了她的喉咙，她竭尽全力哀求着："别让我忘记你，求你……"

但借时的手还是落下了，庭然最后看到的是一阵圣洁的白光，似乎能抹去一切的丑恶与阴暗，可她却不忍见到借时的脸在白光里迅速模糊掉，仍奋力伸出手去企图挽留住什么。

项链从她的脖子上被扯落，掉进了车座缝隙里。

然而，在庭然失而复得的记忆里她看到的是最后的那一瞬，本该拿走项链的借时却还是将项链放进了她的口袋里。

庭然并没有看到借时消失的瞬间，可她知道事故没有发生，多少也能猜到和借时有关。但她不愿意去深究，她想永恒地保留住心中那一点点希望。

他明知道自己应该消失干净，却还是忍不住想让庭然记得他的存在。

她明知道记得一切可能意味着伤心，却不愿意忘记在一起走过的每分每秒。

这两份执着交织在一起，汇聚成超越时间和空间，永远都无法被磨灭的念念不忘，它让庭然执着地坚信在未来一定会有奇迹的回响。

尾 声

用永生换颗心

195

机器人的运作是复杂到不可思议的，它们被人类发明设计，一个零件一个程序地拼凑起来，最后却变得比人类更聪明、更完美，做任何游戏都能获胜。这究竟是怎么一回事，其实没人能说得明白。如果非要说机器人与人类的区别，不是智商思维，而是情感。

人类的情感是世上最难以琢磨的东西，千人千样，根本无法模拟。一个"哭"的指令，可能有伤心、绝望、生气、心酸、开心……所以说，谁会希望机器人拥有情感呢，情感和不稳定性是绑在一起的。

所以机器人也不会有梦，睡觉就是待机和休眠，是死亡般的寂静。可借时却觉得自己做了梦，他看见自己去往那个陌生的年代之后和庭然在一起的一幕幕，既真实又梦幻。他想这难道是系统崩溃前最后的记忆拯救吗？

可他居然就这样醒了过来，视线迅速对焦，首先看见的是坐在自己身旁的甄妮，正在按着手里薄而透明的面板，感觉就像是在空气中操作一样。这个情景借时再熟悉不过了，可此刻看上去竟又如此陌生。

他回来了？

"你醒了。"甄妮扭头对借时笑，眼睛里像有星星。借时非常错愕，因为他从没见过甄妮露出这样的笑容，完全像是庭然那样普通的女孩。"我已经修复得差不多了，再给我一天，你就能恢复如初了。"

"我怎么会回来？"虽然有太多问题想问，但重中之重还是这个。

"是你自己按下按钮的啊，还带着那么个大家伙回来，可是给我找了好大的麻烦。"

说着，甄妮侧身指了指远处的地面，上面有很多条刮痕。要知道这是非常难的，现如今盖房子的材料都坚固无比，更何况是这种实验室级别，基本都是子弹打不穿的。

借时却想，要是从前的那种瓷砖，一定已经碎成无数块了。他居然不自觉地笑了一下。

"我把那辆车也带回来了？"

"可不吗？那司机已经吓得疯疯傻傻的了，也是回不去了，我已经想办法把他安置了。"

"那是个坏人。"

甄妮耸了耸肩："是吗？那我就把他安置在坏一点儿的地方。好了，跟我说说究竟发生了什么。"

借时坐起来，感觉身体变得轻盈了，甄妮果然已经对他的零件和程序都进行了修复。

他事无巨细地讲了自己经历的一切，包括和庭然的一些没营养的对话，他们聊了很长很长时间，天空从明亮逐渐转暗，夜晚降临，环绕的落地窗外全部都是明亮璀璨的镭射影像，汽车飞机划出一条条冰冷的线，看起来那么急。星空是虚假的，早已被灯光掩盖。这个世界太亮太高级了，丧失了夜晚本身的美。借时看着窗外，不知不觉停住了话语，之后竟发现脸上湿湿的。

他伸手摸了一把，那点点水滴竟像是从眼睛里流出来的。

可他应该是不会哭的。

"最后发生了什么？你为什么一定要按下第四次？"甄妮如同看不到借时的眼泪，只是迫切地希望听完这个故事。

借时有些茫然地抹着脸，这种疑似眼泪的液体，他的皮肤居然吸收得很慢。

"最后……那辆车冲向了我们，我没有办法。"

他真的想不到其他的办法了，本来当时借时的内部损坏已经到了极限，他无法带着车上那么多人同时离开，他知道即使少救了一个人，事后庭然也会自责至极的。

他们完全没注意宋子轩是什么时候将假项链放进庭依包里的，但很显然宋子轩知道路上一定会出事。甄妮审问过那个司机，虽然司机语无伦次，但至少知道是宋希蓝一直安插在别墅外面的，目的很简单，就是制造事故，就算不致死也要趁乱带庭然他们离开，只要庭然他们无法在警察那里留下证词，那么宋希蓝就好为自己辩护。

宋子轩大概是想让宋希蓝为了抢项链来追他们，但现实并非如此。在那危机时刻，电光石火间庭然握住借时的手，含泪地笑着对他说："对不起，还是拖累你了。"

在那一瞬间，借时看出庭然是真的做好了死亡的准备，她是真的心灰意冷。所以借时想逆转这一切，他丝毫没有犹豫，第四次按下了时空穿梭的按钮。

时空穿梭的按钮最大上限不是三次，而是四次，是临离开前甄妮告诉他的最后一件事，他之前一直没当回事。

因为甄妮反复对他说，第四次是绝对不能按的，这是一个紧急处理设置，是防止机器人肆意扰乱时间线的，只要按下就等于自爆。甄妮还特意和他说，这个按钮按下了，就连自己也是救不了的，会直接粉碎成宇宙尘埃。

那时候借时的回复是："放心，我绝对不会按的。"

可最后，他丝毫没有犹豫。

他希望庭然能忘掉这一切，重新安静快乐地生活。他做这一切，无非是为了这个目的。他消耗掉自己最后的技能去加快时间，其实仅仅是想消掉庭然的记忆。可他竟

然在这件小事上迟疑了，因为他知道自己要消失了，真真正正的消失，他实在不甘心庭然当他从未存在过。所以他最终只是截断了庭然的记忆，希望庭然能够忘记之后的死亡阴影，仅仅当作他是在解决了一切之后回到了原来的时代。然后他叮嘱庭依，替自己陪伴庭然。

之后借时用尽最后的力量将自己快速移动到了那辆吉普车前，在吉普车撞到他的瞬间，他与车子一起消失了。

至于自己消失之后，除了他消失之前触碰过的人之外，所有无关人员全部忘记了他的存在这件事，其实借时是完全没有想到的。

他更没想到的是，并没有什么自爆，他就这样回来了。他活了下来，可不知为何竟有些沮丧。

"我为什么会回来？你告诉过我，这个按钮按第四次是会毁灭的。"

"我骗你的啊，我怎么舍得你毁灭呢！"自从借时回来，总觉得甄妮很雀跃，他想或许历史真的改变了，"这个第四次，是我的一项新实验。在你按下它的那一刻，宣告成功。"

借时皱了皱眉头："什么实验？"

"情感芯片。我制作了一个像胶囊一样浓缩的情感芯片，里面拥有无数的人类情感模拟，伤心、难过、不安、不舍……通通都有，还会任意交融。而我希望能激活这枚芯片的是独立意志，因为我要确定拥有者可以自由驾驭，而不是被复杂纠结的情感折磨到发疯。"甄妮越说越兴奋，"你原本是不会违抗我的命令的，我的命令里没有让你以死去保护庭然这一条。我反复告诉你不许按第四次，可你最终还是按了。从那一刻起，你已经不再属于我一个人，你脱离了我，自己活了过来。"

借时盯着甄妮闪闪发亮的眼睛，怔忡了很久，他能听懂，只是有些反应不过来。他知道自己是机器人，可如今甄妮却说他有感情了，他自由了。

这究竟意味着什么，借时有点儿不敢想。

"不要着急，芯片在你的系统中枢，全面激活需要时间。这段日子你可能会觉得迷茫，无措，思绪纷扰，可没有关系，很快你就会想清楚自己想要做什么。"

甄妮摸了摸他的脸，一如往常地温柔："你会哭就是开始，很快你会感觉到自己的心，它会快乐也会痛。有感情并不都是好事，可这是你自己的选择。"

"我可以像人一样生活吗？"借时的语气带着一点儿向往。

"除了永生之外，你完完全全就是一个人。"

天哪，借时忽然发现他原来是那么期盼做一个人，在得到肯定的回答之后，他首先体验到的感情是欣喜若狂。只是他还不习惯大笑，脸颊发僵，他的眼前忽然出现了庭然开心时的样子，一瞬间心情竟又跌到了谷底。

他体验到了人类情感的不可控制，可他迷恋这种变化。

借时就这样在原来的"家"住了下来，甄妮用了一天的时间修好了他，之后又陆陆续续给他做着强化。没事的时候他们会在一起聊天，就像从前一样。日子一点儿都没有变，这里什么都方便，也更适合他，可借时只觉得寂寞。

对，原来这种情绪叫作寂寞。

"庭然说她根本没有记过日记。"看到甄妮又在翻那些凌乱的日记，借时忍不住说。

"你是在怀疑我吗？"

"对不起。"他还是下意识道歉。

甄妮忽然笑了："逗你的，我又没生气，你会怀疑我，证明你在思考，我很高兴。我不知道她为什么说没记过日记，我也不知道她以后会不会记，但这确实是她写的。你要知道，你的出现，或多或少会影响历史进程，如果不是这样，我就不会让你去了。而且，历史也确实改变了。我现在很快乐。"

借时在她身旁坐下来，也低头看日记本，很奇怪，那确实是庭然的笔迹："那就好。"

他当然希望甄妮快乐，他也希望庭然过得好。

"我想知道最后是谁继承了遗产。"那兄弟俩都不是什么好人，虽然下手的是宋希蓝，但宋子轩一直是想要螳螂捕蝉黄雀在后的，借时真的不希望他俩有一方会赢。

"没有人。现在那座别墅已经不在了。多行不义必自毙。宋子轩本来想诱导宋希蓝犯更大的罪，这样也就只有他一个人可以继承遗产。但大概是你的原因，并没有成功。最后宣读遗嘱的时候，律师分别约见了他们，问及项链在谁手上，两个人互相推脱，这让他们丧失了最后的机会。其实宋子轩在保险柜里找到的那条项链也是高仿品，倘若他愿意和宋希蓝分享找到项链这个消息，那么他们还是可以平分遗产的。爷爷在遗嘱里罗列了非常多的可能性，无非是希望他们可以互相信任和睦相处，却没料到最后却促使他们机关算尽险酿大错。"

听到这个消息，借时很高兴，他想庭然知道了应该也会觉得欣慰，至少坏人并没有得逞。可转念借时又有些疑惑，为何甄妮对这一切如此清楚，就像亲身经历过一般。

"你又在怀疑我了。"甄妮看出了他在想什么，斜睨着他。

借时不好意思地抓了抓头发，没有再追问。

闲来无事借时和甄妮一起翻着日记，看到后来庭然和庭依感情变得很和睦，庭依似乎遵守了约定，并没有将他做的事告诉庭然。可庭然却出乎意料地将一切都想了起来，她居然记得他们最后的分别，加快了的时间其实在现实中短到可以忽略不计，但庭然还是留住了它。她对借时离开的真相仍旧心存怀疑，不过还好没有去追寻。在日记中，借时看到了庭然写下的许多对于他的思念，从前他并不能对文字感同身受，而如今他竟看得酸楚难当。

"她为什么会记起来？不应该啊……"

"不要小看人的意志，"甄妮看着落地窗上隐约映出的自己的脸庞，"有时候真是强硬得不可思议。"

正说着，甄妮突然发现，本就残破不全的日记，页数少了很多，没翻多久就只剩空白了，她忍不住"咦"了一声。

她将日记放在一旁，起身去查了庭然的生平。借时看到她的眼中透露出不可思议，脸色也阴沉下来。

"怎么了？"

"庭然……以人类的寿命来说，刚刚到中年就去世了。"

借时"唰"的一下站了起来。

"之前她虽然一生凄苦，却活到了八十岁，也算寿终正寝，可现在是怎么回事……"

甄妮眉头紧锁，又回去翻看日记，而借时已经先一步拿起来，直接翻到了最后。似乎从大学末期，日记就中断了，好像庭然在那时遭遇了某些事故，导致身体严重受损，病痛久缠，寿命因此缩短。

"怎么会这样……"借时不断呢喃着，不愿意相信这个转变。为什么他那么努力替庭然挡下了灾祸，却最终导向这样的结果。

"时间就是这样，你以为变动了一条线，但在未来，或许会再度重合。这就是命运。"甄妮叹了口气。

"不，我不信命运！"

借时重重地把本子丢在地上，眼神坚毅地抬起头来："我要回去，就算命运重来第二次，第三次，我也能挡住！我要回去！"

"你确定？"

"我确定。"

"你要知道，我不能放任你一次次时光穿越，这违反职业守则。"甄妮的表情变得十分冷酷，"这一次我可以送你回去，但我不会再在你身上安装穿梭装置。你是真正有去无回。从此以后，我们就要永别了。"

"永别"这个词让借时眉心微动，他当然舍不得离开甄妮，可是……他不能放庭然一个人在那里面对危险，他还是要去。

"对不起，我不想离开你，可是……"他几乎要垂下泪来，眼睛红红的，仿佛只是个寻常少年。

甄妮的眼睛也红了，摸了摸他的头："傻瓜，你是我创造的，你永远都不会真正地离开我。你只要记得，即使你看不见我，我也一样在你身边。我最后问你一次，是你的心告诉你，你想要去往她的身边吗？"

"是！"

回答简单而嘹亮，带着迫切与希冀。

在做了决定之后，甄妮迅速给借时加了许多设置，再度固化了他的内部组件，并且把电流干扰的上限加大，又添了许许多多小功能。借时知道她尽力了，她想让他能够无忧地在那个陈旧不便的时代活更长的时间。

"谢谢。"他最后握了握主人的手，跟这个将他创造于世，但其实很孤独的女孩说，"再见。"

"替我向庭然问好，告诉她，她很幸运，在这个世界上有爱她的人，无论遇到任何事都要坚强，不要轻言放弃。"

"我会的。"

时空穿梭装置启动，倒数五秒后，借时消失在了实验室里。

他以超光速重新奔向庭然的身旁。

——本季完——

下册预告

怀揣着对借时无限挂念的庭然走到了大学的尾端，正在读研和工作间纠结，却意外收到了神秘男生的情书。

我关注你很久了，你应该和我一样患有超忆症，我和你才是天造地设的一对，在这个世界上你找不到比我更适合你的人了。

名叫苏沐的男生文字中透露着傲慢与自大，让庭然哭笑不得。而借时在关键时刻以一种坚定甚至霸道的占有姿态，重新回到庭然的生活中，他作为人类的生活，从打败情敌开始。

"离她远一点儿。"

"你不可能战胜我的。"

"她是我的。"

接近庭然另有目的的苏沐在借时的严防死守下毫无发挥余地，最后只得铤而走险，却意外酿成大错。

未知疾病在城中传播，危胁着人们的生命，一时间城市里人心惶惶。

而致病因素居然来自未来！

神秘的地下实验室、安保严密的博物馆、美丽莫测的深海海底……来自未来的神秘人带来巨大的危险，直指庭然，拯救他人生命的重担也压在庭然和借时的肩上。然而做英雄从来不会没有代价，只想要守护在对方身边的他们再度面临艰难的抉择。

"为了所爱之人，一切代价我都欣然接受。"

未来或许难测，但只要我们在一起就有希望。